師父說了算!!

愛很大
愛無界

李雲深

遊戲ID：雲深不知處

十九歲，大學中文系一年級，是個優等生。個性文靜，打扮樸實，呆愣的粗框眼鏡下是一雙明亮有神的眼眸。在網路遊戲中有些天然呆，偶爾喜歡在心裡吐槽。遇上大神師父，她腦中只有「師父至上、師父說了算」的想法……

肖重燁

遊戲ID：一夕重華

二十二歲，大學資工系四年級，是個高材生。個性冷淡，少言，一副酷哥模樣。《天泣online》裡的大神，奔浪皇朝的副會長，卻總是獨來獨往，直到遇上小白徒兒，人生逐漸變彩色。

霍天揚

遊戲ID：痞子霍

二十四歲，剛退伍，李雲深的表哥。他活潑多話，性格梗直，重義氣，喜愛網遊。在遊戲中老是巴著一夕重華要他收自己為徒，卻屢戰屢敗，最後是靠「美人計」才成功。

第一章

天外天的月老廟前萬頭攢動，烏鵲橋上擠得水洩不通，每個玩家都想搶占離新郎新娘最近的位置觀禮——順便撿寶。今天是《天泣 online》第二伺服器第一大公會「奔浪皇朝」，與第五大公會「胭脂閣」的世紀聯姻婚禮。財大氣粗的奔浪皇朝作為男方代表，選擇的自然是最豪華的上等婚禮，上等婚禮有一成的機率會爆出最高品階的防具鑄造材料及高階藥品的煉製藥材。

不過，除了來碰運氣試手氣的人之外，更多的玩家是來一睹本服名人的風采。

再過半個月，《天泣 online》就會進行大規模的改版，改版之後將開放高階副本「逆天塔」，獲勝的公會可得到建城令，有建城令便可興建公會專屬的城池。

逆天塔共分七層，一次最多可有三個公會進入挑戰。在副本限制時間內到達塔頂，並擊敗隱藏 BOSS 的玩家，其所屬的公會即可取得建城令，於是奔浪皇朝與胭脂閣達成協議，預定改版之後合作攻塔。而協議的條件之一，便是胭脂閣的公會會長東方傾城提出的聯姻。

為表雙方的誠意，東方傾城提議胭脂閣的副會長蝶舞翩翩，與奔浪皇朝的副會長一夕重華結婚。

蝶舞翩翩誰啊？那可是本服第一大美人呀！有人不知從哪兒取得她的照片，在官網的論壇裡貼了出來。

那一雙嫵媚勾人的鳳眼，那一口紅豔微啟的朱脣，那一道又深又長的乳溝，撩撥得諸位男性玩家眼饞垂涎，褲襠都紛紛支起了小帳篷。

新一代的宅男女神啊！

所謂女神，自當有大神來匹配。

一卷風雲馳天下，群英盡收鬥芳華。群英風雲榜上排名第一的大神一夕重華，目前是本服等級最高的玩家，199級，只差一級就封頂。

相較於排行榜上的其他大神，一夕重華異常低調，從未在世界頻道上發言過，就連奔浪皇朝成員也甚少有人看過自家副會長在公會頻道裡留話，更別說幹部會議了，他根本沒有出現過。

據說一夕重華是公會會長劍走偏鋒的麻吉，所以奔浪皇朝裡無人敢有任何非議。

不過，劍走偏鋒不知用了什麼法子，竟然能說服冷漠少言的一夕重華為公會「獻身」，娶本服的宅男女神蝶舞翩翩，簡直是跌破奔浪皇朝眾成員的老花眼鏡。

一夕重華誰啊？那是別人拿刀架他脖子上──不，是刀還沒伸過來，就會瞬間被他灰飛煙滅的高手之高手呀！這種大神級別的人，說什麼也不可能屈服於別人的淫威之下，可沒人敢問公會會長是怎麼說服他的，只知道當會長發布與胭脂閣的聯姻公告時，全公會都沸騰了。

有哀號搥胸的──宅男女神哪！

有嫉妒眼紅的──宅男女神哪！

有興奮期待的──宅男女神哪！

有求神拜佛的──宅男女神哪！

當然，也有輕蔑不屑的女性同志──什麼宅男女神？哼！

全公會，應該說是全服最淡定的，當屬宅男女神的未婚夫一夕重華了。

距離婚禮開始的時間只剩七分鐘，胭脂閣的人到齊了，奔浪皇朝的人也到齊了，就連來湊熱鬧的路人甲乙丙丁戊己庚辛都到了，換了大紅禮服的蝶舞翩翩身旁仍然不見準新郎的蹤影。

劍走偏鋒急了，在公會頻道找人。

劍走偏鋒：「東東，老三呢？」

吃飯睡覺打東東：「不知道。」

劍走偏鋒：「什麼叫做不知道？你們幾個不是老混在一起，他在哪兒你會不知道？」

吃飯睡覺打東東：「冤枉啊老大！小弟只是偶爾抱著三哥的大腿，跟在後面吸經驗，若巴著他不放，那不是找死嗎？」

劍走偏鋒：「戰無不克？心花朵朵開？你們呢，也不知道嗎？」

戰無不克：「……」

心花朵朵開：「不知。」

吃飯睡覺打東東：「老大，你密三哥啊！」

劍走偏鋒：「你們幾個平時跟著他混吃混喝，關鍵時刻卻把人混丟了，簡直一個賽一個的酒囊飯袋！」

吃飯睡覺打東東：「老大，要不，你自己娶蝶舞翩翩好了，我看三哥對她根本沒興趣……嘖嘖，大奶媽啊，三哥這是暴舔天物……」

心花朵朵開：「是暴『殄』天物！小東東，你個高中小屁孩，精蟲灌腦了是吧？老師教的都吃到你的狗肚子去了！」

吃飯睡覺打東東：「花大姊，您老是幼稚園老師，又不是國文老師……」

心花朵朵開：「還有理了你？走，PK去！」

吃飯睡覺打東東：「別啊，我還沒鬧洞房哩！」

世界頻道也正鬧騰得歡，清一色都在刷大神與宅男女神的世紀婚禮云云。世界頻道被水文洗得極快，有酸新人的，有賀新人的，那酸的自然是龐大的宅男們，那賀的自然是自家人。

倒數六分鐘……倒數五分鐘……倒數四分鐘……

連倒數三分鐘都揮揮衣袖不帶走半片雲彩的走了，準新郎官一夕重華還是不見蹤影，世界頻道刷得更歡了。原本酸的人開始額手稱慶，原本賀的人開始議論紛紛，連胭脂閣的人都跳出來大罵奔浪皇朝惺惺作態，瞧不起胭脂閣，竟然這般作踐人。

身為準新娘的蝶舞翩翩倒是沉得住氣，一言不發。

如此一來，她石榴裙下的那些信徒們叫囂得更來勁了。

此時，與月老廟烏鵲橋上的空前盛況遙遙相對的是，地圖西南隅鬼門關前的奈何橋。

進入鬼門關前，須經綿長的黃泉路。通過黃泉路便能來到血黃色的忘川河，忘川河畔叢生豔紅的曼珠沙華，亦即彼岸花。

彼岸花毒性甚劇，玩家不慎碰到便會失血九成，且有五成的機率即死，可它卻能煉製高階還魂丹。採摘的限制條件是等級達175級，體力、防禦力、道德值皆須上等，而每摘一朵彼岸花就會失血五成，然後每秒失血1500點，並有三成的機率出現麻痺狀態。

因為採摘條件極為嚴苛，所以彼岸花在黑市經常能賣到令人咋舌的價格。

忘川河上有座奈何橋，奈何橋盡頭便是鬼門關。

玩家死亡時並不會來到鬼門關，而是直接飄到閻羅殿，自閻羅殿重生於主城。因此，鬼門關前總是杳無人煙，更不會有玩家沒事來這裡閒晃。除了不怕死來採摘彼岸花的，以及殉爐的人。

舉目蒼茫荒蕪，僅有彼岸花宛如鬼魅般搖曳的鬼門關前，一條白色的窈窕身影款款走在奈何橋上。那女子弱柳扶風的婀娜姿態，與周遭的貧瘠景致形成強烈的對比。烏絲垂肩如瀑，白衣勝雪嬌柔，本該賞心悅目，卻莫名透著一股令人不寒而慄的詭譎。

奈何橋盡頭，鬼門關前站著一個老嫗，白髮蒼蒼，佝僂拄杖。鼠標移過去，就會跳出孟婆二字。

在中國民間信仰裡，孟婆是地府裡掌管遺忘的神祇，確保投胎轉世的靈魂遺忘前世和地獄的一切。而在遊戲裡，孟婆執司醧忘臺，唯有至高至潔之人，方能通過孟婆的考驗，啟動忘卻陣法，進入醧忘爐中，浴火鑄心，謂之「殉爐」。

至高者，190 級以上，身著最高品階的金色裝備；至潔者，道德值、魅力值全滿，善惡值為零。

至高至潔之人以身殉爐，則可得「聖潔之心」。

聖潔之心可鑲嵌於金色品階的武器上，使其從神武升級為聖武。聖武有別於五行的相剋之外，為全屬性狀態。遇水性武器則攻擊自動轉換為土屬性，遇火性武器則攻擊自動轉換為水屬性。除了原攻擊力增加三成，更有五秒無敵狀態及進入戰鬥後占有先發攻擊的優勢。

饒是如此，《天泣 online》自從營運以來，尚未有過任何玩家殉爐，因為殉爐意味著刪號，意味著遊戲裡不再存在這個帳號。

等級 190 級，又是全身金色品階的帳號，能在現實生活中賣到至少數萬元以上的價格，哪會有傻子花了大把時間、大把金錢玩了個高等帳號，最後來個殉爐呢？

所以，當她一路行來，果然沒有看到任何玩家。

她把鼠標移到孟婆身上，點了下去。

孟婆：若問前世事，今生受者是。若問後世事，今生做者是。善男信女聽言因，聽念三世因果經。三世因果非小可，善惡之報影隨形。汝欲忘卻前世事，是否？

「是。」

孟婆：有人叩送因果經，來世便得帝王身。有人頂禮因果經，事事件件皆稱心。有人傳道因果經，來生後世智慧興。有人深信因果經，同生西方極樂行。汝欲忘卻前世事，是否？

「是。」

孟婆：三寶門中福好修，一文喜捨萬文收。以君寄在祿宮庫，世世生生福不休。汝欲忘卻前世事，甌忘爐中方可休。吾知汝有不欲忘卻之人，吾知汝有不欲忘卻之事，吾今便以汝之淚，煉成忘卻湯一杯。飲盡忘卻湯，世事付蒼茫。汝欲飲忘卻湯，是否？

「是。」

孟婆：飲下忘卻湯，汝便忘卻前世事，唯，汝為前世之人、前世之事所流之淚，將伴隨汝浴火重生。三世因果訴不盡，上天不虧有情人。

螢幕上驀地白光一閃，然後出現回收她身上所有裝備的系統提示。這時，原本白衣羅衫、手持法杖、周身隱隱泛著一層薄薄金輝的女子，身上只剩下初入遊戲創建人物時的粗布短襦短裙，沒有任何飾品，也沒有武器。

世界頻道正為大神與女神的世紀婚禮洗頻洗得歡，忽然插進了一條系統公告。公告一出，世界頻道頓時安靜了足足有三十秒之久。

系統公告：玩家【雲深不知處】通過孟婆的考驗，進入甌忘臺，啟動忘卻陣法。

她關閉了所有頻道，所以不知道世界頻道又炸開了鍋，也看不到公會成員傳來的密語。鬼門一關，隔絕了外界的紛擾熙攘。

蓮步輕移，拾階而上，來到軀忘爐前，她忽而愣了，想起孟婆的話：「吾今便以汝之淚，煉成忘卻湯一杯……汝為前世之人、前世之事所流之淚，將伴隨汝浴火重生……上天不虧有情人……」

腦海裡猶如倒帶般，閃過這幾個月來跟同伴一起打怪闖關的種種片段。

不過，也僅此而已。她習慣了獨善其身，與人保持距離，哪能這麼容易就對人產生感情，更別說是隔著螢幕了。思及此，她不由得下意識苦笑道：「上天不虧有情人……我這是有情，抑或無情呢……」

若說有情，我是為了誰而站在這裡？

若說無情，我又是為了誰而站在這裡？

想了想，她又不禁呢喃道：「我這算是報恩吧？恩情恩情，還不了情，那便報恩吧……」

她把鼠標移到軀忘爐上，點擊下去。

系統提示：汝欲忘前塵，甘願輪迴，是否？

「是。」

下一刻，從四面八方湧來的烈火吞沒了她。

螢幕的畫面忽然響起悠揚的音樂，像是播放黑白電影一般，一幕幕滑過她與同伴們在許多地圖、許多副本打怪的畫面，她有些怔忡。有一幕是在她被硃厭打得半死時，戰無不克及時出手相救；有一幕是她被赤鷩噴火燒得半死時，心花朵朵開及時擋在她前頭；有一幕是她被土螻咬得半死時，吃飯睡覺打東東及時踹飛牠；還有一幕是她被天狗踩在腳底下時，一夕重華……呃，他只冷冷的瞥了她一眼，然後走掉了……

她有些訕訕的摸了摸頭髮，原來她這個補師當得這麼※好啊！

系統提示：以汝之肉塑果，以汝之魂塑因，「聖潔之心」從汝而生。

系統提示：「聖潔之心」冶煉完畢，汝獲得一顆「聖潔之心」。

系統提示：汝已臻化境，請選擇需要「聖潔之心」之人。

畫面跳出了郵箱的介面，她點選新增信件，夾帶聖潔之心，接著在內容欄裡寫下「不寄相思，只記往日之恩」，然後在主旨欄上很狗血的寫了「還君明珠」四個字。最後點選某人的ID，按下寄出。

系統公告：玩家【雲深不知處】成功煉製「聖潔之心」。

系統公告：玩家【雲深不知處】捨其名，失卻「聖潔之心」，證得無我之滅境。

……

系統公告什麼的，她再也看不見了。她看著畫面最後停格在遊戲初始的創建人物介面，微微出神。

遠方的另一臺電腦前，一張冷漠的俊臉也正蹙眉望著螢幕。

他才剛解決「幽冥之隙」的BOSS，畫面就跳出收到郵件的提示訊息，郵件的主旨是「還君明珠」，附件是……聖潔之心？

聖潔之心！

他打開郵件，寄件人是「雲深不知處」。

雲深不知處？思索了一會兒，這才想起平時一起組隊打怪的補師似乎就叫做雲深不知處。他只記得吃飯睡覺打東東和心花朵朵開很呱噪，戰無不克強勢且善戰，至於這個小補師……他想了半天，沒什麼特別的印象。

每次打副本，先趴地吃土的幾乎都是這個叫做雲深不知處的小補師，他對她哪會有什麼印象？

第一章

那──還君明珠，她是什麼意思？

她是什麼意思？發信之人已經殉爐，自然無人能答。可此時此刻，奔浪皇朝的公會頻道比之世界頻道的熱鬧有過之而無不及。

「歐麥尬，雲妹妹自殺了！」

「花生蝦米代誌？小雲妹妹安怎想不開啦？」

「難道這是傳說中的殉情？貝戔男人是誰，滾出來！」

「啊哈，給我一杯忘情水，換我一夜不流淚……」

「樓上，你侏羅紀來的啊？早不流行忘情水了！」

跟雲深不知處固定隊的隊友也不淡定，心花朵朵開首先開炮：「死東東，你是不是欺負雲妹妹了？我不是叫你的鹹豬手離她遠一點，你是不是又偷搭她的肩了？」

「冤枉啊，花大姊，我只偷牽過她的小手，肩膀還沒搭到呢！」

「果然是你！」心花朵朵開一個旋身，一把將吃飯睡覺打東東踩在腳下，「讓我代替月亮來懲罰你！」

「……」戰無不克再次發來點點點，以展示自己的存在感和參與感。

眾人開始跑題，公會會長劍走偏鋒也適時的補了一槍：「雲深不知處是咱們公會的？」

「嗚哇，雲小妹，妳死得比竇娥還冤啊！至少要等會長記住妳，妳再掛點啊！」

「會長……」

「會長……」

「會長……」

公會頻道裡不約而同刷起了鄙視的表情符號。

「我這不是人太多了，一時記不住嘛！」劍走偏鋒完全沒有罪惡感，公會的成員太多，他身為公會會長，只直接管理幹部級別的精英分子，積分太低而不在排行榜上的，完全被他丟分母裡去了。

「會長，這不是重點，重點是這場婚禮該怎麼辦？人家蝶舞大美人還在等新郎官呀！」長老級的幹部發言了。

「會長，要不，我犧牲點，新郎官就由我上吧，怎樣？」吃飯睡覺打東東又適時出來表達對公會的忠誠度與自己的節操。

「滾！」眾人團結的同聲一氣。

「幹嘛幹嘛！好歹我也是人見人愛花見花開車子見了都爆胎的大帥哥一枚啊！」公會頻道又一次被唾棄的表情符號占滿。

「老三不在，婚禮是辦不成了！我先密胭脂閣的公會會長，商量看看能不能改期，或是換成長老蕭八郎娶蝶舞翩翩……」劍走偏鋒遲疑的說道。

「喂喂喂，老大，我結婚了啦！」

「老大，我自願！」吃飯睡覺打東東不怕死的又冒出來。

就在公會裡即將掀起搶當新郎官的戰火時，消失多時的準新郎官突然現身了，丟了簡單的兩個字：「她呢？」

「靠，老三，你跑哪兒去了，密你也不回！」

「她呢？」一夕重華沒搭理，只又重複了這句。

「蝶舞翩翩還在月老廟，你快來找她，跟人家賠個不是，搞不好人家美女大度，不跟你一般見識！」

「蝶舞翩翩是誰？」

大神此話一出，眾人瞬間滿頭黑線。

劍走偏鋒不幹了，這是赤裸裸的藐視他這個公會會長的權威啊！就算你是副會長，好歹也頂著個「副」字，怎麼也得給他個面子吧？

「老三，你明明答應我要聯姻的，該不會忘了你的新娘子是誰吧？」

公會頻道突然靜了下來，靜得幾乎讓人以為當機了。

不知過了多久，一夕重華才道：「嗯，我記得。」

劍走偏鋒想撞牆的心都有了，你這句話明擺著此地無銀三百兩啊！別說是他了，其他智商水平低的再看不出來，都枉稱是個人了。這種人竟然是自家公會的副會長，要不要這麼沒天理啊！

不過，大神的氣場太強，大家只敢默默的在心裡鄙視。

當然，天生不知神經為何物的人還是有的。吃飯睡覺打東東捶胸頓足起來：「三哥，你你你你你這是暴殄天物，那是蝶舞翩翩哪，多少男人夢中的女神，換了我，我夜夜提槍天天做新郎啊！」

「你個小屁孩，要我說多少次，是暴『殄』天物啦！」心花朵朵開齜牙瞪眼。

就在這時，世界頻道突然出現一條系統公告。

系統公告：玩家【蝶舞翩翩】與【胭脂閣公會】志不同道不合，即日起退出【胭脂閣公會】。

在世界頻道再次沸騰的同時，奔浪皇朝收到了一條入會訊息。

系統提示：玩家【蝶舞翩翩】申請入會，您是否同意？

劍走偏鋒不淡定了，這是什麼神展開？自家副會長才剛當落跑新郎，人家準新娘就花轎也不坐的殺進門了，有這麼急著見公婆的嗎？

螢幕前的俊臉再度蹙起了眉頭，一夕重華對什麼蝶舞翩翩沒興趣，思忖了一會兒，在搜尋欄位中鍵入雲深不知處的名字。

系統提示：查無此人，請重新傳送。

無可奈何之下，他轉而發了密語出去：「她為什麼要殉爐？」

其實他是想問，她為什麼要寄聖潔之心給他？那句「還君明珠」又是什麼意思？

收到密語的吃飯睡覺打東東愣了一下，呆了好一會兒，這才反應過來大神口中的「她」是指誰，他回道：「不知道，她沒說啊！」

「你們認識？」

大神的問話很簡潔，但他懂。「不認識，花大姊和戰二哥也不認識，雲妹妹很少說自己的事……三哥，你沒事吧？」

「嗯。」

嗯？嗯是什麼意思？等了很久，沒等到下文。吃飯睡覺打東東平常雖然固定跟大神組隊解任務，可大神平時沉默寡言，根本不知道他在想什麼，而且大神那無形的強大氣場，他隔著螢幕都能感受到。

接著，系統公告一出，公會頻道又鬧騰起來了。

系統公告：玩家【蝶舞翩翩】加入奔浪皇朝公會。

「請大家拍手歡迎蝶舞翩翩。」

劍走偏鋒的這句話可以無視，公會頻道早刷翻天了。

「啪啪啪啪啪啪啪……N次方。」

「啪啪啪啪啪啪啪啪……N次方。」

第一章

「啪啪啪啪啪啪啪啪……N次方。」

「啪啪啪啪啪啪啪……N次方的N次。」

「我是蝶舞翩翩，謝謝大家的熱情。」

「蝶舞，妳退出胭脂閣，那東方傾城……」身為公會會長，劍走偏鋒有必要關心一下。

「我跟傾城說好了，既然要合作，我乾脆加入奔浪，有什麼計畫，我也做得了胭脂閣的主。」

蝶舞翩翩沒有追究新郎官臨陣脫逃的事，讓劍走偏鋒鬆了一口氣，但她接下來的話，又令他一顆心提了上來。

「至於本來說好的聯姻……」

吃飯睡覺打東東又來找存在感了，「小蝶，如果妳願意，我們公會裡還有一個人見人愛花見花開車子見了都爆胎的大帥哥，妳考慮一下吧！」

這個車子見了都爆胎的大帥哥被直接無視了，劍走偏鋒立馬回道：「這事是我們的錯，妳有任何要求，我們願意盡量配合，只是這聯姻……」

「聯姻之事不急，我確實有個要求。」

「妳說！」

「我希望以後能跟一夕重華組隊解任務，不管是每日或是副本。」

並不是所有人都歡迎宅男女神的，比如同為女性的心花朵朵開。

「切！跟我家大神組隊，好歹也要問他的隊員答不答應吧？」

不過，用下半身思考的動物還是占大多數，比如吃飯睡覺打東東。

「我同意！我舉雙手雙腳同意！」

「滾！你個吃裡扒外的狗叛徒！」

心花朵朵開飛身又是一腳，踹得吃飯睡覺打東東只差沒吃土了。

「我也同意。」總是發刪節號的戰無不克破天荒打字了。

「戰二哥，你——」心花朵朵開驚訝。

「雲深不知處不在，我們需要一個補師。據我所知，蝶舞翩翩是祭司榜排名前十的補師，有她加入，我們打副本會更輕鬆。」

「戰二哥，你……」吃飯睡覺打東東感動。

「不相信的話，自己去查職業分類榜。」

「戰二哥，我的意思是，你竟然能一口氣說那麼多話，大神應該向你看齊才對！我說啊，你們老頂著那張冰塊臉，人生有什麼意思呢？多說幾句話才有人氣嘛！」吃飯睡覺打東東再次把沒神經的真諦發揮到淋漓盡致。

「既然你們都沒意見，那以後請多指教了。」

戰無不克：「……」

「誰說的，大神還沒表態呢！大神……大神人呢？」心花朵朵開做最後掙扎。

「老三下線了。」劍走偏鋒答道。

「嘿嘿，這就是默認了！小蝶兒，咱們去下副本培養感情，不，是培養默契！默契值越高，經驗越多，呵呵呵呵……」吃飯睡覺打東東現在可真就是心花朵朵開哪！

至於心花朵朵開，當然滿心滿腦只想吃飯睡覺打東東了。

第一章

◇※◇　◇※◇　◇※◇

「叩叩叩！」

敲門聲驚醒了沉浸在紛擾思緒中的李雲深，她習慣性推了推鼻梁上的黑框眼鏡，隨手關掉螢幕，起身開門。門外的中年女人正端著托盤和藹的微笑望著她，那眼裡的關愛之情難掩，還夾雜著一絲小心翼翼。

「小姨。」李雲深淡笑的點頭。

「這麼晚了還沒睡？既然已經確定錄取T大，就好好休息，後天不是要上臺北去看學校？行李收好了嗎？妳爸爸說妳是要住在妳三姨家兩個禮拜吧？我讓妳爸爸再打個電話給妳三姨，請她好好照顧妳。聽說妳二表哥還在找工作，如果他沒事，就請他陪妳逛一下T大的校園，熟悉環境……」

「小姨。」李雲深有些無奈的笑著打斷她。

「啊，瞧我，我這張嘴真是……來，這是小姨為妳準備的宵夜，這個桂圓紅棗湯煮得很透，喝完早點睡……還是，妳想喝牛奶？」

「小姨，桂圓紅棗湯很好，我喜歡。」

「那就好，小姨不打擾妳了，妳看完書就早點休息。」

關上門，李雲深無聲的吐了一口長氣。

趙英華是她的繼母，她是獨生女，母親在六年前過世，後來父親娶了這個女人進門。繼母溫柔體貼，對父親小意迎合，對自己也呵護備至，甚至帶了一點刻意的討好。可也許是她始終無法忘懷母親，所以對繼母總是保持著無形的距離，不至於不理不睬，但相敬如賓還是做得到的。

不過，她心裡的檻過不去，無法改口喚她「媽媽」，便只喊她「小姨」。

抬頭看了眼壁上的掛鐘，十一點二十五分，過了她就寢的時間了。

她的作息很規律，每晚唸完書後，十一點準時上床。

她是別人眼中的優等生，每天放學就回家，洗完澡吃完飯，唸完書就睡覺。課業永遠不需要別人費心叮嚀，成績永遠名列前茅，所以後來也如預料中的考上臺灣最高學府T大。

她也是父母眼中的乖女兒，做任何事都自動自發，從不去其他遊樂場所，放假就在家看書或上圖書館，不曾對父母有忤逆之言。有時她會在心裡自嘲，子女做到這般，也算是極致了吧。

多年來，她的生活一直很簡單，上學、唸書、吃飯洗澡、睡覺，唯一一次脫軌，便是四個多月前接觸了《天泣 online》。以前偶爾聽同學熱烈談論網路遊戲，卻不懂什麼是網路遊戲，她的電腦一向只用來做作業、查資料，連SKYPE、FACEBOOK什麼的都不會用。

開始玩《天泣 online》之後，她的生活依然很規律，只是這個規律之中加入了《天泣 online》，打怪升級成為每日固定要做的事之一，但這並不影響她準備學測，她不是死讀書的那種學生。當然，這也要歸功於她的好運氣，剛做完新手任務，冒險之旅還沒開始，就被心花朵朵開拉入隊伍，自此展開了一段長達四個多月的「吃軟飯」之旅。

有那些強大的隊友在，她這個「新手上路」能做的，除了夾起尾巴做人之外，就是湊人數經驗而已。很多時候都是在她沒弄清楚敵人是什麼來頭的狀況下，戰鬥就結束了。

若是用一句話來形容她的心情，那就是「痛快的憋著」。

然而，傍著大樹未必好乘涼，軟飯吃多了總是要還，於是最後的最後，她便用聖潔之心來償。飲盡忘卻湯，世事付蒼茫，原來網路遊戲也能這麼人性化！

不過，她沒那麼多時間慢慢感傷。兩天後，她拖著一只行李箱，茫然的站在車水馬龍的路旁，看著熙來攘往的人潮，有些無措。在家裡只聽親戚說臺北車多人多，卻不知道會多到讓人有種寸步難行的地步。

猛的，一輛黑色小轎車在她面前緊急煞車，她嚇了一跳，不自覺的退了兩步。

一個蓄著三分頭，面孔略微黝黑的大男生從駕駛座走了下來，他咧開一口白牙，笑容滿面的說道：「妳是雲深表妹吧？我是妳二表哥霍天揚，我媽讓我來接妳！」說著，接過她的行李，放到後車廂中。

他的嗓門頗大，李雲深不禁感到有些局促，連忙低著頭坐到副駕駛座。

霍天揚一邊熟練的轉動方向盤，一邊饒有興味的用餘光打量這個從鄉下來的小表妹，果然如母親所說的文靜內向，可這臉皮子也太薄了，才說了不到兩句話，耳根子就紅了。再看這打扮，厚厚的瀏海幾乎遮住了大半的眼睛；小小的鼻梁上頂著一副粗黑框大眼鏡，掩去了小臉大半；長及腰際的黑髮紮了兩根麻花辮垂在胸前兩側；白色襯衫、黑色及膝裙……嘖嘖，活脫脫像個從民國初年走出來的小白兔哪！

李雲深被看得越發赧然，故作不知的轉頭假裝看車窗外的風景。

沿途，霍天揚有一搭沒一搭的和她閒聊，她也支吾虛應著。霍天揚天生自來熟，也不在意，不管她有沒有聽進耳朵裡，繼續天南地北的胡謅，有幾次還逗得她發笑。等到車子駛入霍家的車庫時，她的態度已經放鬆許多。

有個身材微胖，笑容和霍天揚有幾分相似的婦人迎了上來，她一把抱住李雲深，「我的乖寶貝，好甥女，三姨總算把妳盼來了！累不累？快進來，三姨準備了很多水果和蛋糕，快來吃！」

李雲深也親暱的摟住三姨楊淑貞的胳膊。楊淑貞是母親的姊妹，母親與這個三姊的感情最好，自然而然她對三姨也有一股孺慕之情。

霍天揚跟在後面進屋，看著母親對小表妹的熱情，忍不住笑著搖了搖頭。渴望女兒多年的母親只生了他們三兄弟，還好小表妹來了，好歹能讓她暫時轉移注意力了。他才剛退伍，母親就每天揪著他的耳朵不放，叨唸著讓他趕快找份工作，別整天遊手好閒。

楊淑貞拉著外甥女的手，待她吃完一輪水果，才擔憂的問道：「那個女人對妳還好吧？妳爸爸不在家的時候，她有沒有偷偷虐待妳？別怕，告訴三姨，三姨替妳出氣！」

「沒有，三姨，妳別擔心，爸爸和小姨都對我很好。」李雲深微笑。

楊淑貞狐疑的端詳李雲深的表情，確認她沒撒謊後，才又不放心的叮囑道：「如果她敢對妳不好，妳就來跟三姨說，三姨一定給妳撐腰！」

「媽，不是全天下的後母都會虐待繼女啦！」霍天揚無奈的說道。

「什麼妓女？她是你表妹！」楊淑貞白了兒子一眼，「你看你，不好好讀書，也不找份正經工作，整天只想那些有的沒的！你看看你大哥，看看你弟弟，就你——一點出息都沒有，只記著玩！」

霍天揚背過身，朝李雲深吐吐舌頭，扮了個鬼臉。

李雲深噗哧笑了出來，「大表哥和小表哥呢？怎麼沒看見他們？」

「你大表哥出差去美國，你小表哥和研究所的同學去大陸西安，說要做那個什麼考古的，也要過個十天半個月才回來。這幾天讓天揚帶妳去T大，順便在附近逛逛。對了，聽妳爸說妳要住宿舍？怎麼不住三姨家？三姨家有空房間，三姨不放心妳一個人在外面！」

「學校宿舍有舍監，很安全。住學校，上課也方便。」

「妳決定就好，萬一住不慣，隨時來三姨家。」楊淑貞拍了拍她的手，然後轉頭對霍天揚厲聲道：「把你表妹的行李拿到二樓轉角第二個房間，還有，這幾天不許你亂跑，陪她在T大走走。」

霍天揚得了退場令，立馬扛起行李，咚咚咚跑向二樓。

「這皮猴……」楊淑貞嘆氣搖頭。

晚上陪三姨一家人吃完飯，就見霍天揚鑽進房裡沒再出來，不知在忙乎什麼。她有些好奇，聽三姨叨唸才知道，原來他最近迷上什麼網路遊戲，沒事就扎在電腦前，惹得三姨又一通抱怨。

李雲深陪著三姨憶完當年後，正準備回房休息，誰知行經霍天揚的房間時，他突然打開門，探出腦袋，賊兮兮的衝著她笑，然後小聲說道：「表妹，表哥剛在妳房間的電腦灌了好東西，妳無聊時可以拿來打發時間！我聽說妳在家只會讀書，什麼嗜好都沒有，這樣不行喔！身為日新月異的現代人，至少要會玩電腦！不用太感激妳表哥我，不懂的就來問我，嘿嘿！」說完，砰的一聲又關上門。

李雲深錯愕的盯著他的房門好一會兒，才轉身走回自己的房間，打開電腦。

螢幕的畫面很乾淨，除了「我的電腦」、「資源回收筒」、「outlook」之外，就只有一個她熟得不能再熟的 icon 正熠熠生輝。那簡單流暢的線條，那澄黃的光暈，不是她看了四個多月的《天泣 online》還能是什麼？

「砰砰砰！」

突如其來的敲門聲讓她反射性的從椅子上跳了起來，門被推開，霍天揚那張笑臉從門外伸了進來，「表妹，我忘了告訴妳，我在第二伺服器，我的 ID 是痞子霍，別忘了喔！」說著，又砰的一聲關上門。

李雲深瞪著被關上的房門，一時間有些哭笑不得。

她慢吞吞坐回電腦前，看著螢幕好一通發呆，才抿了一下脣，雙擊《天泣 online》的 icon。熟悉的片頭音樂響起，熟悉的開場動畫劃過眼前，沒等歌曲唱完，她便按下 ESC 鍵，略過影片，進入創角畫面。

其實她已經不太記得操作介面了，當初玩得懵懵懂懂，憑著直覺一路闖關，再加上有大神領頭，很多時候她只是一個口令一個動作，根本不知道自己在做什麼，更別說是要記下步驟了，所以當她再看到創角畫面時，只覺得新鮮，彷彿是第一次看到。

遊戲裡的職業有五種，近戰系的劍士（劍）、戰將（長槍）、刺客（匕首），遠攻系的弓箭手（弓），以及法術系的祭司（法杖）。其中祭司是唯一的補師，也是唯一非物理系的職業，據說改版之後還會增加兩種職業。

裝備依普通至上品，分為白、綠、藍、橙、金等五個品級。藥物則分成低階、中階、高階等三類，越是高階的藥物，其所需的藥材越稀少越難取得。另外，生活技能有釣魚、採藥、探勘及縫紉。

基本上，支線、生活技能什麼的，她都沒玩過，當時只埋頭跟著隊友拚命打怪升級，完全沒有好好停下來看看遊戲裡的風景，現在再看創角畫面，更是一派陌生。

思索了下，她還是選擇了祭司，至於ID，遲疑了一會兒，仍是鍵入「雲深不知處」。

系統提示：創角成功！

系統提示：玩家【雲深不知處】，歡迎您進入《天泣online》的奇幻世界，預祝您有一個美好的旅程！

優美的過場音樂結束後，畫面跳轉到古色古香的城鎮，這裡便是新手的初生地「雍州」。雍州城是元朝的京都。元，取自《易經》中的「大哉乾元」之意。元朝是《天泣online》設定的背景朝代，而新手玩家初生的時間為隆安末年，元朝運祚衰竭，群魔並起，禍亂蒼生之時。

由於遊戲已經營運一段時間，所以新玩家並不多，她左右張望了半天，像她這樣穿著粗布短襦短裙的人只有小貓兩三隻，其餘熙來攘往的都是NPC。

她按著遊戲指示繞了主城一圈，聽了一遍元朝歷史、幾樁江湖軼事、幾件名人軼聞，又領了套新手白裝、一根木杖，然後就升上15級了。

照理說，她接下來應該去衙門接「捉拿逃犯」的任務，可她還記得，當初她就是在打逃犯劉大時遇到心花朵朵開。當時，她第一次接觸網遊，對操作介面十分陌生，攻擊、防禦要按哪個鍵都不懂，結果被劉大掐著打。在不知道吃土幾次之後，心花朵朵開正好路過，便主動邀她入隊，然後一刀刺死劉大。

從那之後，她就展開了漫長的「傍大樹吃軟飯」之旅。

想了想，她沒去接任務，而是跑去找 NPC 買了一本《本草綱目》，決定先練生活技能。

生活技能依熟練度分成下級、中級、上級，熟練度越高，越能做出越高階的物品。

點開《本草綱目》，上面寫著採藥煉丹的最低限制條件是15級，而目前她唯一能煉製的丹藥是金創藥。金創藥所需的藥材是露蜂房十個、山楂十個、熊掌五個。

她按圖索驥，來到主城西郊山腰處，順利打死幾隻 10 級的大黃蜂，收集了一百個露蜂房，又採了一百個山楂，然後來到森林旁閒晃，晃了大半天，終於在一處山坳發現 14 級的黑熊。她興沖沖的跑過去，舉起木杖就揮了下去。

黑熊頭頂立時浮現 -5 的紅字。

她愣了一下，怎麼只扣 5 點血？

轉眼，黑熊大掌一拍，她的血條瞬間去了三分之一。再回過神時，她已經被黑熊踩趴在腳底下了。

她瞪著眼睛，張大嘴巴看著自己慢慢變成一縷幽魂，飄向閻羅殿。如果她這時回頭的話，就會看到有個人的嘴巴張得比她還大。

霍天揚敲了半天門，見沒人回應，便自己推門進去，誰知一進去就看見表妹被黑熊秒殺。

過完所有的新手任務，至少可以升到 20 級。低於 20 級的怪物都是讓新人練手的。他玩過不少網遊，卻還是第一次看到有人被新手任務的怪物秒殺。他摸了摸鼻子，又無聲的晃了出去。

李雲深從閻羅殿返生之後，收到一條加好友的系統提示，發信人的 ID 是痞子霍。加完好友，又收到他傳來的訊息。

「表妹，走，表哥帶妳去打熊！」

李雲深頓時噎了一下，敢情表哥看到她「壯烈成仁」了？

「表哥你都162級了，陪我打14級的熊不太好吧？這熊我總能打死的，大不了等我升級再回來復仇。」

霍天揚有些猶豫，他想幫表妹，又想趕著在遊戲改版前封頂，一時感到左右為難。

「要不，妳跟著我走，包准妳一下子連跳幾十級！」

「表哥，你打的很多怪都會範圍技，牠們隨便來一下，我就趴了。你還是跟別人下副本去吧，那個升級快。我自己先慢慢打，有困難再找你幫忙。」

「那好吧，有事一定要敲我喔，不要客氣！」

李雲深站在主城想了半天，決定還是先老老實實的接任務打怪升級，等升到20級再去撿熊掌。她來到衙門，找捕頭接了捉拿逃犯的任務，然後就熟門熟路的摸到南門外，逃犯劉大藏匿的破廟前。

雖然她已經不記得曾被哪些怪打趴了，但卻清清楚楚的記得劉大，因為他是遊戲裡第一個踩在她頭上耀武揚威的敵人。不過，今非昔比，她已非從前吳下阿蒙。方才被14級的黑熊打扁，那是她大意，劉大雖然15級，可好歹是個人，不是畜生。是人，總會死的。

雄心壯志油然而生，她握著木杖，走到破廟前，凝視著躲在院子裡草叢後方的那顆洋蔥頭，意氣高昂的緩緩靠近。鼠標一點，劉大跳了出來。

劉大：此路是我開，此樹是我栽，要想過此路，留下買路財。

系統提示：您欲逃走否？

她選擇了「否」。

劉大：後母的拳頭，六月的日頭，就叫你看看老子的拳頭，比不比得過六月的日頭！

劉大一說完，便進入戰鬥畫面。她集中精神，選了普攻。連續打了那麼多隻黑熊，升到了16級，這樣總該能輕鬆吃下劉大了吧？

她跳出去戳了劉大一下，劉大的頭頂浮現-58的紅字。

劉大隨後反擊，大刀一揮，她的血條頓時去了一半。她再次張大了嘴，只是被黑熊打掛時，嘴裡只塞得下鵪鶉蛋，現在卻是能塞下鴨蛋了。

這劉大是剛出國進修回來嗎？怎麼像嗑了藥似的勇猛起來了？

她連忙選擇防禦，而劉大適巧砍過來，一來一往，她被劉大一腳踩在了腳底下，幾乎見底的血條正疾速閃著紅光。

果然，是人，總會死的。

只是死的不是劉大，而是她。

千鈞一髮之際，女神從天而降，金光閃閃的法杖一揮，一道虹光劃過，劉大登時斃命。她立刻從地上跳了起來，正想拱手道謝，可一看到女神頭上的ID，當下一陣頭昏，只恨劉大真是沒用，剛才怎麼不一腳踩死她算了？她寧願英勇的死去，也不想屈辱的活著！

眼前這紅衫羅裙，周身泛著金色光暈的女神不是別人，正是本服令眾多男性玩家傾倒，想夜夜提槍天天做新郎的蝶舞翩翩。

「多謝女俠相助，咱們青山不改，綠水長流，後會……」

她這「後會無期」四個字還沒打完，人家女神就發話了：「妳解新手任務嗎？需不需要幫忙？」

看到新手任務幾個字，她被刺了個赧然，訕訕的回覆：「不用了，我剛才只是一時大意……」

「舉手之勞而已，反正我的隊友還沒來，我有時間。」

我的隊友？李雲深心裡的警鐘大響，突然有種很不好的預感。

「妳看，劉大又重生了，我幫妳……」

李雲深嚇了一跳，連忙道：「不不不，我來就好！」接著匆忙跑向劉大，只想著快點解決快點離開。

她記得殉爐前蝶舞翩翩正要和一夕重華結婚，剛才蝶舞翩翩所說的隊友，十之八九就是她的新婚夫君一夕重華。若是一夕重華來了，那戰無不克、心花朵朵開、吃飯睡覺打東東不也……

思及此，她決定使出殺手鐧——目前僅會的術法「神光一擊」。

豪情萬丈的點了神光一擊，她頓時傻了眼，吟唱時間需要七秒。

在她吟唱時，劉大那把明晃晃的大刀已砍了下來，先前補滿的血條瞬間又去了一半。她連忙中斷術法，改點防禦。劉大再次砍了下來，彷彿畫面重現般，一來一往，她再度被劉大一腳踩在了腳底下。

就在這時，她看到了那熟悉的身影從她面前慢條斯理的走過去，依稀還能感受到他從上面冷冷投下來的一瞥……

此刻，她的嘴巴已經張得堪比駝鳥蛋般的大了，而且在她化作一縷幽魂飄向閻羅殿之前，她的腦海裡只浮現了一句話：是冤家，總要碰頭的！

最後，在冤家的「目送」下，她渾身發冷的飄向閻羅殿，然後磨磨蹭蹭的挪到執司返生的NPC旁，眼見一個又一個的玩家重回人間，她依舊站在一邊發呆，心裡糾結著——認，還是不認？

認了，她要如何對他們解釋她為何要殉爐？既然殉爐了，為何又重新註冊同樣的ID？莫不是真心想殉爐？若是真心想殉爐，又是為了誰？說她和大神有「姦情」，打死路人都不信！連她自己都不敢確認大神是否記得自己，她哪有臉說是為了他殉爐的？

若是不認……

反正她也不曾與他們有過多的私交，就算她矢口否認，他們應該也無從斷定她就是曾經的「雲深不知處」。最多只能說她和「那個她」心有靈犀，她又湊巧在「那個她」自我了結後註冊遊戲，如此而已。

心念一轉，李雲深打定了主意，雖然用了跟「前世」一樣的 ID，但死活要咬緊自己是個「新人」，更何況，會被劉大踩在腳下掐著打的，不是新人是什麼？而且她是新手上路，不會沒事到高階地圖去晃，遇到他們的機率著實渺茫，有什麼好擔心的？

她想得美滋滋的，卻忽略了她被劉大踩著打的地盤就是新手地圖。

總而言之，想開了，放鬆了，她便屁顛屁顛的點擊 NPC，然後很歡樂的重生回主城。

然而，理想很豐滿，現實卻很骨感。她才剛重生踏到地面，就收到了一條加好友的訊息。一看到發信人的 ID 是一夕重華時，她當場猶如五雷轟頂，錯愕得說不出話來。

她「前世」當他的隊友，一路從小菜鳥打到變老鳥，都快封頂了，也從沒見他對她看過一眼，怎麼她「重生」變成菜鳥，他卻要加好友了？

所謂大神當如是！那思考迴路就跟畢卡索的畫一樣高深莫測，不是她這種小老百姓可以擅自仰望的。

她下意識的想點「拒絕」，可一想到大神把 BOSS 級的怪當大白菜般的踐踏蹂躪、把紅名（注一）當皮球踢時，她的手一抖，立馬把鼠標移向了「同意」。她不想被拖到郊外「掄」那一百遍……

「到城東的夫子廟大成殿等我。」大神不容商量的命令道。

夫子廟？那裡有任務嗎？

大神下令，她不敢不從，連忙把走路模式切換成跑步模式，咚咚咚按著地圖的指示跑向夫子廟。進了大成殿，只有一個 NPC 站在那裡。她張望了半天，沒看到有任何頭上頂著驚嘆號的任務 NPC，於是疑惑的問道：「大神，大成殿這裡好像沒有任務。」

等了足足有五分鐘之久，沒等到回應，就在她以為電腦當機的時候，大神那飄逸的身影出現在了大成殿門口。《天泣online》的美術實在令人讚嘆，瞧瞧大神那精緻的頭冠、淡紫色的素雅長袍，修長的腿足蹬紫金色的短靴，背上負著一柄銳氣十足的長劍，渾身金色品階的極品裝備，活脫脫就像個皇家世子，怎麼看也跟劍士搭不著邊！

她有些緊繃的抿了一下唇瓣，看著他慢慢走近殿裡唯一的NPC祭官孔德，看著他簡潔有力的話語：「過來，點他。」

她納悶的走近，鼠標移到祭官孔德的頭上點了下去，不知道大神葫蘆裡賣的什麼藥。

孔德：古之學者必有師。師者，所以傳道、授業、解惑也。人非生而知之者，孰能無惑？惑而不從師，其為惑也終不解矣……無貴、無賤、無長、無少，道之所存，師之所存也。

孔德：汝欲拜師，須奉拜師帖。汝欲拜師，是否？

她愣了一下，茫然的問道：「誰要拜師？」

畫面陡然跳出大神傳來的交易訊息，她點開，上面是一張拜師帖。

「選擇『是』，然後給他。」

她依言把拜師帖交給孔德，接下來跳出的訊息卻讓她一驚。

孔德：汝欲拜玩家【一夕重華】為師，是否？

「我沒說要拜師啊……」李雲深納悶。

接下來的沉默，雖然隔著螢幕，但不知為何，她就是能感受到大神從彼端散發出來的足以將人冰凍三尺的寒氣，於是她立馬改口：「師父在上，請受徒兒一拜！」然後連忙點擊「是」。

孔德：汝欲拜玩家【一夕重華】為師，須奉束脩 150 金幣，是否？

她傻眼了，這是赤裸裸的搶劫啊！她全身上下只有 869 銅幣，連枚銀幣都沒有，哪兒來的金幣啊？她只想讀貧民學校，不想唸貴族學校呀！

「那個……我沒有錢……」

當她很可恥的說出這句話時，她彷彿能看到大神黑了一半的臉。

又過了足足一分鐘，大神再次與她交易，她看著交易欄裡躺著的 150 金幣，厚著臉皮收下，然後轉手給了打劫窮人的孔德。難怪她進來大成殿沒看到半個人，原來這裡是十足十的黑店哪！

「這是借妳的，三分利。」

她噎了一下，欲哭無淚。

常聽人家說「投師如投胎」，這話果真不錯，她不就是投胎到專門放高利貸的小氣大神門下了嗎？

接下來，又聽黑心商人孔德說了一串洋洋灑灑的廢話，然後她被迫跪拜獻茶給半路撿來的便宜師父之後，終於結束了漫長的搶劫……不，是拜師儀式。

不過，當她看到個人資訊的師父一欄跳出「一夕重華」之後，她瞬間釋然了，有這麼一尊大神師父在，說不定她以後不會被人踩著頭往死裡打了。如果她再無恥一點，還可以藉著師父的名頭在外狐假虎威一番……

她正想得美，惜字如金的大神師父開口了：「接著，宣布師門規矩。」

她的心猛然一跳，不祥的預感油然而生。

師門規矩？哪門子的師門規矩？她怎麼沒聽說過？

「師門規矩第一條，師父說了算。」一夕重華悠然道。

師父說了算！
師父說了算！
師父說了算！
……
師父說了算……意思是，師父讓她吃飯，她不能喝茶；師父讓她睡覺，她不能洗澡；師父說烏鴉是白的，她得努力宣揚師父的大智慧；師父說她笨，她得痛哭流涕面壁懺悔？

不知道她現在叛出師門會不會被拖到角落「掄」個一百遍？

大神似乎知曉她心中所想，又慢條斯理的補了句：「師門規矩第二條，叛出師門者，斬立決！」

嗚，她已經不想知道師門規矩有沒有第三條、第四條了……

她這哪是拜師，她這是上了一艘不靠岸的賊船啊！

當李雲深神遊般的離開大成殿，神遊般的在城裡晃盪，晃到客棧遇到霍天揚時，霍天揚興致勃勃的關心道：「表妹，妳打死黑熊復仇了沒？我現在有時間，陪妳去殺熊打牙祭！」

黑熊？什麼黑熊？再來一百頭黑熊都比不過她那個師父的心黑！

「表哥，你有師父嗎？」李雲深哭喪著臉。

「什麼師父？我自己就是師父啊！想我風流倜儻英俊瀟灑，那個桃子李子不敢說遍布天下，但也足夠來個選美秀了，哈哈！」

「表哥，你有師規嗎？」李雲深抱著微薄的希望又問道。

「師規？」

「比如師父讓徒兒往東，徒兒不能往西之類的。」

霍天揚嘿嘿笑了兩聲，突然曖昧的說道：「要想學到會，先跟師父睡；要想學到好，先脫光躺好。」

原來還有如此淫蕩的師規，她的黑心師父在她心裡的地位突然上升了好幾個檔次。好吧，她釋懷了。上了賊船，總比上了淫船好。

接下來幾天，除了上線練功，霍天揚果然十分盡責的帶著李雲深扎扎實實、仔仔細細的把T大地毯式的輾了一遍，除了女生宿舍、女生廁所他不能進去撒泡尿做記號之外，他很稱職的把腳踏車應該停在哪個棚子、用哪個角度停才有樹蔭又不容易被偷走的位置都記了下來。

T大的校園占地極廣，各大樓之間相距頗遠，所以T大學生幾乎人踩一輛腳踏車，霍天揚打算等T大開學前再帶她去買。

當然，他同時也很盡責的「照顧」李雲深在遊戲裡的「生活起居」。某天撞見她被紅名追著當鳥打之後，他便不時在她耳邊推銷自己所屬的公會，並大力宣揚加入公會的好處：「萬一妳被調戲，我們會打他打到妳解氣；萬一妳被糾纏，我們會把他打到鼻青臉腫；萬一妳沒人要，嘿嘿，我們還可以『內銷』！」

可當她接受邀請，加入表哥的公會，看到頭上頂著的公會名稱之後，她當下只想立刻「外銷」。

系統公告：玩家【雲深不知處】加入帥翻天公會。

無名氏：「請大家熱烈鼓掌歡迎人間最後一個處女雲小妹妹入會！」

公會會長的話，讓李雲深的手在退出公會的按鍵上抖了兩抖。

消化不良：「靠！極品啊！」

yoyo9527：「啪啪啪啪啪啪啪啪啪啪！」

小歪G：「啊哈，給我一杯忘情水，換我一夜不流淚……」
愛情小清新：「終於，咱們家終於有女人了，嗚嗚！」
玉米濃湯好好喝：「口黏的小清新，妳終於有處女同胞了！」
愛情小清新：「特馬的，老娘十三歲就不是處了啦！」
yoyo9527：「……」
小歪G：「……」
無名氏：「……咳咳！既然有新人加入，身為公會會長的我，就再次宣示一下公會的主旨。所謂天將降大任於斯人也，必先苦其心志勞其筋骨鵝其體膚……」
yoyo9527：「老大，你抄錯了，是『餓』其體膚，跟鵝一點關係都沒有。」
無名氏：「他奶奶的，你小學老師喔！」
yoyo9527：「我是幼稚園老師！」說完，還丟了一個大大的笑臉出來。
李雲深決定了，萬一被調戲了、萬一被糾纏了，她也絕對不向這群人求助。
不過，撇開那個必須恥力全開才敢頂著出門的公會名稱，加入帥翻天還是有好處的。公會裡有個女刺客早餐小妹對她很親切，有空便會帶她打怪練級。於是，在短短的三天之內，她這根廢材奇蹟般的升上了42級。
這天，她正在城西外郊的河邊採百草花時，又收到早餐小妹傳來的訊息：「雲妹妹，我們隊要解『棒打薄倖郎』的任務，還差一個人，快來湊人數吸經驗。」
只為團頭號不香，忍因得意棄糟糠，天緣結髮終難解，贏得人呼薄倖郎。棒打薄倖郎的任務緣起於「金玉奴棒打薄情郎」的典故。此任務限定女性玩家組隊，必須在限時五分鐘內清除六十六隻古書化成的書精，

BOSS 莫稽和金玉奴才會出現。

過關條件是在不能擊斃金玉奴的情況下打倒物理屬性的莫稽。

「莫稽是 52 級，他一根手指就會拈死我了！」

「安啦，咱們隊上有高手，不會有人指望妳啦！」

「這真是令人感到安慰啊，呵呵……」

就在她正要飛去找早餐小妹時，忽然收到黑心師父傳來的訊息：「來祈連山的忘魂川。」

失聯三天的黑心師父找她做什麼？她懷著滿腹疑惑飛過去，就見一夕重華正悠然的臨川而立，看到她來，便道：「妳可以走了。」

她愣了一下，默默的捏碎地圖卷飛走。

可就在她剛找到早餐小妹的隊伍時，黑心師父又發來訊息：「來京郊密林的失落沼澤。」

見隊長還在城裡補魔水，隊伍沒到齊，她只好再次捏碎地圖卷，飛去京郊密林。繞過一堆小怪，走過九彎十八拐，好不容易摸到失落沼澤，一夕重華正打完失落沼澤的 BOSS。看到她來，便悠然收劍，慢條斯理的道：「妳可以走了。」

她噎了一下，取出地圖卷，莫名其妙的又飛回去了。

剛回到任務地圖，隊長正好也補完水回來，她還發現已經有幾組人馬蓄勢待發了。

莫稽和金玉奴並不會掉什麼極品裝備，充其量也只有藍裝，而這個任務之所以會這麼熱門，主要是因為金玉奴會隨機爆出各職業轉職所需的連環任務道具「聖女的祝福」卷軸。

誠如早餐小妹所說的，她們的隊伍陣容堅強，劍士、戰將、祭司、刺客，負責扛怪的劍士皮厚血多，主攻的戰將輸出強大，擔任醫生的祭司補血技能達到高級，她這個來湊數的「新手上路」只要站得遠遠的，當個名副其實的分母就好。

然而，她這個分母卻比隊長還忙，因為開打之際，她再次收到黑心師父的訊息：「來城裡的倉庫。」

回城快多了，她忍著心裡隱隱升起的怒氣，厚臉皮的跟隊長暫辭，點擊回城快捷鍵。跑到倉庫旁，這次卻不見一夕重華的身影，她茫然的發了密語過去：「師父，你在哪裡？」

「妳到了？」

「是啊。」

「嗯，那妳可以走了。」

「……師父，你是不是在玩我？」

她等了足足三十秒，才等來一句話：「為師只是試試妳聽不聽話。」

李雲深怒了，不管會不會被拖去「掄」個千百遍，指尖恨恨的在鍵盤飛舞起來：「師父，你真幼稚！」敲完，立馬飛回去任務地圖。

彼端的另一臺螢幕前，長年冰封的俊臉出現了裂縫，幽深的黑眸裡閃過一絲旁人不易察覺的笑意，嘴角勾勒起淺淺的弧度。

看著李雲深像無頭蒼蠅一樣飛來又飛去，早餐小妹有些疑惑，「雲妹妹，妳在解什麼任務，怎麼跑來跑去的？」

「誰讓我的師父是變態！」

李雲深才剛抱怨完，下一秒就收到了黑心師父的密語：「背師妄議，辨道無益。」

她驚悚了，黑心師父有千里眼嗎？

「我的師父不拘變古亂常，有超脫物外的心態，謂之『變態』。」李雲深連忙又對早餐小妹道。

「……」

總而言之，一番周折之後，她們這隊娘子軍們終於順利開打薄情郎。其實薄情郎已不知被多少女人扁了多少遍。她們為了刷出「聖女的祝福」卷軸，全都在薄情郎的重生點圍堵，待他一出現，就立馬被圍毆升天。幾輪來回之後，他們的隊伍終於幸運撿到尾刀（注二），甚至還人品爆發的得到一個「聖女的祝福」卷軸。

李雲深本來就只是來吸經驗的，自然不會厚臉皮要求瓜分戰利品。而正準備退隊時，有個玩家在世界頻道的發話令她傻眼。

101 舞粉：「雲深不知處，妳了不起，自己沒本事還帶頭搶我們家蝶舞翩翩的怪，好威喔好嗆喔！」

這……這……她躺著也中槍，是怎樣？

她無言的左看右看，果然在一群娘子軍裡看到蝶舞翩翩。

早餐小妹：「這個 101 舞粉的嘴巴真賤，打輸還要嘴炮！」

半夜不睡覺：「隊長是我，做啥是雲小妹出風頭！」

呃，半夜大姊，您弄錯重點了啦！

李雲深現在只想挖個洞把自己埋起來……

絕代妖姬：「哼，說得好像我們搶怪，沒本事的是她們！蝶舞翩翩的粉絲真沒水準，什麼宅男女神，我看是宅男雨神啦！」

諸位大人，小妹可以告退嗎？小妹只是來湊熱鬧的而已！

宅男女神可是她師母呀！對師母不尊，不知道黑心師父會怎麼蹂躪她……思及此，她不由得在螢幕前打了個寒顫。

這真是怕什麼來什麼，當畫面跳出黑心師父的密語訊息時，她差點從椅子上跳了起來。

「怎麼回事?」

「我絕對沒有對師母不敬!」

「誰是妳師母?」

「師父的老婆。」

密語頻道瞬間安靜了好一會兒,她似乎又莫名感受到了彼端撲面而來的寒氣。許久許久,一夕重華才冷冷的應道:「為師守身如玉,未曾婚配。」

言下之意,該不會是指她胡言亂語,又妄自非議師父了吧?

李雲深慫了下,又有些發懵。

她都殉爐把聖潔之心當結婚賀禮送出去了,可人家竟然沒有結婚,那……難道她是白白殉爐了?難道她枉做了冤大頭?

她突然就像櫻桃友藏一樣,捧著雙頰,宛如孟克的吶喊般,狂風掃落葉地墜入萬丈深淵……

現實往往是驚悚的。

李雲深茫茫然像遊魂似的走回城,蹲到角落種蘑菇。她已經沒興趣知道那個卷軸最後花落誰家,也不想知道那場嘴炮仗誰贏了,更不想知道蝶舞翩翩是什麼態度。宅男女神曾對她有「一腳之恩」——把她從劉大腳下救起來,即使卷軸給了對方,她也沒有怨言。

然而,兩天後的早上,李雲深忽然收到早餐小妹的八卦週報:「雲妹妹,一夕大神真是太絕了!他在市場掛高價收購『聖女的祝福』卷軸,估計全服本來就寥寥無幾的卷軸現在全都落到他手中了。很多人沒有道具,解不了任務,沒辦法轉職,論壇吵翻天了。妳知道嗎?那個卷軸掉落機率只有 1%,超難刷的,很多人刷到爆肝了還沒個屁！當初在世界罵妳的那個 101 舞粉，現在被公幹到爆！哈哈哈，真是太爽了！」

華麗麗的殺人不見血啊！

據說，有人好奇的問大神：「你已經封頂了，為什麼還要收購轉職卷軸？」

據說，大神只淡淡的答了句：「看它不順眼。」

無論這個傳聞的真實性如何，她真真切切的感受到師父的黑心又提升了一個境界，而她離出師的路途也跟著渺茫了一個檔次。

就在卷軸風波過去的第三天，李雲深的生活技能採藥的熟練度順利進階到了中級，她的等級也因為到處「蹭飯」而升到了 49 級，正當她覺得人生如此美好，陽光如此燦爛，歡樂的在太陰山的老松林採完茯苓，準備過傳點到另一個地圖時，驀地白光一閃，僅眨眼瞬間，她就看到自己化成一縷幽魂，飄向閻羅殿。

系統提示：您遭到玩家【一日三千斬】惡意 PK，隨機掉落隨身物品一件，損失 20634 點經驗值，損失 572 銅幣。

在錯愕中尚未回神的李雲深，看著原本空白的仇人名單裡無故多出來的 ID，呆滯了好一會兒。直到從閻羅殿返生回主城，還是想不出來這個人到底是什麼來頭。

想了想，特意問了八卦週報早餐小妹，果不其然，不到三秒就收到了回覆。

「一日三千斬是財富榜排名第八的凱子，仗著錢多，到處收購金色品階的裝備，被他惡意 PK 的人多到掉渣，超級沒品的，而且他還是蝶舞翩翩的忠實信徒。妳怎麼會得罪這種人？難道是前幾天那個卷軸的關係？」

「我也不知道……」

「妳被殺時爆了什麼東西？」

「新手指南。」

「……」

接著，公會頻道亮了，李雲深無言。小妹，妳不只八卦，還很喇叭！

身為公會會長，應該替公會裡的成員討回公道，但秉持著「只要師不殺生」信念的無名氏，僅是語重心長的說：「雲小妹妹，小妹都告訴我了，唉，正所謂天將降大任於斯人也，必先苦其心志勞其筋骨餓其體膚……」

yoyo9527：「老大，你又抄錯了，是『餓』其體膚，從來都跟鵝沒關係，鵝好無辜喔！」

無名氏：「X你個香蕉芭樂，老大說話，有你喘氣的分嗎？」

yoyo9527：「老大，你前天晚上明明很喜歡我喘氣的！」

無名氏：「靠！」

眾人驚恐，心道：老大、yoyo弟弟，你們兩個到底幹了什麼好事？

雖然想繼續採藥，但沒來由的有種被螳螂盯上的感覺。李雲深蹲在城裡的復活點發呆，猶豫著是否還要出城，得再採赤芝、九牛草才能煉解毒丹……

就在這時，霍天揚發來訊息：「表妹，妳怎麼惹到一日三千斬那種瘋子？」

「你怎會知道？」李雲深驚了一下。

「妳的好友全都知道囉！」

李雲深驚了下，她的好友名單目前只有兩個人。換言之，她的黑心師父也知道了？不過，以黑心師父那種全天下只有別人記得他，沒有他記得別人的個性，他大概不知道一日三千斬是誰。

她遲疑了下，地圖那麼大，她跟一日三千斬也不一定會碰得到，再說也許對方只是無差別殺人，不是針對她。想了想，她鼓起勇氣捏碎地圖，飛到了幽峽濕地，找到赤芝的座標後，飛奔而去。然而，才剛靠近赤芝所在的山洞洞口時，就見一個頂著紅名的刺客站在那裡。不是一日三千斬，還能是誰？

他看著她，她也看著他。

「我該稱讚妳的勇敢，還是嘲笑妳的愚蠢？」

「……」

「把『聖女的祝福』卷軸交出來，跪在地上跟蝶舞道歉，在世界頻道上公開認錯，我就放過妳！」

「……」

他看著她，她也還是沉默的看著他。

就在這時，旁邊走出來了幾個人。看到其中一個人時，她忍不住眉頭微蹙。

又是那一身紅衫羅裙，豔麗得讓人睜不開眼睛的女神。

蝶舞翩翩：「你別這樣！」

一日三千斬：「哼！」

一日三千斬只哼了聲，沒再糾纏，乾脆的轉身離去。

心花朵朵開：「雲妹妹……妳真的是雲妹妹嗎？」

吃飯睡覺打東東：「小雲兒，妳重生了？」

蝶舞翩翩：「你們認識她？」

心花朵朵開：「是我們隊上以前的補師……」

吃飯睡覺打東東：「小雲兒，妳怎麼想不開自焚了？」

李雲深並沒有預期到會這麼快就遇見「老朋友」，她還沒做好心理準備，一時間不知道該不該回答，她本想打死不認的，可有些心虛……

她張望了一下，沒看到黑心師父。黑心師父沒問過她是不是那個「她」，她便跟著打起迷糊仗。正當她猶豫著要不要假裝斷線時，那個冷淡的身影出現了，她還是第一次這麼期待看到他。

「去城北的東林書院等我。」

師父有令，李雲深立馬捏碎地圖卷飛走。

吃飯睡覺打東東：「三哥，你不跟我們一起下副本喔？」

心花朵朵開：「大神，你認識她？她真的是雲妹妹嗎？」

一夕重華沒理會吃飯睡覺打東東和心花朵朵開連珠炮般的提問，只答道：「我有別的計畫，你們另外找別人頂我的位置。」

「慢著！我是為了你才加入奔浪皇朝的，你怎麼可以一走了之？別忘了，你還欠我一次婚禮！」蝶舞翩翩威脅道。

「與我無關，誰答應的妳找誰。」

「你為了那個女人而拒絕我？」

「我不會為任何人而拒絕妳。」

言下之意，無論誰來，他都會拒絕她。

螢幕前，一張麗光四射的臉孔繃得緊緊的，豐滿紅豔的嘴唇咬得都泛白了。

沒有一個男人敢如此忽視她，如此輕褻她的感情。哪個男人不是把她捧在心窩裡，恨不得摘下滿天星月給她？從來只有她頤指氣使的分，她何時如此低聲下氣過？唯獨在這個男人面前……

自她加入奔浪皇朝的這段時間以來，她頻頻主動對他曲意逢迎，熱情示好，卻總是換來他不冷不熱的反應，未曾給過半句好話，她忍不住氣憤的敲打鍵盤：「一夕重華！」

「管好妳的狗，下次我不會留情了。」一夕重華冷冷的丟下話便走了。

看著一夕重華轉身離去，蝶舞翩翩一口牙都快咬碎了。

心花朵朵開：「那個……我們還下副本嗎？」

蝶舞翩翩：「人都走了，還下什麼副本？哼！」她撂下話，捏碎地圖卷，也不知去向。

心花朵朵開：「什麼嘛，我們不是人嗎？怎麼不能下副本了？再說，不是還有戰二哥在嗎？人家戰二哥是一夫當關萬夫莫敵哩！女神了不起哦，耍什麼脾氣，難怪大神不鳥妳！」

吃飯睡覺打東東：「嘖嘖嘖，嫉妒的女人真醜陋！花大姊，妳的皺紋又多一條了！」

心花朵朵開：「你個狗腿東，皮又癢了嗎？要不要姑奶奶幫你撓撓？」

心花朵朵開飛身一躍，一腳把吃飯睡覺打東東踹飛。

吃飯睡覺打東東：「唔哇，戰二哥，救命啊！」

戰無不克：「……我女兒哭了，我去幫她換尿布。」

系統提示：您的隊員【戰無不克】離開隊伍。

「戰二哥真是現代新好男人呀，這種人已經絕種了！唉，可惜啊可惜！」

「花大姊，妳腳下還有一個稀世好男人啊啊啊啊……」

那方打得火熱，這方也敲得熱火。

李雲深原以黑心師父是在開玩笑，沒想到真是帶她來解任務，解師徒專屬的師門任務——打地鼠。

任務很簡單，師徒合作，在三分鐘內，把從田地裡冒出頭的地鼠打回去。地鼠共有棕、黃、黑、藍、紅等五色，另外會隨機三次粉紅鼠和黃金鼠。粉紅鼠有 15% 的機率掉落金幣，黃金鼠則可延長五秒的時間。

這是師門任務中最初階的一環。

看到大神埋頭在田裡跑來跑去打地鼠，那種感覺真是奇妙，有些令人發噱。等敲完一輪之後，她忽地感到懊惱，竟然忘了把大神敲地鼠的囧樣錄下來了，說不定可以在論壇裡兜售到好價錢哩！

再一看結算分數，天啊，閃亮亮的九十九分，差一點就滿分了！

她明明漏掉很多隻，原來大神全補上了。她當然不會承認，有好幾隻是因為她分心偷瞧他而漏掉的。

有人裝傻，有人可不傻。

「發什麼呆！」一夕重華皺眉，看著螢幕裡遲鈍的徒兒。

「我腿短，跑不快嘛！」李雲深說著，還故意發了個笑臉符號。

她似乎又感覺到彼端的人散發出了森森的寒氣……

正自竊笑，手機鈴聲響了起來，她連忙丟了句話：「師父，我有電話，等等！」

看了來電顯示，臉上的笑意慢慢褪去，自從母親過世後，她便很少跟父親閒聊了。父親只是每日例行性的問她的功課、問她的吃穿，兩人不知不覺中有著莫名的疏離。即使他偶爾噓寒問暖，也總讓她少了幾分溫情。

就像來臺北好些天了，這才是他的第一通電話。

「喂？」她吐了口氣，接通手機。

「喂，雲深嗎？我是爸爸。」

「……嗯。」

接下來，果然如她預料中的問她吃穿，問她在三姨家是不是習慣，她簡單應了幾句，兩人便都沉默了。

按往例，這時該掛電話了，可她卻隱約覺得父親欲言又止。他不說，她便不問。

又過了好一會兒，那頭才支支吾吾的道：「雲深……妳小姨她、她懷孕了。」

宛如當頭一記悶雷，劈得她半天說不出話來。

許久許久，她才回過神來。她忘了自己是怎麼掛上電話的，也忘了自己是怎麼回答的，只是回神時才發現，原來她已經瞪著手機好久好久。

她愣愣的坐回電腦前，在鍵盤上木木的打字：「師父，我要打地鼠。」

隔了數十秒，那方才回道：「只能打一次，再打也沒東西拿了。」

「我要打地鼠。」

「結束了，我們去接下個任務。」

「我要打地鼠。」

「……」

「我就要打地鼠。」

沒再拒絕，一夕重華點擊 NPC，重啟副本。

這一回她敲得很認真，每一槌都很堅定，沒有絲毫猶豫。由於太專注了，以至於她沒發現一夕重華只敲了兩下，便站在田邊，看著她跑來跑去，看著她一槌敲過一槌。

待三分鐘一過，她也沒理分數，又道：「我要打地鼠。」

這次，他沒有二話，直接走向 NPC，再次重啟副本。就這樣，打了一輪又一輪。後來，他便站在 NPC 旁邊，一次又一次開啟副本。

打到最後，她的手幾乎快抬不起來，她才停了下來。

而彼端的螢幕前，幽深的黑眸裡，噙著一抹深思。

「師父，我是傻瓜吧？」

「知道就好。」

「師父，你為什麼要收購『聖女的祝福』卷軸？」

「為師自有用處。」

「師父，你知道蝶舞翩翩有個粉絲叫 101 舞粉嗎？」

「沒聽過。」

「我就知道。」

李雲深笑了，她就知道，黑心師父不可能做那種小肚雞腸的事，他怎麼可能為了個瘋女人在世頻亂吠，就胡亂撒錢當那凱子？他可是大神哪！

「師父，如果我是傻瓜，那你就是傻瓜師父。」

「……」

注一：在遊戲裡，平時角色頭上頂著的 ID 都是黑色（少數遊戲可能會有其他顏色美化，這種時候，玩家不能打其他玩家），一旦進入 PK 狀態，ID 就會變紅，就是所謂的「紅名」。

注二：尾刀，指很多玩家同時打一隻怪，最後打死怪的那一擊。有些特定的小怪或 BOSS，只有打到尾刀的人才能得到小怪或 BOSS 身上掉落的道具。

第二章

隔天一早，李雲深趁著吃早餐時，挽著三姨楊淑貞的手臂，撒嬌的說自己想要住到T大開學，待開學前再回家拿行李。楊淑貞自然是樂得合不攏嘴，她巴不得這個小外甥女一直住在自個兒家。

李雲深又與三姨說笑了一會兒，才見縫插針，小心翼翼的說了昨晚父親打電話來告訴她小姨懷孕的事。

楊淑貞愣了下，目光變得有些複雜，久久才嘆了口氣，拍了拍李雲深的手背，張了張嘴，最後什麼也沒說。

李雲深也只是笑，笑得風輕雲淡，然後繼續埋頭跟遊戲裡的各種丹藥奮戰。

這天，她正在清風谷裡轉悠，一邊採大腹子，一邊打果狸，才繞了半圈，忽地白光一閃，轉眼間，她又熟門熟路的化成一縷幽魂飄向了閻羅殿。

系統提示：您遭到玩家【一日三千斬】惡意 PK，隨機掉落隨身物品一件，損失 35219 點經驗值，損失 273 銅幣。

她蹲在閻羅殿嘆氣，這個一日三千斬到底得對她有多大的仇恨、多強烈的執著，才能在九彎十八拐的清風谷裡堵到她，連她晃到了哪條岔路都能掐得如此精準。不過就是一個卷軸，至於這樣陰魂不散嗎？

好不容易升上 50 級，終於不用在背包裡看見新手指南，就這麼眨眼的工夫，系統又派了一本下來。

她想了想，捏碎地圖卷，飛到京郊密林的失落沼澤。她站在入口處，看著眼前錯縱複雜，猶如蛛網般的小徑，滿懷壯志的想：就不相信這次還會被你堵到！

事實證明，確實堵不到，因為一日三千斬在她到達第一個岔路前，就又把她送回老家泡茶了。

系統提示：您遭到玩家【一日三千斬】惡意 PK，隨機掉落隨身物品一件，損失 37463 點經驗值，損失 85 銅幣。

她鬱悶的想起了曾在書裡看到的一句話：有種狗，天生就是用來追兔子的！

就在她站在城裡感嘆狗和兔子的宿命時，突如其來的敲門聲讓她醒過神來。房門被推開，來人不就是那個最近拚命在掛點打怪，想趕著在改版前封頂的二表哥嗎？

霍天揚頂著張燦笑的臉，笑嘻嘻的說道：「表妹，表哥前幾天幫妳訂的腳踏車送到了，走，表哥帶妳去試車！」

「表哥，你不急著升級了喔？」

「嘿嘿，我買了掛機的點數，兩小時內回來就好了！」霍天揚眨了眨眼睛，「別讓我媽知道喔！」

如果三姨知道在家當米蟲的兒子為了個莫名其妙的遊戲下了血本，估計把他吊起來的心都有了。

李雲深笑著關掉電腦，跟著霍天揚來到離霍家幾條巷子外的自行車行。

老闆牽了一輛棗紅色的淑女型腳踏車出來，車子的龍頭前方還安裝了一小盞車頭燈。她左右看了看，還坐上椅墊測試高度。很一般很標準的車型，跟她的裝扮一樣，她不由得滿意的點了點頭。

「表妹，妳騎到前面的小公園繞繞，試看看好不好騎！」霍天揚催促道。

李雲深在公園兜轉了幾圈，覺得騎起來的感覺挺順暢，霍天揚便當場結清了尾款，把車牽回家了。

一回到家，霍天揚匆忙的又一頭扎進房裡，李雲深則慢條斯理的把車停好，又與三姨打過招呼，才上樓回房。

誰知她才一開機登入遊戲，就收到了數條一日三千斬傳來的離線訊息，訊息的內容看得她眼珠子都快瞪得凸出來了。

「幹，要玩是吧，怕你們不成！」

「他奶奶的，有種出城，老子讓妳砍！」

「對不起，我錯了，行了吧？」

「他媽的，夠了吧，老子都道歉了，你們還想怎樣？」

……

這個一日三千斬是被雷劈到頭殼壞掉，還是被佛祖感召而放下屠刀了？

調出了公會頻道的記錄，這才知道，原來她不在的這兩小時內，整個世界頻道都在談論一件事：一夕重華殺爆一日三千斬，殺得他毫無招架之力，殺得他躲回城裡，殺得他幾乎想自宮ID。

自家的公會頻道也是刷得熱火朝天。

小歪G：「情殺，百分百是情殺！風雲榜第一人終於發威了，我就說嘛，這一日三千斬老是纏著大神的未婚妻不放，他怎麼可能不聞不問？這才是真男人啊！」

玉米濃湯好好喝：「大神好深情唷，如果有人這麼愛我，我死也瞑目了……」

無名氏：「玉米寶貝，深情的男人這裡也有一個啊！」

yoyo9527：「老大，我只是比別人專情一點而已，你這樣公開稱讚我，我會不好意思啦！」

無名氏：「滾！」

早餐小妹見李雲深登入，激動得立刻來報訊：「天啊，雲妹妹，妳終於上線了！妳看到了嗎？爆殺！爆殺耶！那個一日三千斬好歹也是風雲榜排名第十七的臺幣戰士（注三），大神竟然可以單槍匹馬殺爆他，酷酷酷酷酷酷斃了啊！蝶舞翩翩真是太幸福了，衝冠一怒耶！雲妹妹，以後妳不用擔心出城被殺了！」

想起黑心師父那冷冰冰的模樣，衝冠一怒？只怕未必吧！

她遲疑了下，見黑心師父的 ID 亮著，便鼓起勇氣問道：「師父，聽說你殺了一日三千斬？」

約莫過了數分鐘，對方才回覆：「嗯。」

「師父，難道你是衝冠一怒？」她拐彎問道，她可不敢說出後面的「為紅顏」三個字。

「蠢女人！」

我才不是蠢女人呢！李雲深腹誹了一下，然後又不怕死的往自己的臉上貼金，「師父，莫非你是為了你的愛徒報仇？」畢竟，他的徒兒被爆殺，他這個師父也沒顏面不是？

「誰是我的愛徒？」

「你的徒兒不就只有那一個……」除了我，還有誰能忍受你的淫威……

「既然如此，為師就給『唯一的愛徒』一項任務，把師門任務第十二環解了，為師等著晚上驗收。」

師門任務共有九十九環，每解完十環就能獲得相當豐厚的獎勵，且每一環的任務皆不同，但都需要師徒合作才能過關。她和大神師父已經做完十一環，卡在頗為費時的第十二環。

師門任務的難易度並非是越到後面越難，而是參差不齊的，比如第十二環就是讓許多玩家罵翻的、雖簡單卻耗時的枯燥任務：收集九十九個蓮藕、九十九個竹黃、九十九個火草、九十九個蛺蝶粉、九十九個蛇膽、九十九個慈烏心，與華佗的第九十九代弟子華斌換取麻沸散，再交給師門任務的 NPC。

什麼叫做作繭自縛？這就是了！

於是，她頂著張笑得比哭得還難看的臉，開始在地圖上跑過來跑過去。才跑了兩三圈，猛然看見世界頻道出現一串系統公告，公告的訊息把她雷了個裡外焦嫩。

系統公告：月圓之夜，天外飛仙。勝者為王，敗者為寇。綠林草莽，摩拳霍霍。邀君一戰，紫禁之巔。

系統公告：玩家【痞子霍】邀玩家【一夕重華】決戰紫禁之巔。

向大神師父挑戰，二表哥是腦袋進水還是抽風了？

她「前世」跟著大神一路從小豆苗打到參天樹，也沒見幾個傻子敢主動挑釁他的，怎麼表哥這個二貨現在竟上趕著來送死？還砸重金下了「紫禁之巔」的挑戰帖！

普通PK場是不需收取費用的，玩家自個兒到NPC那裡排隊就是，而且被打趴了也不會有人知道，但紫禁之巔可不同哪！紫禁之巔是官方定下的正式PK場，欲在紫禁之巔PK，邀戰者須先下挑戰帖，一張挑戰帖2000金幣。系統會按等級對PK落敗者做出相應的懲罰，包括掉經驗值、掉錢、隨機爆裝備等等，而贏的人也有相對的獎勵。再者，紫禁之巔的PK戰是會在世界頻道公告結果的，而且系統可不會付給落敗者遮羞費，所以甚少有玩家會下帖邀戰紫禁之巔，那裡通常是大神級的玩家在玩的。

當然，並非有人邀戰，另一方就得接受。拒絕的話，系統是不會有任何懲罰的，只是就要面對來自玩家的鄙視和嘲笑了。

李雲深忍不住關切起自家腦袋可能被驢子踢到的二表哥，「表哥，你發哪門子神經，他可是貨真價實的大神耶！」

「嘿嘿，表妹，這妳就有所不知了，只要我打敗他，他就答應收我為徒哪！」

李雲深滿臉錯愕，呆了好一會兒，才問道：「表哥，你想拜他為師？」

「那是當然！他是劍士第一人，我也是劍士，自然想學他的技巧，不過，我最終的目標是打敗他，只是我得先把他的本事學全了才行！」

先拜師，待學成，再弒師？見過無恥的，可沒見過這麼無恥的！

李雲深囧了。

「表哥，PK 就 PK，那也不用到紫禁之巔呀！」

如此一來，全服的人都會知道你被大神爆殺耶！表哥，你的自尊呢？你的淫蕩呢？萬一你被殺到脫褲子，你讓你那滿坑滿谷的桃子和李子情何以堪啊？

李雲深在心中無聲吶喊。

「當然要在紫禁之巔，這樣他才知道我是認真的，才能感受到我的誠意！」

「表哥，大神是不可能拒絕你發的 PK 邀請的。」

「那是當然的啊，如果他會拒絕，我何必下戰帖？」

表哥，你就是個不折不扣的二貨哪！

可就算是二貨，霍天揚還是她的表哥，她不能坐視他被爆殺，不得已，她只好求教大神：「師父，你會接受戰帖嗎？」

大神師父可能在忙乎什麼，過了許久才回了一句：「妳說呢？」

◇※◇　　◇※◇　　◇※◇

紫禁之巔的 PK 戰分為公開與私密兩種，選擇公開者，則一般玩家可購票入場觀戰，每張票 100 金幣，PK 戰中獲勝的玩家可抽一成作為戰利品。選擇私密者，則玩家不得入場，只能從世界頻道的系統公告中知道輸贏結果。

每逢紫禁之巔PK戰的副本開啟時，場外便會有職業玩家開賭盤。

兩天後，沒有懸念的，一夕重華接受了痞子霍的戰帖，也同樣沒有懸念的，場外賭盤九成九的玩家都把賭注押在大神身上。倒是出乎意料之外的，這次的PK戰並不公開。

不得其門而入的李雲深，懷疑二貨表哥的智商是不是一夕之間有了飛速的提升，「表哥，你是不是怕輸得太難看，所以才不讓人進去看？」

「冤枉啊！你表哥我坦蕩磊落，是那種小裡小氣的人嗎？要不是一夕重華要求，我巴不得全服的人都來觀賞我霸氣神武的英姿咧！」

表哥你到底哪來那麼大的自信啊？表妹我真想撬開你的大腦，看看到底跟別人的迴路有什麼不一樣！

不過，即使是表字輩的親戚，她還是很理智的把微薄的家當押在大神身上，誰讓一日三千斬把她的財產殺得所剩無幾，她缺錢啊！表哥，表妹便在心裡三炷香支持你了！

然而，就在眾人以為PK戰會毫無懸念的在頃刻就結束時，大家卻遲遲看不到系統公告，於是開始議論紛紛，難道這個痞子霍其實是深藏不露的高手，而一夕重華根本是名過其實，所以兩人正纏鬥不休。

正值此時，有人適時的出來爆料，原來痞子霍竟然在不知何時已經竄升至群英榜第十八名，還躋身劍士榜前十名。更令人吃驚的是，有莊家出來爆料，就在一分鐘前，有一匿名玩家在痞子霍身上重押了八萬八千金幣，賭他會贏得PK戰。此話一出，世界頻道大地震了。

那些手頭有餘裕的人拽著錢袋猶豫了。

接著，賭盤有了戲劇化的轉變，痞子霍的賭金開始增加，雖然大家對於前幾天大神殺爆一日三千斬的事還津津樂道著，可基於雞蛋不要放在同一個籃子裡，以及想要投機爆冷門從中賺一票的心理，越來越多人在痞子霍身上下注。

李雲深瞪著眼睛，看著其他玩家的吵嚷，這才知道表哥原來真是深藏不露，為了在群英榜上出頭，這得砸多少血本啊！萬一讓三姨知道，不只是把他吊起來，怕是把他啃了的念頭都有了……

紫禁之巔的PK戰悄悄進行著，場外也吵翻了天，時間一分一秒流逝，距紫禁之巔副本的限定時間只剩下八分鐘，場內仍未分出個輸贏，她的心隱約躁動起來。她不想看見師父輸，也不忍心看見表哥失魂落魄的模樣。

不知又過了多久，許是怕眾玩家賠到去街上賣火柴，世界頻道終於出現了眾人殷殷期盼的公告。

系統公告：月圓之夜，天外飛仙。勝者為王，敗者為寇。好漢爭鋒，紫禁之巔。絕世風采，高下立見。

系統公告：紫禁一戰，玩家【一夕重華】技驚四座，造極登峰，力克勁敵玩家【痞子霍】，遺世殊影，仗劍流芳。

公告一出，喜叫乾嚎滿天。

喜的自然是押寶在大神身上之人，嚎的便是那些中途跑票或想投機爆冷之人。

李雲深鬆了一口氣，可又擔心表哥，便忐忑不安的問道：「表哥，你……還好吧？其實你能跟大神纏鬥到這個地步，已經很叫人刮目相看了，可謂是一戰成名，所以也不要太灰心了……還有，有人在你身上押了八萬八千金幣呢！你看，你真的很有人氣……」

不料，霍天揚卻出她意料之外的神采飛揚，完全沒有落敗的沮喪。

「表妹，妳猜錯了，我哪能跟他纏鬥，我一進去就被他當猴子耍哪！不到一分鐘就被砍得差點回老家見爹媽了……呸呸呸，童言無忌，我爹媽還健在……總之，大神不愧是大神，強得亂七八糟！」

「可你們打好久啊？」李雲深困惑。

「打什麼打，那是一夕重華手把手在教我哩！他說我有潛質，就是沒用腦子，他說劍士不是猛砍就好，要熟悉各個技能的特性，還示範了很多他揣摩出來的組合招式讓我看……唉，說了妳也不懂，反正一夕重華就是強，我輸得心服口服，這錢砸得值得！」霍天揚心有戚戚焉。

「難道他願意收你為徒了？」

說到這個，霍天揚激憤的道：「哪能啊！我求了又求，他就是不鬆口，只說他已經有了『唯一的愛徒』！就我說，他的徒弟一定也是高手中的高手，不然哪會入得了他的眼？一夕重華誰啊，不是那些阿貓阿狗攀得上的。可惡，真讓人眼紅！」

她這會兒可真是囧囧有神了。

大神「唯一的愛徒」可不就是那個被人掐著爆打的阿貓阿狗嗎？

不過，大神師父怎麼突然轉性，大發善心了，竟然對表哥那麼親切？莫不是太陽打西邊出來，天要下紅雨了？不可能啊，今天可是萬里無雲的好天氣！

想了想，大神師父幫她賺了點家底，她又是他的徒兒，於情於理都該說點什麼。於是，徒兒開始盡起本分表達關切之意：「師父，你真是會吊人胃口，你們遲遲不出來，還有傻子在表……呃，在痞子霍身上押了八萬八千金幣，賭他會贏呢，讓徒兒好生擔心師父！」

「在痞子霍身上押了八萬八千金幣的傻子就是我。」

一夕重華這句話宛如晴天落雷，狠狠劈在李雲深頭上，劈得她的下巴差點掉下來，久久才訕訕的說了句：「師父，你被盜號了嗎？」

「為師讓『唯一的愛徒』做的師門任務解完了嗎？」

她的手一抖，立馬狗腿的道：「師父英明，師父必是看出痞子霍的潛力，才會在他身上押重金！師父的真知灼見豈是我等凡人能窺見的，師父的果決魄力更是我等凡人所不及的！」其實她還想高呼「師父萬歲」，可又擔心師父覺得自己矯情，只好嚥了回去。

「為師不英明，為師只是要讓場外好事的人出點血。」

李雲深愣了下，敢情師父下那八萬八千的血本是個魚餌，專門用來釣那些個想斂財的投機分子？

「師父，八萬八千哪！把我賣了也搆不著零頭，你不如把那八萬八千拿來救濟你的徒兒，何必拿去打那水漂呀？」想到那亮燦燦的金幣，李雲深心痛啊。

「誰說我打了水漂？」

「可八萬八千……」

「我在他身上押了八萬八千，在自己身上押了八十八萬，還有比這更值當的生意嗎？」

這次，她的下巴真的掉了。

她傻愣愣的瞪著螢幕，張大的嘴巴許久都沒闔上。

這世上還有比她師父心腸更黑的人嗎？

為了積累日後叛出師門的本錢，李雲深決定努力練級，至少到時候不要被師父瞬間拈死，還要努力採藥、煉丹，賺將來的跑路費。

才剛這麼想，機會就來了，世界頻道有個叫笑傲不江湖的人在找人下副本。

「殺秦檜，借人頭，不限等級不限職業。」

「雲妹妹，快密他，來吸經驗。」早餐小妹迅速發來密語。

李雲深連忙發訊過去。

系統提示：玩家【雲深不知處】加入隊伍。

笑傲不江湖：「一頁臺南負責解狀態補血，拜託不要打我負責清小怪。早餐小妹和雲深不知處站遠一點，秦檜的範圍技很強，妳們會被秒殺。」

一頁臺南：「OK！」

拜託不要打我：「嘿嘿，等很久了啦！」

早餐小妹：「好。」

雲深不知處：「好。」

笑傲不江湖：「還差一個人，我再喊一下。」

……

系統提示：玩家【一日三千斬】加入隊伍。

一日三千斬：「大家安安。」

拜託不要打我：「安。」

一頁臺南：「安。」

早餐小妹：「……」

雲深不知處：「……」

一日三千斬：「……幹！」

笑傲不江湖：「？」

早餐小妹：「沒事。」

雲深不知處：「沒事。」

一日三千斬：「……」

李雲深驚恐的和早餐小妹在密語頻道裡刷了起來。

「不是說他砍帳了嗎？」

「聽說他又捲土重來了，沒想到是真的！」

「怎麼辦，要退隊嗎？」想到曾被追殺的狠狽，李雲深遲疑。

「退隊對笑傲不好意思，反正那傢伙現在還小，我一刀就可以秒掉他，沒什麼好怕的。」

果然如早餐小妹所說的，宰殺秦檜的過程中，一日三千斬都很安分。事實上，三個人都是來吸經驗的，當然激不起半點火花。

系統提示：玩家【笑傲不江湖】武藝高強，帶領隊友擊敗千古惡人秦檜，獲得武神盔甲和一面免死金牌。

其他人則是都升了一級。

笑傲不江湖：「今番良晤，豪興不淺，他日江湖相逢，再當杯酒言歡，咱們就此別過。」

系統提示：隊長【笑傲不江湖】解散隊伍。

就在這時，畫面一轉，李雲深赫然發現自己化作一縷幽魂飄到閻羅殿。

看到系統跳出似曾相識的提示，她又囧了。

系統提示：您遭到玩家【一日三千斬】惡意PK，隨機掉落隨身物品一件，損失27551點經驗值，損失921銅幣。

早餐小妹和李雲深頓時相對無言，久久早餐小妹才感慨道：「他真是狗改不了吃屎。」接著又問：「妳掉了什麼東西？」

「新手指南。」

「那個上次被他殺時不是掉了嗎？」

「系統又發了一本給我。」

早餐小妹無語了好一會兒，才建議道：「那……我們要不要去向大神密報，讓大神再殺爆他？」

「不用了，反正妳都說妳可以一刀秒掉他了。」

「雲妹妹。」

「嗯？」

「我說的是他還沒有長大的時候。妳知道的，他是臺幣戰士，嗑的都是藍色小藥丸。」

好吧，她真的完全說不出話來了。

「小妹。」

「嗯？」

「哪個職業有『逃命』的技能？」

◇※◇　　◇※◇　　◇※◇

紫禁之巔一戰結束後，李雲深連著三天都在努力練級採藥，兼要跑給一日三千斬追。一來一回的拉踞，總算趕在遊戲停機改版前夕，升上了50級，擺脫了背著新手指南跑來跑去的命運。

這三天來，她的表哥霍天揚也沒閒著，有事沒事就纏著她的師父一夕重華到PK場切磋。說也奇怪，對任何人向來都冷淡不理的師父，竟破天荒的指點表哥，讓她這唯一的愛徒都開始懷疑誰才是他的徒弟了。不過，看師父的樣子，似乎也沒打算收表哥為徒，就不知他葫蘆裡賣的是什麼藥了。

遊戲公司預定停機五天，進行第一次大規模的改版。官網在停機前三天就釋出了改版的內容，並邀請各服前七大公會的會長，以及群英風雲榜排名前十的玩家參加停機第一天的官方茶會。美其名為茶會，無非就是向這些公會解說改版事宜，同時聽取他們的意見。各公會的會長可帶自家公會成員五名，以現有的四個伺服器來計算，參與茶會的玩家至少有百餘人。

官方釋出的改版內容主要分成幾個大項：一、加開第五伺服器；二、開放「沉淵島」、「極惡雪原」、「重火煉獄」、「琉璃仙境」等四大地圖，並增加七大副本；三、開放盜賊、樂師兩個新職業；四、開放逆天塔副本；五、開放角色等級上限至300級；六、微調各職業技能平衡；七、增加各地圖的隱藏任務和隱藏BOSS；八、增加寵物系統、坐騎系統；九、增加時裝。

據說，出席官方茶會的玩家，都能獲得神秘小禮物，不只有武器、裝備、道具，甚至還包括限定版的寵物蛋和坐騎。

為了這「限定版」三個字，各服掀起了新一輪爭搶茶會名額的熱潮。

比如，天清氣朗的某一天，yoyo9527找上了他的堂哥戰無不克。

「堂哥，聽說你有茶會的入場名額。」

「剩下三個。」

「一個多少？」

「早上一個賣9000銀，晚上一個賣9000金。」

「哇，怎麼差那麼多？」yoyo9527吃驚了。

「早上那個我仇人，晚上那個我朋友。」

「為什麼朋友賣得比較貴？」yoyo9527實在是想不通。

「跟仇人做生意，要放長線釣大魚；跟朋友做生意，要親兄弟明算帳。最重要的是，仇人會跑，朋友不會。」

「……」難怪你快沒朋友了！

「你也要嗎？免費送你。」

「不不不，不用了，我用買的。」

舉凡他的親友都知道，對戰無不克而言，最昂貴的就是「免費」。當他以「免費」作為交易前提時，表示之後你要付出更大的代價。

「9000 銀就好。」總比更高代價要來得好吧！

「只要 9000 銀嗎？」

「嗯，剛才有人用 9000 金買了，所以另一個名額便宜賣你。」

「也是你的仇人？」

「不是，是你認識的人。」

「誰？」哪個我認識的倒楣鬼？

「帥翻天的公會會長。」

「……」

不過，這些事都跟李雲深這根小公會的小豆苗無關，她打算趁著遊戲停機這幾天，騎新買的小紅到附近繞繞，順便測試從三姨家騎到T大需要多久的時間。捷運六個站，感覺似乎不太遠。

翌日，李雲深吃完午餐，陪三姨閒聊了會兒，正準備牽小紅出門時，卻在車庫被霍天揚截住。他興沖沖的拉著她上車，說要請她去一個燈光好氣氛佳的茶坊喝茶，還說那裡最近推出了適合女生的甜品組合，標榜天然養生，兼具美顏的功效。

她納悶的打量表哥，怎麼看他也不像那種風雅人士，與其給他茶，不如給他可樂來得暢快。

誰知，半小時之後，出乎她意料的，他真的帶她來了一間隱藏在巷子裡的頗為典雅幽靜的歐式茶坊，名曰「花草巷弄19號」。服務生領著他們來到半透明紗簾虛掩著的包廂。包廂不大，至多可坐四人。顯而易見這是預謀，表哥事先訂了位的。

她點了店裡新推出的「一品香花草茶組」，便悠哉的打量起包廂裡的擺設。雪白鏤空的玫瑰藤椅、同款式的琉璃桌，桌上的白色小花瓶裡插了一枝白色的雛菊，鼻翼間隱約可聞到清淡的花草香，無論是視覺或嗅覺，都讓人感覺舒適且舒心。

服務生很快就送上茶點，原來一品香便是菊花茶，只是不知還加了什麼，入喉之後有微微的清涼回甘之感，其他還有幾樣花草口味的手工餅乾和一片杏仁蛋糕。

李雲深喝了幾口茶，然後皺眉望著霍天揚前面僅有的一杯錫蘭烏巴紅茶，「表哥，你大老遠帶我來這裡，就為了喝這杯紅茶？」

「嘿嘿，當然不是，表哥是帶妳來刺探敵情的！」霍天揚神秘兮兮的道。

「刺探什麼敵情？」

「孫子說：知己知彼，百戰不殆。為了《天泣》改版之後的幸福生活，表哥當然要身先士卒！表妹，妳放心，表哥一定會好好收集情報，讓妳盡快擺脫新手生涯！」

李雲深噎了下，訥訥的說道：「表哥，我已經50級了，不是新手了。」

「啊，是嗎？」霍天揚敷衍的點了點頭，有些心不在焉的又看了下手錶，自言自語的道：「時間好像差不多了，應該快開始了吧？」

「表哥，你剛說要刺探什麼敵情？」靈光一閃，她猛地想起什麼，心裡咯登一下，「難道這裡是……」

「賓果！表哥好不容易查到《天泣》官方茶會的地方，當然不能錯過！表妹，妳在這裡坐著喝茶，表哥去去就來！」霍天揚說著，宛如一陣風般就出了包廂。

李雲深瞪直了眼，這……表哥還真把她丟下了！

她無奈的端起茶杯啜飲起來，直到茶點全都吃完，菊花茶都回沖兩輪了，表哥仍遲遲不見人影。她拿起手機，猶豫著要不要撥個電話給他，可萬一他不方便接……他說是來刺探敵情的，說不定現在正混入敵方大本營呢！

李雲深想了想，站起身來，決定出去看看。

撩開簾子，她才跨出一步，就有一道豔紅的麗影從眼前劃過，伴隨著一串銀鈴笑語往前走去。兩個年輕的女孩旁若無人的說說笑笑，其中一名紅衣女孩從她身前走過時，無意間擦撞到她，她一個踉蹌，眼鏡從鼻梁上滑落飛出，眼前的視野頓時變得模糊。

紅衣女孩旁邊的女生扯了扯她的衣角，「蝶兒，妳好像撞到人了。」

伍蝶兒睨了下李雲深，撇了撇嘴，轉身拉著友人道：「沒事，她不是還好好站著嗎？走了，傾城還在等我們呢！」說完，挽著友人的手逕自走了。

李雲深蹙眉瞇眼，四下張望，尋找眼鏡。八百多度的近視，再加上店裡略微柔和的燈光，讓她此時沒了眼鏡就跟瞎子摸象般。她伸手左右探了探，探不出個所以然來，偏偏她又不敢亂走，怕不小心踩到眼鏡。

就在她茫然無措之時，忽然有人遞來一物，「妳在找這個嗎？」

她低頭一看，正是她的眼鏡。她連忙拿起來戴上，眼前的景物剛變得清楚，就見一個笑得有些流裡流氣的男子映入眼簾。那男子打量她的目光讓她覺得有些不舒服，她不自覺的後退了一步。

「我是三服的，ID是錢多多，妳是哪個伺服器的？剛才在那邊好像沒看到妳，妳是什麼職業？ID是什麼……」

那男子的話還沒說完，有隻大手陡然從後面輕輕搭上了李雲深的肩，一個高大的影子從身旁籠罩了下來。她嚇了一跳，反射性的抬眼看了過去。來人手神俊美，顧盼間淡漠孤傲盡顯，渾身的疏離氣息更是清晰可辨。如此清冽懾人的氣勢，讓她有種異樣的熟悉感。而搭在她肩上的大手傳來隱約的熱度，更是讓她的身體越發僵硬，動彈不得。

「你──找她有事？」略微清冷的聲線，隱隱透著不容置喙的質問。

那男子本想發怒，待看清這男人的臉孔之後，立馬換上討好的笑臉，「沒事，我認錯人了，認錯人了！」說著，一溜煙跑得沒了蹤影。

她現在哪有心思去想那個落荒而逃的男子是誰，腦海中千思百轉，理智告訴她要甩開肩上的手，離他遠遠的，可本能卻告訴她，最好別輕舉妄動。糾結了半天，她勉強擠出笑臉，聲如蚊蚋般的道：「謝謝……」

……

沒反應？

……

三十秒過去了。

……

連一分鐘也默默棄她而去。

……

她一邊強笑，一邊又擠了一句話：「今天天氣真好！」

「……是不錯。」男人淡淡的應了句。

……然後呢？

李雲深囧了。輕輕的嚥了一下口水，眼角餘光往上方瞟去，無意間捕捉到那人黑眸裡的戲謔，不禁錯愕了下，連忙又低下頭，懷疑是自己的錯覺。

肖重燁挑眉，嘴角勾起若有若無的弧度，「愛徒，連為師都不認得嗎？」

與泰半的網遊一樣，《天泣 online》不只有腥風血雨的江湖戾氣，還有卿卿我我的濃情密意。但也和泰半的網遊一樣，不是每天愛你一萬年，就是每天玫瑰瞳鈴眼。

當然，也有清清淡淡，像她與大神師父這樣的。略去「師父」、「徒兒」半認真半玩笑的調侃之外，在網上他們幾乎沒有私人的交流，也沒有交換 SKYPE 帳號什麼的。

他從不主動探問她的事，她也沒打聽過他的事。

她幾乎想不起來「前世」第一次遇見他時的情景，似乎是心花朵朵開拉她加入奔浪皇朝，她才初次知道他的名號。當時他在公會裡、在第二伺服器裡已經是大神級的玩家，對她這種小白號來說，那就是一個「仰之彌高，鑽之彌堅」的傳說。不過，也拜心花朵朵開的死纏爛打所賜，總而言之，她莫名其妙就成了大神隊伍裡的固定班底。後來也因為她太小白號了，所以她與大神之間根本就沒有交流。

真正有互動，是從她成為他的徒兒開始。

她沒想過會與他有遊戲之外的交集，也沒想過會有在現實生活中見面的一天，因此突然見面，她完全沒有心理準備——事實上，她也不知道該做什麼準備。

又不是相親。

但，此刻相對而坐，可不就是相親？

被突如其來的想法雷到，她立刻心虛的扯了一下衣襬，挺起上身，正襟危坐。

相較於李雲深的惶惴無措，同樣是初次見面，肖重燁就顯得遊刃有餘多了，素來清冷的眼眸中多了幾分打量意味的深邃，好一會兒，才緩緩垂下眼簾——青蛙還是溫水燜煮來得美味。

不知某人心思的李雲深，在又「嗑」掉一回茶之後，終於下定了決心。

有人說，當時間和耐心都變成奢侈品時，我們只能靠星座了解彼此。

她清了清喉嚨，「大……呃，師父，請問你是什麼星座？」

天外飛來一筆，讓肖重燁頓了一下，隨即悠然道：「天蠍。」

李雲深噎了下，她現在滿心只想把那個說什麼「要靠星座了解彼此」的人踹下馬里亞納海溝，可大神的下一句話讓她更想自己跳進去。

肖重燁端起茶盞，啜飲了一口侍者剛送來的熱茶，然後慢條斯理的說道：「聽說天蠍座跟水瓶座不太合。」說完，似笑非笑的看著她。

她就是水瓶座……

李雲深默默的繼續埋頭喝她那不知回沖了多少次的菊花茶，她已經沒有勇氣問大神是什麼生肖了，就怕聽到「蛇遇猛虎如刀割、玉兔逢龍門外客」之類云云。

她想，她和師父就是天生犯沖吧！

「那——愛徒需要為師的生辰八字嗎？」肖重燁噙著笑意又問道。

「不，不用了！」李雲深正色道。

肖重燁將手肘擱在桌上，手背撐著下顎，身體微微向前傾，側頭凝視故作鎮定的徒兒，略帶鼓勵的說道：「也許會意外的契合喔！」

「真的嗎？」李雲深眼睛一亮，可當她抬眼，對上大神促狹的目光時，立刻訕訕的別開臉，逞強的碎唸道：「我才不迷信呢……」

「真巧，我也是！」肖重燁淺笑，笑得似有深意。

就在這時，悠揚的鈴聲響起，肖重燁看了下來電顯示，按下通話鍵，「什麼事？」聽到對方的話，他看了李雲深一眼，淡淡的說道：「嗯，她在，怎麼了？」

「……無妨，你決定就好，但是要留兩個給我……不必了，不差這些時間，而且……不，沒什麼……」

肖重燁正想掛斷電話，對方似乎說了什麼讓他下意識的又看向李雲深。

李雲深愣了一下，連忙低頭假裝專心喝茶。肖重燁若有所思的瞅著她一會兒，突然愉悅的笑了，然後慵懶的答了句：「你說呢？」說完，慢悠悠的闔上手機。

包廂裡又陷入沉默，她有些不自在的看了下手錶，表哥怎麼出去那麼久都沒回來，難道被敵營發現了？似是看穿她的心思般，肖重燁突然說道：「天揚還在聽說明會，一時半刻不會回來。」

李雲深愣了一下，倏地瞪大眼睛，有些錯愕，「你、你──你認識表哥？」

想起霍天揚嘴邊掛著的「清水出芙蓉，天然去雕飾的表妹」原來就是「雲深不知處」時，肖重燁的目光裡就多了一分玩味。

他放下茶盞，站起身來，「還有點時間，我們出去轉轉。」說著，逕自走出包廂。

李雲深連忙起身，跟了出去。

「帥翻天的無名老大，等等我啦，你走太快了！」

清亮的聲音，熟悉的名字，引起了她的注意。她停下腳步，循聲朝走廊的另一頭望去，發現有個長得十分清秀可愛的男生，抱著另一個高頭大馬、單眼皮男生的手臂，任他拖著往前走。

「他媽的，放手！萬一別人看到，還以為我跟你有什麼不可告人的關係！」

「什麼是不可告人的關係？」可愛的男生瞪著水汪汪的眼睛，一臉無辜。

單眼皮男生被一雙澄澈無比、純淨如斯的眼睛直勾勾的瞅著，頓時滿面通紅，訥訥的說不出話來。好一會兒，他才吞了一下口水，結結巴巴的說道：「總總總總而言言言之，熱熱死人了，你離離離離我遠一點點點啦！」接著，像趕蒼蠅似的揮揮手。

可愛的男生被這麼一揮，臉上立刻露出受傷的表情，嘟著嘴，好像蒙受極大的委屈。

「喂，你不會哭吧？」單眼皮男生慌了手腳。

「無名老大，我不叫喂，剛才已經說過了，我的名字叫做魏子棋。」

「yoyo 弟弟……」

「子棋。」

「yoyo 弟弟……」

「子棋。」

魏子棋咧嘴一笑，媲美女孩般可愛的臉孔變得更甜了。

看著那張在眼前放大五十倍，如小鹿斑比般的無邪眼神，無名氏莫名的打了個冷顫，喉嚨突然變得有些乾澀。他咳了兩聲，不自然的說道：「子、子棋。」

「什麼事？」魏子棋甜甜的笑道。

問屁啦！不是你強迫我叫你的名字嗎？

不過，無名氏只敢在心裡腹誹。雖然對方的身材比他矮小許多，甚至稱不上結實，但野性的直覺告訴他，最好離這個小惡魔遠一點。

「沒事！」他沒好氣的回答。

「無名老大，你還沒告訴我你的名字耶，我們要禮尚往來啊！你知道我的名字，我卻不知道你的名字，這樣不符合公開公正公平的原則耶！」

靠！我又沒問你的名字，明明是你自己硬要說的，而且這算哪門子的公開公正公平？再說讓你知道我的名字，我還有好日子過嗎？

無名氏暗暗決定，等他晚上回家上線，一定要隨便找個藉口把這個披著羊皮的牛皮糖踢出公會，否則他以後就永無安寧的一天了。

「咦，那個大美女好像是蝶舞翩翩，我們去看看！」

「啊，無名老大，等等我啦——」

望著兩人消失在盡頭的身影，李雲深囧了大半天說不出話來。

本來她猶豫著是否要上前相認敘舊，可在聽到他們的對話，又看到路過的人對他們投之以謎樣的眼光之後，她決定跟這兩個同公會的基友保持距離，再說恥力低到破表的她，也實在沒有勇氣在眾人面前承認自己是帥翻天公會的成員。

尤其在看過公會會長無名氏那只能稱得上是有型，卻離英俊或帥翻還有半個太平洋的長相，她更是堅定自己的想法，決定繼續潛水，當潛水艇俱樂部的忠實會員。

無暇多想，她快步跟上大神師父。

跟了兩條街，進入一家遊樂場，在某大型遊戲機臺前站定時，李雲深瞬間有種踩到狗屎的錯覺。

打地鼠!

打地鼠!

打地鼠!

……

師父,這打地鼠是有多好玩?咱們能不打地鼠了嗎?

李雲深在心裡無聲吶喊,側頭卻看見大神師父手中不知何時已經多了整整一個托盤的代幣,還笑得如煙花般燦爛的望著她。

她頓時欲哭無淚,腦海裡只浮現一個念頭——這是報復!這絕對是小氣又愛記仇的師父所做的赤裸裸的報復!

神啊,來兩道天雷吧!一道劈死我,一道劈死這些該死的地鼠吧!

注三:臺幣戰士,指會在遊戲中砸錢買裝備、買強化道具,讓自己操作的角色變得更強的玩家。

也許是被大神師父的氣場震到，直至打完地鼠回到花草巷弄，大神師父離開，她才猛然想起竟然忘了問他的名字，也忘了報上自己的。師父叫習慣了，幾乎快以為自己真的是他的徒兒了。

回到霍家後她才細細回想他的模樣，初步目測，大神師父的身高沒有一八〇也有一七八，而且氣質清冷，面容俊逸，年齡看著不小，但也不太大。她一直不敢直視他，但依稀記得他那雙黑眸看著人時總透著微微的涼氣和犀利。唯有在見她打地鼠打到快變臉，他那淺笑才讓人覺得有幾分暖意。

她對他，突然感到好奇。

霍天揚見她走神，伸手在她面前揮了揮，「表妹，妳發什麼呆？」

「表哥，你下午怎麼離開那麼久，我以為你被人發現了呢。」

「抱歉抱歉！」霍天揚撓撓頭，「其實我剛到《天泣》改版說明會的門口就被逮到了，肖大神讓我頂他的位置，所以我一路暢行無阻，還跟奔浪皇朝的公會會長劍走偏鋒搭上關係了，哈哈！說起來，這肖大神還真講義氣，不止把他的裝備分給我，連官方送的限量版坐騎也分一隻給我了，啊，大神就是大神，這才是大神哪！」

「哪個肖大神?」

「肖重燁啊,就是一夕重華!」霍天揚說著,又是感嘆道:「本來以為一夕重華至少也要大我五、六歲,不然哪來那麼高竿的技巧?誰知道他竟然小我一歲,妳說是不是氣人?算了,他那麼大方分我坐騎,我就不跟他計較了!」

你這不是計較是什麼?

李雲深沒敢「吐」表哥,只暗暗唸著大神的名字。肖重燁。原來大神師父的名字叫做肖重燁。她的心裡隱隱有絲異樣的感覺滑過。

看到李雲深若有所思,霍天揚突然問道:「表妹,下午妳和大神去哪裡了?我只讓他照顧妳一下,沒想到你們竟然落跑去約會,枉費我放棄跟劍走偏鋒切磋的時間,急著跑回來找你們,結果你們自己跑去逍遙,真是太不講義氣了!」

李雲深被表哥口中的「約會」二字囧到,訕訕的說道:「什麼約會?不過是在附近晃一圈而已。」

她一點也不想「炫耀」她打地鼠打到把整整一個托盤的代幣都打完的傻事。

霍天揚的神經再粗,也看得出來表妹臉上的幾分赧意,便撇撇嘴,「我事先警告過肖大神,說妳未滿十八歲,絕對不可以對妳下手,不然就是禽獸……他沒對妳動手動腳吧?」

李雲深端肅道:「沒有。」然後又囧囧的補了一句:「我今年滿十八歲了。」

她真想撬開表哥的腦袋,看看裡面的迴路能「二」到什麼程度。

「一點都沒有?」霍天揚有些納悶,「比如藉著過馬路偷牽妳的手?或是上下樓梯偷挽妳的肩?再不濟,也要裝裝樣子,扶一下妳的腰吧?」

「完全沒有。」李雲深皺眉。

「這真是連禽獸都不如了！」霍天揚喃喃自語的低聲道：「肖大神不會是『不行』吧……」

他思索了下，掏出手機，埋頭打了一連串的訊息，然後按下傳送。

「表哥，你發簡訊給誰呢？」李雲深心裡生出不祥的預感。

霍天揚咧嘴露出一口白牙，笑道：「沒什麼，我就關心一下肖大神的身體健康。」

「……」李雲深無言，「你們的感情已經好到可以交換手機號碼了？」

霍天揚嘿嘿笑了兩聲，他當然不會跟她說，他是蹭劍走偏鋒蹭好久，才蹭來了一夕重華的手機號碼。

肖重燁收到簡訊時，正好洗完澡從浴室出來，只套了條褲子，一手拿著毛巾擦頭髮。他瞥了眼手機上顯示的陌生號碼，蹙眉打開簡訊。

「你不是禽獸，你根本是禽獸不如！」

肖重燁愣了下，以為是惡作劇簡訊，正想刪除，恍然想起什麼，接著又打開下一則簡訊：「肖大神，我家表妹滿十八歲了。」末了，還附了一組手機號碼。

言下之意，真男人者，莫非禽獸！

肖重燁挑眉，這傢伙倒是有意思！

他坐到電腦前，看著不久前寄來的信件，內容是今天下午《天泣online》的官方改版說明會的細項。掃了幾眼，拿起手機，點了通訊錄裡的某個人，對方很快接了電話。

「老三，我查到了，一服的醉飲狂龍、夜梟和四服的閒雲公子，確定改版後會轉到二服來，十之八九是衝著你來的。醉飲狂龍凡事用拳頭說話，好勝心強，倒不難對付。至於夜梟這人，陰險狡詐，在一服是有名的紅名殺手，連新手都砍，風評很差，不過他雖厲害，但只要不使小人步數，論單打獨鬥，他還是略遜醉飲狂龍一籌。最麻煩的是四服的閒雲公子，這人性格難捉摸，據說軟硬不吃，行事全憑喜好，是隻笑面虎，他的實力嘛……雖然在四服風雲榜排名第三，可是聽說能和排名第一的獨孤求敗打成平手。」

歐陽鋒遲疑了下，「蝶舞翩翩改版後就會退出我們公會，那奔浪和胭脂閣的合作確定破局，如果再來這些人，恐怕……」

肖重燁沒立即回答，歐陽鋒等了許久，才等來他的「嗯」一聲。

歐陽鋒擰著眉頭，嘆道：「老三，他們也許不是你的對手，可是我們還有逆天塔的副本要打，敵人少一個是一個，蝶舞翩翩那裡……」

「你要我靠女人吃飯？」

「當然不是，我……罷了，我再跟東方傾城談看看，合作不成，至少不要反目成仇。」

「歐陽，是你把我的手機號碼給霍天揚的嗎？」

肖重燁冷不防這麼一問，歐陽鋒頓時有些心虛，訥訥的道：「這傢伙特別纏人，我也是一時不注意，才被他套了話……」

闔上手機，肖重燁躺倒床上，一手枕著頭，一腳屈起，閉上眼睛，腦海裡影影綽綽浮現一張清麗白皙的臉龐。星眸翦秋水，大大的粗黑框眼鏡掩去了一雙靈動而穩靜的眼睛，也遮蓋了欺霜賽雪的細膩肌理。

沒有牡丹的雍容，也沒有玫瑰的冶豔，而是淡雅潔淨如「一枝輕帶雨，淚濕貴妃妝」的梨花。

想起李雲深拿著槌子，對著此起彼落的地鼠，瞪著盈潤的眼眸望著他的無辜表情，他就忍不住嘴角高高的揚起。

他從床上翻身坐了起來，拿起手機，手指熟練的敲著按鍵，然後發送出去。

李雲深聽到提示鈴聲，隨手點開簡訊，這一看，卻讓她差點把眼珠子瞪了出來。簡訊發送人不是別人，正是他的大神師父。

「無規矩，不成方圓。師規第三條，晨昏定省可免，噓寒問暖可嘉。為師肖重燁此致雲深愛徒。」

見過無恥的，可無恥得如此有格調的沒見過！

見過黑心的，可黑心得如此自然的，她的師父一夕重華是頭一個！

人在屋簷下，不得不低頭，雖然她的師父無恥又黑心，但他的頭上仍是頂著閃閃發亮的師父二字，所以第二天一大早，她認分的發了封簡訊過去：「師父，清早天寒，外出請添衣。」發送完，滿意的點了點頭，這「噓寒」夠恭敬了吧？

幾分鐘後，她收到了師父的回覆：「敷衍。」

她想了想，跑到陽臺探頭往外一看，豔陽高照，半點風也沒有，樓下正在澆花的三姨還頻頻擦拭額頭淌下的汗水。她摸摸鼻子，又發了封簡訊過去：「師父，晴空朗朗，外出請小心中暑。」噓寒不成，「問暖」夠有誠意了吧？

很快的，她收到簡訊：「為師今日不出門。」

「……」

◇※◇　　◇※◇　　◇※◇

在李雲深對大神師父噓寒問暖四天之後，遊戲重新開放，可一開放便來了個大地震。

一服排名第二的醉飲狂龍和排名第三的夜梟、三服排名第一的御非凡、四服排名第三的閒雲公子，竟然轉戰二服，導致二服的群英風雲榜前十大高手重新洗牌。官方設定的條件是，各服前五名可平級攜裝備道具轉服，但不得轉至加開的新伺服器。

除了地震，也來了場海嘯。

二服風雲榜長期獨占鰲頭的一夕重華自榜上消失，莫說前十名，就連前五十名都不見其名。

眾人譁然，於是，伺服器重啟的第一天，世界頻道就被這幾大高手的詭譎動向洗得群魔亂舞，各有各的一套說辭，各有各的一套奧妙。唯獨榜上的諸位大神不動如山，該幹嘛就幹嘛去。

李雲深對風雲榜上的大神一向沒什麼概念，這得「歸功」於她「前世」就跟著最大的那尊神蹭飯吃的緣故。沒見過比她的大神師父更神的，自然而然眼中就沒其他尊神。倒也不是輕視，而是有她師父鎮著，她沒機會見識更神的。

這時，她正蹲在新地圖沉淵島圓月崖緣的灌木叢邊採續隨子兼打巧婦鳥，沒管世界頻道的紛紛擾擾，可不知何時，圓月崖入口處來了兩個人，她原也沒發現，是無意間瞥見當前頻道上出現一夕重華四個字才開始留心。

來人的 ID 分別是醉飲狂龍、莫小凡。

「他奶奶的，這朱獳才 200 級，比 230 級的九尾蛇還他媽的變態，毒得老子去了半條命！」

「這沉淵島的 BOSS 都這樣了，狂龍老哥，我看那重火煉獄、極惡雪原也不好打！」

「哼，太簡單老子還看不上眼！」

「簡不簡單我不知道，不過那逆天塔保證出人命！夜梟和不敗神話的人進逆天塔，聽說在第一層就被 BOSS 打出來了，官方搞這個逆天塔才真夠嗆人的！」

「夜梟那個陰險的俗辣，本來就是外強中乾，老子當他媽的屁！」

「別說夜梟，不敗神話可是排名第二大的公會，連他們都過不了，可見逆天塔真是邪門，沒弄清楚貓膩，咱們不要貿然進去的好，沒必要白白送死！」

「呿，膽小鬼！」

「話不能這麼說，小弟我不像老哥你有本錢，經驗值難賺哪！奔浪皇朝都沒動靜，咱們也不急在一時！再說，老哥，你轉服不就是為了PK一夕重華，暫時還是先保存實力的好，至少別讓御非凡和閒雲公子他們先得手！」

他們想打師父？

李雲深微驚，除了她的二表哥頭殼壞去向大神師父下挑戰帖之外，就沒看過有腦子進水的人敢主動挑釁了。不知道這兩人是什麼來頭，難道又是錢多到皮癢欠撓的臺幣戰士？

她太專注在那兩人身上，以至於沒有注意有個人靠近。

那人就像在逛自家後花園一樣，由遠而近，優哉游哉的慢慢走過來。

「嘖嘖嘖，我說是誰，這不是一服的醉飲狂龍嗎？聽說你也來二服了，我還以為是謠傳，沒想是真的！看來這一夕重華的魅力真大，連號稱皇帝的你都給勾來了！」

「呸，想幹架嗎？」

「別別別，千萬別，在下皮薄，不耐打！」

「閒雲公子好興致，喜歡偷聽別人談話！」莫小凡插口道。

「我這不是見有隻小貓咪貓著，好奇過來瞧瞧，哪裡知道是你們二位？」

小貓咪？

當前頻道突然靜了下來。

李雲深愣了一下，左看右看，整張地圖除了他們三人，就只剩下她，哪裡有小貓咪？下一秒突然會意過來，閒雲公子口中的小貓咪不是別人，可不就是正貓在邊上的她？

她遲疑了幾秒，停下採藥的動作，從灌木叢中起身。

「哎呀，原來不是小貓咪，而是小青蛙！」閒雲公子故作驚奇的道。

李雲深的臉綠了。她身上那套 50 級的防具，就是青綠的羅襦與百褶裙，另外足蹬釉綠的靴子，再配上翠綠的髮簪，由頭綠至尾，活脫脫就像閒雲公子口中的小青蛙。

「我是來採藥的，而且來的時候這裡沒人。」李雲深無奈的應聲。

這便是提醒他們，他們才是後來的，不是她想聽他們談話。

醉飲狂龍沒有動作，他對女人沒興趣，尤其是對這個只有 50 級的小白號，更是不屑一顧。不會有人蠢笨到派個新手上路來當間諜。當然，就算真的是這樣，他也不會放在眼裡。

「妳是……」莫小凡問道。

李雲深振了下精神，立馬回道：「路人。」然後故意拿起鐮刀割起了正在旁邊搖曳招展的三七。採藥須得購買鐮刀，一般玩家不會特意帶鐮刀在背包裡占空間。

「不久之前，我聽說二服有人殉爐得到聖潔之心，又聽說那個殉爐的人是個女子，而這個女子似乎就跟這位路人姑娘的 ID 很像……」閒雲公子說道。

李雲深皺眉，這……是衝著聖潔之心來著？

聖潔之心？醉飲狂龍的目光閃了一下。

遊戲裡裝備、武器和攻防全都奠基於五行相生相剋的基礎上，能凌駕五行之上的只有聖潔之心。而殉爐是唯一取得聖潔之心的方法，且殉爐的條件相當嚴苛，根本沒有人會甘願獻身。再者，隨著改版等級開放上限至300級，殉爐的條件也從190級提高到290級。

如此的極品，難道這女人身上有？醉飲狂龍念頭一轉，起了殺機，隨即往李雲深的方向走了幾步。

「我沒有聖潔之心，殉爐的時候就沒有了。」李雲深見勢頭不妙，連忙說道。

醉飲狂龍停下腳步，似乎在思考她話語的真實性。

「我沒騙你們，要不，你們自己去殉爐就知道了！ID都沒了，那東西哪還留得住？」李雲深想要曉之以理。

閒雲公子精明的聽出她的話外之音，問道：「妳給人了？」

李雲深不說話了。

「妳給誰了？」莫小凡急問。

李雲深還是不說話。

「不說的話，別怪我不客氣了！」醉飲狂龍說著，又威脅的朝她走了幾步，兩人的距離慢慢拉到他的攻擊範圍之內。

可李雲深還是不說話，她打定了主意，萬一逃不過，大不了再去閻羅殿泡一回茶，反正她熟門熟路了。

就在這時，有幾個人狂奔了過來，一馬當先的是手持劍、渾身金光閃閃的劍士。

李雲深呆了下，看向他後面的其他三人，有些錯愕──他們怎麼湊在一起了？

這劍士不是別人，而是她的二表哥，另外三人則是戰無不克、吃飯睡覺打東東和心花朵朵開。

「大欺小，沒小鳥！你們幾個大男人欺負個弱女子，算什麼英雄好漢！有種來跟老子打，老子保證打得你們雞巴爽歪歪！」霍天揚見有人欺負表妹，一時熱血上湧。

「就是就是，連個新手也打，丟人啊丟人！」吃飯睡覺打東東搖旗助威。

「二位此言差矣，在下不過是向這位姑娘討教一二，何來欺負一說？在下實在是冤枉啊！」閒雲公子斯文的辯白。

「我呸！敢跟老子嗆聲，你活得不耐煩了！」醉飲狂龍啐了一口。

「誰活得不耐煩還不知道，給你爺爺我把脖子洗乾淨等著！」霍天揚回嗆。

「就憑你也配跟老子動手？」

眼見雙方對壘，有一觸即發的態勢，李雲深有些著急，左看右看，就那個閒雲公子還閒閒的站一旁納涼，雖沒有加入混戰的架式，可也是等著看熱鬧的樣子，說不定還想坐收漁人之利。

兩廂對峙之際，極目蒼涼的圓月崖上，出現了一身著月白長袍、負著古琴的男子。來人衣袂飄飄，與周遭的清冷氛圍十分融入，翩然出塵，讓她心頭不禁生出「遺世而獨立」之感。

雖然遊戲的角色都有既定的美術設定，但還是會因玩家性格不同而塑造出氣質各異的形象。

這人以琴為武器，顯然是改版後新增加的樂師，而當她的視線落在那人頭上的ID時，眼睛頓時發直了。

莫說是她，連螢幕前的醉飲狂龍、閒雲公子等人也皺起了眉頭。

樂師的設定是輔助性職業，具備各種屬性加乘、狀態附加和補血技能，然而，其輸出不如戰將，遠攻不如弓手，防禦不如劍士，敏捷不如刺客，補血又不如祭司，連同樣新職業的盜賊都有獨特的偷竊技能，於是有些玩家在遊戲改版前便戲稱樂師是五廢職。

可樂師廢，不代表操作的人廢。

當一夕重華以樂師的身分出現在眾人的面前時，那螢幕前的眼睛瞪得一雙比一雙還大。

「你這是什麼意思？怕老子怕到改當龜孫子了嗎？」醉飲狂龍輕蔑的道。

「原來如此，難怪風雲榜上沒有你的名字，你這是下了血本，難怪……難怪……」閒雲公子恍然。

系統設定的轉職條件很苛刻，除了需要「聖女的祝福」卷軸之外，基本條件之一便是等級折半，換言之，改版前便封頂的他，轉職成樂師就只剩下 100 級，如此一來，別說是風雲榜前五十名，根本連一百名都擠不進去。

封頂才轉職，還選了很廢的樂師。大神的思維果真跟畢卡索是一個檔次的，清新脫俗啊！

不過，從前的貴氣逼人，到如今的清淡閑靜，她覺得後者的樣子確實更符合師父冷冽的氣質。

「龜孫子不敢當，若要指教，紫禁之巔見分曉。」

「哼，老子等著你！咱們走！」醉飲狂龍撂下話，就和莫小凡捏碎地圖飛走了。

閒雲公子欲言又止，躊躇了一會兒，還是默默的走了。

「就這樣讓他們走了？」李雲深擔心的問道。

「無妨，為師喜歡青蛙。」

李雲深一怔，隨即怒了，「你才青蛙！你全家都是傻不愣登的青蛙！」說著，忿忿的背著一簍藥草走了。

「三哥，原來、原來你好這口？兩棲類的，重口味哪！」吃飯睡覺打東東驚恐。

「肖大神，你竟然為了安慰我表妹而犧牲自己成全青蛙，你你你實在是太講義氣了！」霍天揚也驚訝。

什麼兩棲類？什麼犧牲自己？這根本就是赤裸裸的調情啊！心花朵朵開在心中無言吶喊。

◇※◇　　◇※◇　　◇※◇

李雲深蹦回城裡，把收集來的藥材全都煉製成丹藥，部分掛到市場去賣，這才想起表哥和她「前世」的隊友一夥的事，於是奇怪的問道：「表哥，你怎會跟他們湊在一起？」

「這就是妳表哥我的本事了！妳不知道肖大神有多器重我，竟然讓我來頂他的位置，妳說，這是不是就是人家常說的接班人？唉，人長得帥就是這樣，到哪兒都有人搶著要！」

頂他的位置？難道大神師父一開始就盤算好了要轉職？

她又想起了大神師父當初高價收購轉職所需的「聖女的祝福」卷軸的事，心裡不禁咯登了一下，對於師父心思之深沉、謀算之深遠，初次有了且敬且畏的感覺。什麼「看它不順眼」，她的師父根本不可能做無意義的事！

「表哥，樂師不好練吧？」

「那當然，別人都說是五廢職了，還能練出個什麼名堂來！不過，如果是肖大神就難說了！那傢伙精得很，沒有把握的事絕對不會做！」

李雲深不禁有些擔心起來，師父現在只有100級，錦上添花的沒有，落井下石的肯定不少，莫說是那個叫醉飲狂龍的，恐怕想趁機來踩上一腳的都不少。

誠如她所憂慮的，接下來幾天，果然有許多人在世界頻道上叫囂，嚷著要單挑一夕重華。一夕重華倒是沉得住氣，一如往常的置之不理，而且雖說有人尋釁，卻也沒見有人真正打趴他過。

這天，竟然有人下了紫禁之巔的挑戰帖，以前除了霍天揚幹過這事之外，沒人會傻到自投羅網。

李雲深坐不住，勸道：「師父，這帖子不能應，留得青山在，不怕沒柴燒。君子報仇十年不晚，忍一時風平浪靜，咱們不爭一時山窮水盡。」

彼端螢幕前，肖重燁忍不住笑了，看來這丫頭是真急了，否則不會說起話來一句一個道的。

「愛徒這是擔心為師了？」

李雲深的心莫名顫了下，莫名覺得師父話中有話，卻又說不出個所以然來，只得訥訥的回道：「徒兒擔心師父天經地義。」

「是嗎？」肖重燁明擺著不信。

「青蛙也是有腦子的！」李雲深惱羞成怒。

肖重燁頓了下，有些意外她還惦著前幾天說的話，想到她經常蹲在荒山野地的草叢裡蠕動的身影，不由得笑著說道：「愛徒不用著急，有人比妳更急。」

果然如他所言，在他接下戰帖之前，下帖子的人就被醉飲狂龍砍回老家自宮了。

李雲深奇了，這醉飲狂龍不是一心想PK師父，怎麼突然轉性幫起他來了？她不好意思問師父，便轉而向表哥取經：「表哥，你說這個醉飲狂龍是不是腦子進水，竟然幫起敵人來了？」

「他哪是幫肖大神，他是不想有人搶在前頭打敗他罷了！」

「可也沒見他真的向大神下戰帖啊！如果他真的想PK，現在不是最好的時機嗎？他的勝算更大。」

「醉飲狂龍不是那些小蝦米，雖然他嘴巴賤了點，但還是有他的傲氣，趁人之危的事他不屑做，他是想憑實力打贏肖大神，不然他也不會被人叫皇帝了！」

「這麼說來，大神現在很安全囉？」不知怎麼的，李雲深鬆了口氣。

「那也不一定，之前跟醉飲狂龍同服的夜梟據說很沒品，連新手都殺，萬一遇上他，肖大神怕是也占不了便宜！」

「要不，勸大神暫時跟醉飲狂龍合作？」

「妳傻了？醉飲狂龍只是見不得小蝦米妄想吃大鯨魚，可不代表其他大鯨魚不能吃大鯨魚。再說了，肖大神也不可能同意。總之，妳別瞎琢磨了，大人的事小孩子別管！」霍天揚皺眉。

「我才不是小孩子……」李雲深嘀咕了句。

霍天揚想起什麼似的，問道：「對了，表妹，妳是肖大神的徒弟?」

李雲深愣了下，她確實沒跟表哥提過這件事。她見表哥很熱衷想拜入大神師父門下，卻又不得其門而入，就更不好意思說出口了，何況自己還真沒什麼斤兩能讓大神看上。

「嗯。」

「切，我還以為他的徒弟很神咧，原來……表妹，肖大神是不是有把柄在妳手上，不然他怎麼可能收妳?」

表哥，到底誰才是你表妹?

「嘿嘿，表妹，要不，妳也用那個把柄幫表哥小小威脅一下肖大神，讓他收我為徒，如何?」

表哥，你這已經不是無恥二字可以形容，而是無恥到沒邊了!

「表哥，大神現在不是已經在教你了?拜不拜師又有什麼分別呢?」

「當然不一樣，情分不同啊!說不定他自己還偷偷留了幾手，他可是千年老狐狸耶!」霍天揚撓了撓頭，又道：「不過，這也說不定，妳是他的徒弟，也沒見妳有多少長進……」

李雲深無言。

就在這時，千年老狐狸來了命令：「來城裡的倉庫。」

李雲深正好在城裡的藥鋪補貨，得令，立馬咚咚咚跑向倉庫。

一夕重華飄逸的身影在人群中很顯眼，尤其改版後選擇樂師的玩家很少，一夕重華更顯得鶴立雞群了。

然而，他一向視旁人如無物，此時自然也悠然獨立，頗有幾分仙氣。

李雲深一走近，他便點了她做交易。

她看著交易欄上有一顆蛋，有些納悶的接收過來。

遊戲改版後增加了寵物系統，但須得攻略新地圖的BOSS才有極低的機率取得。可這顆蛋又有些不同，蛋的資訊欄裡顯示是限定版，她記得好像聽表哥提過，之前參加官方說明會時有人拿到了限定版的寵物蛋。

「按照上面的指示孵化。」

「師父不留著？」

「我還有一個。」

「這個……會孵出什麼？」

「看個人資質而定。」

說了等於沒說！李雲深翻了翻白眼，看著資訊欄裡的說明，孵化的程序很簡單，只要隨身帶著蛋就好，不須餵食。蛋會隨著飼主各項能力值的變化，而形成與飼主的特質相應的屬性。至於何謂相應的屬性，上面沒有說明。

最後是孵化的時間，正常需要四十八小時，以玩家在線時間計算，而期間每死亡一次，則孵化的時間便會自動延長三十分鐘。

「師父，你的蛋孵出什麼來？」

「想知道？」

「嗯。」

「秘密。」

「……」

隔天，李雲深才從表哥口中知道，寵物獸分為瑞獸和凡獸，瑞獸有四種：蒼龍、白虎、玄武、鳳凰，凡獸則包括十來種禽、獸。另外，據官方說法，還有隱藏版的神獸麒麟，只有在特定條件下才能獲得。

目前已經孵化出來的瑞獸有：醉飲狂龍的白虎、御非凡的玄武，至於閒雲公子和夜梟，一個孵出隼，一個孵出熊，雖不是瑞獸，卻也是高階凡獸。至於原本二服的大神中，除卻一夕重華未知，奔浪皇朝的公會會長劍走偏鋒孵出的是獅，與隼、熊屬於同一等級的高階凡獸。而排名第二大公會的不敗神話公會會長黑崎月孵出了瑞獸玄武。

娘子軍團胭脂閣的公會會長東方傾城孵出的是較高階凡獸次一等的鵲，蝶舞翩翩則是孵出高階凡獸鷺。

目前取得寵物蛋的玩家並不多，除了大神級的玩家，少數幸運得到蛋的，據說孵出了狼、龜、鴞、蝶不等。

李雲深燃起了雄心壯志，她打不過人家，孵蛋總該不差吧？打定主意，接下來幾天專心孵蛋，她猜想著，只要保持孵化期間不死的記錄，總能孵出個不太差的寵物。於是，每次出城她都會先小心打量周遭環境，留心有沒有紅名，遇到有人追殺，不管三七二十一，先跑再說。

這天，距蛋孵化只剩十二分鐘，大神師父發了話：「來重火煉獄。」

系統提示：玩家【一夕重華】邀您加入隊伍，您是否同意？

她連忙點擊「是」。

最近幾天，大神師父很常加她入隊，幫她拉等級。以戰無不克和表哥為首，在幾個新地圖到處攻略，大神師父像嗑了藥似的快速升級，從剛轉職時的100級升到如今的172級。200級以上據說很難升級，戰無不克在改版前差4級封頂，現在是218級；表哥改版前192級，現在是215級。吃飯睡覺打東東201級，心花朵朵開196級。

至於她，逃命的技術越來越精湛，蹭飯的技巧越來越熟練，終於也升到了123級。

李雲深一進入重火煉獄，頭皮就發麻了。重火煉獄共分八層，越往下越陰暗，大神他們正在入口處打190級的百足龍。雖曰龍，其實是指蜈蚣。她倒覺得稱為噴火龍比較恰當，因為那每一隻可都是會噴黑火的。她很有自知之明的找了個安全的地方靠去，那百足龍隨便一拍，都能把她拍到天外天去。

她觀察了一下形勢，表哥正拿著雙劍為前鋒，左揮右砍，左一個右一雙；戰無不克手持長槍，在表哥身旁連刺帶劈，頗有氣勢；吃飯睡覺打東東站在距離稍遠的岩石上，頻頻挽弓射箭；心花朵朵開則躲在三個大男人後方伺機補刀。

至於她的大神師父，正在外圍悠悠哉哉的彈琴，與周遭凶險的環境、眾人卯足勁打怪的情景，形成了鮮明的對比。

「表妹，看到表哥英姿勃發的樣子沒，厲害吧？」霍天揚得意的炫耀。

她看了看表哥拚命廝殺的忙碌模樣，又看了看大神師父那副像在觀光的悠然姿態，只答道：「厲害，很厲害！」頭腦簡單得很厲害！

就在這時，系統響起提示音，告知蛋已孵化成功。

「我的蛋孵出來了，我去旁邊看一下。」

她這麼一說，眾人全都來了興趣，紛紛拋下成群的百足龍，往她這方靠來。

「表妹，妳也有蛋喔？」霍天揚奇道。

「雲妹妹，快看孵出什麼來了？搞不好是鳳凰，正好可以壓死蝶舞翩翩那隻小鳥！」心花朵朵開無時無刻不「惦記」著某女神。

「花大姊，人家女神那是威風凜凜的鷲，哪是什麼小鳥！」

「狗腿東，滾一邊喘氣去！」

李雲深見大家興致如此高昂，心臟不禁快速跳了起來。孵了這麼久，在被告知孵化成功的剎那，突然有種「我當媽了」的苦盡甘來之感。

她深吸了一口氣，打開寵物介面，點擊「召喚」。

驀地，彩光一閃，跳出了一隻小不點兒的東西。

渾圓的褐色身體，精幹的兩隻小爪，頭頂著紅色朝天冠，銳利的喙子，炯炯有神的眼睛……小不點兒搖著尖翹的尾巴，正精神十足的來回兜著圈。

眾人呆呆的看著，瞬間噤聲。過了好一會兒，心花朵朵開才打破沉默：「這看起來像是……雞？」

肖重燁只瞄了一眼，便堅定的說道：「這就是一隻雞。」

李雲深無言的抬起頭，腦海裡只有一個念頭：天空好藍啊！

接下來幾天，她很常與大神師父一起行動，應該說是大神師父很常加她入隊，她有時是跟著表哥他們蹭飯，有時只有師父和她。這天，她在沉淵島的黃金廢墟旁採虎耳草，師父就坐在一旁彈琴兼打小鳥——伏翼鳥。

至於她的寵物雞，在她身邊跳來跳去，走來走去，晃到伏翼鳥附近，被伏翼鳥一巴掌拍死，她便再召喚出來。反覆幾次，就見她的雞消失出現，出現消失。

看著寵物雞的技能欄裡空蕩蕩的，她有些無奈，只好跟師父取經。

「師父。」

「嗯？」

「雞要怎麼養？」

「用妳的毅力。」

「師父，不要開玩笑。」

「為師是認真的。」

……

「師父。」

「嗯？」

「你的寵物是什麼？」

「秘密。」

「也是雞嗎？」

「……」

「師父，孵出雞一點都不可恥。」

「……」

「師父，你的寵物是雞吧？」

「……」

「師父，我的雞叫做小咕嘰，如何？」

「好名字。」

「師父，不要開玩笑。」

「為師是認真的。」

「……」

於是，李雲深默默的叫出寵物介面，默默的把雞的名字改成小咕嘰，默默的看著小咕嘰被拍死又出現，被拍死又出現。

「師父，小咕嘰會不會變身？」

「比如變成大咕嘰嗎？」

「師父，一點都不好笑。」

「……」

採完煉丹所需的虎耳草，回城卸貨，李雲深和一夕重華就收到霍天揚發來的訊息，讓他們到重火煉獄第二層集合，準備吃王。兩人解散，加入霍天揚的隊伍，霍天揚把隊長交給一夕重華，眾人才剛到重火煉獄入口，就看到世界頻道上的系統公告。

系統公告：牛郎與金牛妖現身天河畔，竊取織女的霓裳羽衣，特邀天下勇士前往誅滅。

公告一出，霍天揚立刻熱血上湧，義憤填膺的道：「他奶奶的，這不要臉的死牛郎又跑去偷看織女洗澡，我們去砍了他！」

牛郎和金牛妖是每週二、五晚上八點會出現的熱門行事曆王，擊斃金牛妖有微小的機率獲取金色品階的霓裳羽衣或金牛刀，所以每次至少有五組以上的人馬在堵，同時還有不少小號在觀望能否撿到尾刀。

「表妹，萬一爆出衣服，妳就可以不用再當青蛙了。」霍天揚好心的說道。

「……」你才蟾蜍咧！

一如預料的，在公告出來前，天河畔已經有幾支隊伍在一旁摩拳擦掌，看到他們到來，起了一陣小小的騷動。

九五無鉛汽油：「雪特，一夕重華也來搶王！」

愛情小清新：「大神飄逸啊……」

天河畔聚集了很多人，有搶王的、有湊熱鬧的，但短短幾分鐘內，在金牛妖範圍技的清掃下，只剩下三支隊伍在奮戰，而一夕重華依然悠閒自適的彈琴，只在戰無不克、吃飯睡覺打東東和心花朵朵開血條發亮時放個回血技。

至於李雲深，當然是一如往常站得遠遠的白吃白喝。

雖然她是專責補血的祭司，可199級的金牛妖隨便一腳，都可以把131級的她踹到月亮上搗藥去。

除了他們之外，餘下的兩支隊伍都是打行事曆王從不缺席的隊，其中幾個人的ID霍天揚認得，他們曾在競技場PK過。

牛郎和金牛妖是所有行事曆王中最棘手的。牛郎很弱，金牛妖很強，掉寶的條件是不能擊斃牛郎，可在金牛妖剩血一成時，牛郎會呈現強化狀態，同時施放瞬間回血百分百的技能。在不能擊殺牛郎的前提下，要安然躲過金牛妖的傷害可謂難上加難。也因此，牛郎與金牛妖登上玩家票選的三大變態行事曆王之首。

二十分鐘過了，戰況仍然在金牛妖瀕死又血條全滿的狀態中僵持。行事曆王只出現三十分鐘，距離消失的時間只剩八分鐘。

忽然有人傳來密語，李雲深看到ID，無言嘆氣，冤家路窄指的就是這種時候吧！

她在人群裡掃視了一遍，很快就看到對方。

蝶舞翩翩：「你們不是真的想吃王吧？」

跟著大神他們一段時間，也打過其他行事曆王，她再遲鈍再沒資質，都感覺得出來這個隊伍的實力有多堅強。金牛妖固然難吃，但大神沒有使出全力也是事實。或許痞子霍是認真的想吃王，但大神顯然是在玩。

她不笨，當然知道蝶舞翩翩為何有此一問，也知道她自尊心強，絕對不會要求他們退讓，才會迂迴的用這種方式問她。只是遊戲，她不想咄咄逼人，但也因為是遊戲，所以應該公平競爭。

她打量了下，發現蝶舞翩翩的旁邊站了個負著劍、渾身金光閃閃的孔雀男，頭上頂著夜梟的 ID。她愣了下，好像在哪裡聽過這個名字，姑且不論他是誰，但這傢伙全身上下的行頭看下來，顯然不是個路人甲。

雲深不知處：「那個……剛才有人密我，希望我們能讓出牛郎。」

痞子霍：「哪個白痴說的？」

雲深不知處：「蝶舞翩翩。」

吃飯睡覺打東東：「女神來了?哪裡哪裡？」

心花朵朵開：「狗腿東，如果這時你敢叛變，老娘打斷你的狗腿！」

痞子霍：「咦，蝶舞翩翩旁邊那個不是夜梟嗎?嘖，他們兩個怎麼搞在一起了？」

吃飯睡覺打東東：「呿，我又慢了一步！」

痞子霍：「肖大神，聽說那個蝶舞翩翩是你的老相好，你決定吧，讓是不讓？」

冷，很冷。

沉默，還是沉默。

老相好三個字一出，隊頻突然安靜下來。就算是平時喜歡打嘴炮的吃飯睡覺打東東，此時此刻也吐不出半個字來。他什麼都管，就是不敢管大神的風流韻事。

李雲深依稀又感受到許久不聞的大神身上散發出來的寒氣，她有時挺佩服表哥的口無遮攔，連吃飯睡覺打東東這樣沒腦的小屁孩都知道什麼能說、什麼不能說，偏偏表哥還渾然無所覺。也許像他如此粗線條的人，才耐得住大神的搓圓揉扁吧。

安靜了足足有一分鐘之久，肖重燁才淡淡的來了句：「五分鐘之內解決。」

剛才明明二十分鐘都吃不下來，現在卻要在五分鐘內打完，大神果然是在玩。

李雲深默默的傳了訊息給蝶舞翩翩：「抱歉了，我們公平競爭吧！」

主輸出戰無不克沒有二話，負責出苦力的痞子霍和吃飯睡覺打東東卻也意外的沒有哀號，反而很有默契的重整，加快進攻節奏。兩支專吃行事曆王的隊伍不知何時被滅了，夜梟和蝶舞翩翩的隊伍遞補進來。

夜梟是從別服轉來的大神級玩家，在他的指揮下，隊伍彼此合作無間，攻守都比被滅了的前兩支隊伍熟練多了。

就在這時，系統出現回收行事曆王的倒數計時提示。

0分48秒。

在兩支隊伍猛烈的強攻下，金牛妖的HP剩下一成，牛郎出現強化狀態，準備對金牛妖施放回血技。可金牛妖突然出現變異，呈現狂暴的狀態，物理攻擊力、法系抗性增加三成，同時一招奧義狂牛嘯天，讓夜梟的隊伍除了他之外全滅。

樂師雖有補血技，卻不如祭司，所以肖重燁即使看準了時間施展回血技，戰無不克和吃飯睡覺打東東還是吃土了，只剩霍天揚的血條幾乎見空，至於心花朵朵開和李雲深自然是站得老遠。男人們動真格的，女人家乖乖站在背後搖旗吶喊就好。

夜梟並不打算放棄，即使只有他一個人，還是有勝算。

0分20秒。

金牛妖的HP剩下不到一成。

擔任隊醫的肖重燁忽地收起平時常用的秋波琴，喚出金芒中泛著紫氣的焦尾琴，彩光連閃，封技、石化、破防、降速，霍天揚跟上重擊，金牛妖的HP剩4%，牛郎仍呈石化狀態。

其他人的技能尚在冷卻中，夜梟見機不可失，蓄勁、出招，對準金牛妖橫斬，勝券在握。

他快，但有人比他更快！

肖重燁的古琴原來暗藏玄機，一個旋身，紫光一閃，琴上七弦化作七箭，交織成花，霓彩紛揚，在夜梟的長劍距離金牛妖三吋之際，早已七刺其要害。

金牛妖頭上瞬間浮現一長串讓人看了嫉妒的鮮紅傷害值，接著世界頻道跳出公告。

系統公告：玩家【一夕重華】武藝高強，擊敗牛郎與金牛妖，獲得霓裳羽衣。

眾人全傻了。

吃掉金牛妖的人不是沒有，但運氣好到被雷劈而得到霓裳羽衣的人卻是寥寥可數。

而在世界頻道炸開鍋之前，下一條公告又將大家的思緒炸飛。

系統公告：玩家【一夕重華】俠骨柔情，將拾得之霓裳羽衣歸還織女，成功開啟隱藏任務「千里共嬋娟」。

刷刷刷，世界頻道刷得亂七八糟，除了驚嘆的，就是驚訝的了。驚訝為什麼一夕重華不將極品裝備霓裳羽衣留下來，驚訝行事曆王竟然有隱藏任務。面對金色品階的裝備，多數玩家都會選擇自用或轉售，因為隱藏任務送的裝備目前最好的只到橙色品階，權衡之下，自然不會有人願意拿金色品階裝備去交換隱藏任務。

然而，大神卻毫不猶豫歸還金裝，難道這個隱藏任務的報酬比霓裳羽衣更好嗎？

霍天揚也是同樣的想法，「肖大神，你昏頭了喔，這麼好的裝備幹嘛還回去，應該送給表妹啊！」

「青蛙比較可愛。」肖重燁淡淡的道。

「啊？」霍天揚愣然。

肖重燁發了密語給李雲深：「這裡太吵了，我們去琉璃仙境採藥。」說著，將霍天揚等閒雜人等踢出隊伍，在眾人錯愕之際，飄然遠去。

……青蛙比較可愛……青蛙比較可愛……青蛙比較可愛……

這下子，李雲深豈止是發熱，根本是自燃了。

在琉璃仙境的百草園裡，李雲深採燕蓐草採了五分鐘後，火花褪去，這才猛然醒轉過來，什麼青蛙比較可愛，這不還是拐彎抹角指她是青蛙嗎？她鼓起雙頰，悶頭忿忿的採草。小咕嘰在她身旁悠閒的晃來晃去，晃得她更不是滋味。

肖重燁端坐一旁悠然彈琴，偶爾打打看守百草園的鳥頭人身的雪雉。

她賭氣不說話，而他本也不是多話的人，兩人就這麼相顧無言。

她有心事，自然憋不住，可猶疑了一會兒，仍是不知道如何開口。

就在這時，同公會的早餐小妹適時殺出來打破詭異的氛圍，「雲妹妹，有空嗎？解任務，要不要來軋一腳？」

她鬆了一口氣，立刻跟大神師父告假暫離，飛去天外天。

她一到天外天，加入早餐小妹的隊伍，才發現他們要解的任務是「吳剛伐桂」。這是官方推出的中秋節限定任務，七月至九月，為期三個月。任務的內容是擊敗八隻銀蟾、十五隻玉兔，最後把 BOSS 吳剛的生命值打至剩三成，即可過關。任務獎勵是吳剛之斧、月桂金葉、蟾魄。

李雲深愣了下，這任務可不是她站在旁邊吸經驗納涼就可以過得了關的，吳剛可是少數打不死的 BOSS 耶！

「這……就是我『鞠躬盡瘁』、『以身相許』，也幫不了忙啊！」

「沒辦法，實在找不到人了，隊長都快喊破喉嚨了，也湊不齊，不知道大家今晚都上哪兒嘿皮了，叫了半天也沒人應！反正待會兒妳給我一點面子，有啥兒絕招都使出來，至少別讓隊長揪我辮子！」早餐小妹也很無奈。

李雲深張了張嘴，訥訥的吐不出話來——她的絕招？打開技能欄一看，又默默的關掉。她的絕招就是，看到紅名就跑，打不過也跑，遇到大BOSS更要跑。

隊長愛快羅密歐在隊伍頻道發話：「還差一個人，你們有沒有認識的？最好是劍士或戰將，咱們的輸出不夠！」

跳海大拍賣：「我在公會裡喊過了，大家都沒空！」

絕代妖姬：「我公是戰將，他去買菸還沒回來……」

四爺本命：「沒有劍士或戰將就算了，隨便個香蕉芭樂來一個啦，《航海王》重播快到了耶！」

遊戲改版之後，組隊人數上限從五人增加至七人。

隊長愛快羅密歐是劍士，跳海大拍賣和四爺本命是弓手，絕代妖姬和早餐小妹是刺客，加上她這根祭司中的廢材，怎麼看他們都只有被吳剛涮羊肉的分……

雲深不知處：「這個……我這邊有個樂師，不如我問問他……」

四爺本命：「妹紙啊，樂師是能頂個屁？別開玩笑了！」

愛快羅密歐：「雲美眉，妳還是把新手指南的職業說明好好看一下，樂師連刺客的邊都摸不到！」

絕代妖姬：「幹嘛幹嘛，歧視刺客喔？」

跳海大拍賣：「哎唷唷，我們怎敢歧視妖姬大姊，您可是公認的只有刺不準沒有刺不到的A級刺客哩！」

絕代妖姬：「我靠，你才刺不準，你全家都刺不準！」

於是，隊長又在世界頻道搖旗吶喊，好不容易終於喊來了個戰將，一夥人摩拳擦掌，整裝上陣。然而五分鐘之後，全隊被吳剛打趴，愛快羅密歐一腳把補來的戰將踹出隊，還憋出個大大的「幹」字。

愛快羅密歐：「他媽的，這什麼戰將，我還煎餃咧！比雲美眉還遜，乾脆去跳海算了！」

李雲深頓時無語，她這是躺著也中槍。

跳海大拍賣：「跳海我還不賣哩！」

愛快羅密歐：「沒辦法了，雲美眉，把妳的樂師叫來，咱們再打最後一次，不行就散，真他媽的！」

李雲深只好發了密語給大神師父，確認他還在百草園彈琴神遊，便問了他能不能來幫忙，他也沒問是什麼任務就答應。本以為會被冷冰冰的大神師父拒絕，沒想到他那麼乾脆就應了，她有種中了樂透頭彩的感覺，連忙回報。

雲深不知處：「我問過了，他馬上來。」

愛快羅密歐：「他的 ID 是什麼？我組他進來。」

雲深不知處：「一夕重華。」

隊友們頓時全都驚得無言。

四爺本命：「妹紙，別說笑了，那種大人物都在天上喝露水的，怎麼可能隨便下凡！」

愛快羅密歐：「雲美眉，都什麼時候了，沒時間讓妳開玩笑！」

絕代妖姬：「我靠，大妹子，妳真把他請來，奶奶我給妳端洗腳水都甘願！」

跳海大拍賣：「大神啊，就是那天邊的浮雲，一吹就散呀！」

連早餐小妹都發了個驚訝的表情符號。

愛快羅密歐：「雲美眉，別浪費時間了，他的ID到底是什麼，咱們要速戰速決，不然錯過《航海王》，四爺會跟妳拚命！」

雲深不知處：「……隊長，要不，你試試？」

愛快羅密歐：「雲美眉，我的脾氣真是太好了，算了，給妳個面子……」

系統提示：玩家【一夕重華】加入隊伍。

愛快羅密歐的話只說了一半，看到系統提示，硬生生又憋出了一個大大的「靠」字。

跳海大拍賣：「我哩咧！」

四爺本命：「X你個香蕉芭樂！」

絕代妖姬：「媽呀，大神真的下凡了！」

早餐小妹：「哇哇哇哇哇！」

肖重燁在螢幕前皺了下眉頭，淡淡的問道：「打什麼？」

總而言之，五分鐘之後，吳剛華麗麗的倒下，他們順利取得吳剛之斧、十六片月桂金葉、六個蟾魄。然後，大神就在眾人驚嘆的目光下飄然遠去，還很仙風道骨的沒有留下來「分贓」。

跳海大拍賣：「這才是大神的風範啊！」

絕代妖姬：「少來，你是因為少一個人分寶物吧！」

愛快羅密歐：「雲美眉，妳立了大功，就讓妳先選妳要的東西！」

「這怎麼好意思？」

最後李雲深拿了六個蟾魄，這可是煉丹的好物呀！

愛快羅密歐看著李雲深喜孜孜的拿著蟾魄走了，忍不住問道：「小妹，剛才我就注意很久了，雲美眉旁邊那隻雞是？」

早餐小妹：「她說是寵物蛋孵出來的。」

四爺本命：「靠，深藏不露啊！那隻雞一定是神雞，寵物蛋不可能孵出普通的雞，絕對是鬥雞什麼的！」

跳海大拍賣：「這真是人不可貌相啊，這個雲小妞表面上是廢材，原來有那麼硬的後臺，說不定也是扮豬吃老虎哪！」

當這根扮豬吃老虎的廢材帶著傳說中的神雞回到百草園時，廢材的大神師父冷不防丟了句：「果真是世道險惡，什麼牛鬼神蛇都有！」

李雲深呆愣，「啊？」

「以後少離開為師的視線，免得被人賣了還樂不思蜀！」

李雲深在心裡嘀咕：師父，我怎麼覺得你的心腸比較險惡？

◇※◇　　◇※◇　　◇※◇

系統公告：玩家【夜梟】與玩家【蝶舞翩翩】情投意合，在月老的見證下，共結連理，鳳凰于飛。

本服第一大美女，號稱宅男女神的蝶舞翩翩，與群英風雲榜第七名的夜梟，兩人於月老廟前結緣的公告一出，世界頻道大地震，不只是震碎了一群宅男玩家的心，更是震出了各種陰謀論。其中最被「津津樂道」的說法是，夜梟橫刀奪愛，蝶舞翩翩琵琶別抱，一夕重華不甘屈辱，搶占行事曆王金牛妖洩憤。

然而，有心人卻不認為夜梟和蝶舞翩翩與風花雪月有什麼關聯，畢竟一個月前一夕重華與蝶舞翩翩的那場世紀婚禮還彷彿昨日，而眼下準新郎只是換成夜梟罷了。若說不是衝著逆天塔的副本而去，難道兩人真是忽然看對眼，天雷勾動地火，才決定共結連理？

另一方面，本以為少了蝶舞翩翩及其背後的胭脂閣等於少了一大助力，還增加一大阻力的奔浪皇朝，如今卻可謂塞翁失馬。轉服而來，原是三服風雲榜排名第一的大神御非凡，看上了奔浪皇朝長老之一的上官楚楚。上官楚楚也乾脆，兩人一拍即合，在夜梟與蝶舞翩翩之後，也由月老見證，情定三生石。

兩場聯姻所為何來？利益耶？真情耶？或者兼而有之？

高手與高手之間的結緣，無論是出自於哪一種目的都不奇怪，不過，若是發生在李雲深這根明擺著的廢材身上，那就是大大的詭異了。

這個閒雲公子腦子抽風了嗎？

李雲深推了推鼻梁上的眼鏡，瞪著螢幕看了好一會兒，最後才像聽錯般的問道：「你說什麼？」

「雲姑娘如此質疑在下的真心，著實令在下傷心啊！」

「你……被盜號了？」

她後來從表哥那裡得知，不只是醉飲狂龍，連閒雲公子也是大神級的人物，可這種大人物怎會來跟她搭訕？這聯姻也像狂犬病，也能傳染？

「雲姑娘，在下一片赤誠，蒼天可鑑。」

「你……被威脅了？」

「雲姑娘，在下不敢妄稱打遍天下無敵手，但絕對不會屈服於惡勢力之下！」

「你……被賄賂了？」

「雲姑娘，在下富貴不能淫，貧賤不能移。」

「你……嗑藥了？」

「雲姑娘，在下不菸不酒、不賭不嫖，無不良嗜好。」

李雲深愣了許久，從小豆苗長成參天樹，又重生了一回，第一次有人跟她「求婚」，而且這個求婚的人還不是跑龍套的。她軟綿綿的向師父求救：「師父，你唯一的愛徒遇到史上最大的危機了。」

「地下錢莊來討債了？」

師父，你的徒兒在你眼裡究竟是……

「剛才有人跟我求婚了。」

「他被盜號了？」

「……」

「他被威脅了？」

「……」

「他被賄賂了？」

「……」

「他嗑藥了？」

「……」

「那就只有一個可能了。」

李雲深眼睛一亮，師父終於發現她的優點了嗎？

「他認錯人了。」

事實證明，廢材依然是廢材。

於是，李雲深又軟綿綿的發了訊息給閒雲公子：「你認錯人了。」

「雲姑娘，在下相信自己的眼光。」

「我也相信你的眼光，可我更相信自己的斤兩。」

「雲姑娘……」

「閒雲公子，我不是蝶舞翩翩，那個什麼一見鍾情、再見傾心的詩情畫意輪不到我，我們還是別浪費彼此的時間了。」

「雲姑娘，在下確實是認真的。」

李雲深思索了一會兒，她不知道他口中的「認真」是指對什麼認真，總而言之，絕對不會是什麼花前月下的理由。

「你敢指天誓心的說與無聖潔之心無關？」

「最初的確是。」

李雲深在螢幕前笑了，這人倒也坦白。

「聖潔之心確實不在我身上，以後也不會再有了。」

李雲深沒再搭理腦子明顯進水的閒雲公子，一邊蹲在青澗溪旁採石斛，一邊整理背包裡的藥材。她的煉丹熟練度還差17%就可以升到上級了，等級也在蹭飯功力日益見長的情況下，堂堂來到159級。至於她的小咕嘰……她無言望著在旁邊頂著雞冠、翹著尾巴，雄風赳赳、踱來踱去的寵物雞。

寵物是無等級的，只有技能，但技能皆須特定條件才能觸發習得。小咕嘰的技能欄裡仍是空無一物，被拍死又出現已是家常便飯。

突然……

系統提示：玩家【寒心淚雨】邀您加入隊伍，您是否同意？

寒心淚雨？李雲深左右張望，發現離青澗溪不遠的亂石處有個穿著黑衣勁裝的帥氣盜賊。

她猶豫一下，點擊了「是」。

「借個人頭解任。」

「好。」

像她這種小白號，打怪無能，卻是很適合的人頭。有的任務有人數最低限制，能力強的多半只需要借人頭就可以單打獨鬥了。

三分鐘後——

「好了，謝謝。」寒心淚雨說道。

「不客氣。」

「知道我為什麼找妳嗎？」

李雲深微愣，對方怎麼沒頭沒腦的開始聊起來，而且說得好像認識自己似的。像是被看穿一樣，沒等她回覆，寒心淚雨又說：「聽說妳是一夕重華的徒弟，我想看看是什麼樣的人可以入得了他的眼。」

見面不如聞名，失望了吧！李雲深在心中應道。

果不其然，寒心淚雨如她所料，直白的說：「果然如傳聞的，意外的很平凡，一夕重華真是好眼光！」

似貶亦似稱揚，聽得李雲深如墜五里霧。與大神有關的評價，果真都不能用字面上的意思去解讀。

寒心淚雨又道：「一夕重華應該只是為了解任才收妳為徒的吧？否則像他那種大人物，眼高於頂，怎麼可能選擇妳這種小白號當徒弟？他應該是一時興起罷了。」

你是來找我吵架的嗎？李雲深不自覺的鼓起腮幫子。

正想退出隊伍，寒心淚雨忽然自顧自的說了起來：「妳知道夜梟嗎？他這個人自私自大，只做對自己有利的事，偏偏對美女沒有抵抗力，所以才會拋棄舊愛，去追求蝶舞翩翩。」他的口吻就像在跟久未謀面的老朋友傾訴心事，「蝶舞翩翩確實很有本錢，聽說她是S大的校花，追求者不計其數。夜梟看了她的照片，驚為天人，展開猛烈的追求攻勢。說起來，他那個人也有些臭錢，長得也還算不錯，也難怪蝶舞翩翩會跟他走到一起。」

S大就在T大鄰區，是所頗有名的私立學校，學風自由，但始終矮名人輩出的T大一截。

李雲深不懂寒心淚雨為什麼要跟她說這些，對於別人的情事，她一點都不感興趣，但人家說得掏心掏肺，她實在不好意思打斷，只好一邊採藥，一邊當東風吹馬耳。

「夜梟本來是我的男朋友。」

寒心淚雨的一句話，讓李雲深的馬耳瞬間變成了驢耳。

她瞪著這句話好半晌，才自以為很有哲理的說：「真愛是不分性別的。」

「……我是女生。」

李雲深囧了一下。

原來是妖人——女生玩男角的妖人。

寒心淚雨像在與老朋友嘮嗑般的細訴：「我跟夜梟是在別的遊戲認識的，他很幽默也很懂得討女生歡心，只認識不到一個月，我就開始跟他交往了，現在想想，覺得自己好笨！」頓了一下，又道：「他為了蝶舞翩翩轉來二服，我就重新在二服開個帳號，想探探蝶舞翩翩的底細，也想看看我跟他還有沒有機會，但我真的累了……坦白說，看到夜梟被一夕重華壓了一籌，感覺很爽，讓我吐了一口怨氣。聽說蝶舞翩翩以前跟一夕重華是一對的，哈，我真心希望她站錯邊了！」

難怪人家說最毒婦人心，尤其是為愛瘋狂的女人！

寒心淚雨又補了一槍：「雖然妳一無是處，但也不要妄自菲薄，至少一夕重華是妳的師父，這就比什麼人都強。」

我沒有妄自菲薄啊！李雲深在心裡咕噥。

「所以，我決定了！」

「啊？」李雲深愣然。

「我們結婚吧！」

李雲深差點從椅子上跌下來——這是怎麼得出的結論？還有，她今天是哪門子的人品爆發，男人女人都惦記著她？

她哭喪著臉，又向大神師父求救：「師父，你唯一的愛徒又遇到史上最大的危機了。」

「為師借妳錢，把地下錢莊打發掉。」

李雲深無視師父的調侃，「師父，又有人跟我求婚了！」

「他被盜號了？」

「她沒被盜號、沒被威脅，沒被賄賂、沒嗑藥，也沒認錯人，她是女人，玩盜賊男號……」

「那愛徒好自為之，為師對女人打架的事沒興趣。」

被師父拋棄的李雲深，呆了許久，才咬牙對寒心淚雨說道：「抱歉，我心有所屬了。」

原以為寒心淚雨會揪著不放，不料她卻很瀟灑的放棄，「我早猜到了，不過是隨口一問罷了。」

猜到？猜到什麼了？

她有種不安的預感，卻見寒心淚雨又曖昧的道：「妳想仿效楊過和小龍女，來個轟動武林的師徒戀吧？我懂我懂，禁忌之戀什麼的，最讓人無法抗拒，不過一夕重華可不好攻略啊！」

李雲深被「禁忌之戀」四個字噎到，被大神師父召去祈連山的忘魂川時，她還有些走神。許久，她才問道：「師者，所以傳道、授業、解惑也。師父，拒婚真是一門高深的學問，如徒兒這等凡人都有這樣的困擾，大神如師父，也常為情所困吧？」

「沒有。」

「師父，不如你幫你唯一的愛徒想個一勞永逸的辦法，以免你的徒兒被牛鬼蛇神拐走了。」李雲深隨口說道。

「為師只教殺人，不教拒人。」

「師父，你拒絕徒兒的時候，徒兒覺得你特別英明神武哪！」

「過獎。」

李雲深鼓起雙頰，自暴自棄的回道：「要不，師父，我們結婚吧，這樣就沒人敢打你愛徒的主意了！」

「好。」

李雲深瞪著眼睛，下巴掉在螢幕前。

什麼叫做秒殺？這就是了。

第四章

當李雲深第十三次飄到閻羅殿時，霍天揚的臉都綠了。

「表妹，妳是故意給我難堪嗎？我這麼賣力打怪，妳還拚命吃土，萬一被肖大神知道，我的一世英名就毀在妳手裡了！」霍天揚擰眉。

「抱歉，一時閃神而已。」李雲深尷尬的回道。

「妳一時閃神就掉了2級耶，妳又不是小咕嘰，把吃土當興趣！好了好了，我會告訴肖大神妳很想他，叫他沒事快點回來，現在妳可以專心一點嗎？」

李雲深像被戳到，立刻嚴肅的端坐，正經八百的說：「表哥，你想太多了。」

霍天揚哪裡聽得進去，行動派的他隨手抄起一旁的手機就開始敲簡訊，一邊還不忘碎碎唸：「表妹啊，肖大神這傢伙只是臉長得比別人好看一點，頭腦比別人聰明一點，動作比別人俐落一點，實際上心機可深著，吃人不吐骨頭啊，妳千萬不要被他騙了呀！」

那天，李雲深自暴自棄開玩笑的向大神師父「求婚」，大神師父一口答應，如此果斷沒有半分猶豫，如此乾脆沒有半分拖沓，於是，她被秒殺之後，立刻原地滿血復活。

「師父，你是開玩笑的吧？」

「為師素來一言九鼎。」

「師父，遊戲裡沒有神鵰俠侶的設定。」

「所以？」

「所以師徒不能結婚啊！」

「嗯。」

「師父！」李雲深惱羞成怒。

「既然如此，徒兒就快些畢業吧。」

要脫離師徒關係有正當和不正當的兩種路徑。一是，完成九十九環師門任務，以及最後的第一百環任務。另一是，弒師——叛出師門。何謂第一百環任務？也是弒師，不過是正大光明的弒師。依遊戲規定，徒弟要「出師」的第一百環任務便是在 PK 場擊敗師父，三戰取一勝即可。

「師父，你覺得徒兒看起來像是打得贏師父的樣子嗎？」

「不像。」

答得如此堅定，讓李雲深噎了下，她不由得有些氣悶的道：「師父，徒兒覺得師父看起來也不像是會放水的人。」

彼端的肖重燁笑了，「徒兒真是了解為師。」

好吧，這會兒她已經什麼話都說不出來了。

彷彿是為了轉移李雲深的注意力，讓她不再糾結，肖重燁道：「走吧，為師帶妳去崑崙山解『千里共嬋娟』的限定任務。」

李雲深記得這個任務是師父上次擊敗行事曆王所開啟的隱藏任務。

兩人來到崑崙山的瑤池找到 NPC 西王母，肖重燁點擊下去，卻跳出系統提示的警告。

系統提示：汝不符指定條件，無法承接「千里共嬋娟」之任務。

「指定條件是什麼？」李雲深問道。

肖重燁當時並未細看任務內容，隱約記得是有關係的兩個人即可。他打開任務欄，點擊「千里共嬋娟」，一看到限定條件上明明白白寫著「夫妻」二字，便關掉介面。

「夫妻。」

「……」

「愛徒，拚死打敗為師吧！」

「……沒有第二條路嗎？」

「有，打敗為師，然後叛出師門。」

師父，這兩條路有哪裡不一樣嗎？

「師父，不要開玩笑。」

「為師是認真的。」

「……師父，徒兒覺得，還是當你『唯一的愛徒』好。」

肖重燁心情大好，「來不及了。」

那之後，肖重燁臨時有事，便匆匆下線了。李雲深以為他只是暫時離開，很快就會再上線，沒想到一別就是三天。期間，她傳了幾封「噓寒問暖」的簡訊過去，他卻只回了一次，還是簡短的一個字「嗯」。

習慣了每天「見面」，突然三天不見，她有些小小的不習慣。

吃飯睡覺打東東等人早就習慣一夕重華的神出鬼沒，幾人倒是沒什麼反應，吃飯睡覺打東東還口無遮攔道：「三哥一定是跑去泡妹子了，再不然就是跟嫂子滾床單去了！」

心花朵朵開：「范東東，你皮又癢了是不是，以為別人都跟你一樣下流！」

雲深不知處：「范東東？」

吃飯睡覺打東東：「就是我啦，我的名字叫做范東桐！怎樣，名好人帥有氣質吧？」

李雲深糾結了下，囁嚅的答道：「呃……讓我想一想，明天再告訴你。」

心花朵朵開大笑。

彼方的某人，收到霍天揚傳來的簡訊，順手點開。

「不要玩了，快回來，表妹想你想到都快被打得掉級了！」

他挑起一邊的眉毛，繼而嘴角漾起清淺而莫測高深的笑意，迅速回覆：「看來你玩得很高興。」

正打怪打得興起，打得酣暢淋漓的霍天揚，忽地打了個冷顫，胸口莫名騷動。果不其然，手機隨即傳來簡訊提示音。前兩天傳那麼多封都沒回，偏偏回了這封，腦海中不自覺的浮現簡訊主人那冷淡卻極具殺傷力的眼神。

闔上手機，他立刻一反常態，義正辭嚴的說：「表妹，我帶妳去琉璃仙境，那裡比較安全，明天之前幫妳把掉的級補回來。」

「沒關係，我不在意。」

「表妹，今天表哥整天都有空，剛好我也想練級，妳就當是陪表哥，大家聊聊天，時間過得比較快。」

李雲深不知道表哥怎麼忽然變得那麼熱心，其實她真的不是那麼在乎掉級。

她不知道，吃飯睡覺打東東倒是很清楚，十之八九跟大神有關。若是平常的他，這時早就吐槽了，這會兒他卻幫著霍天揚，「雲妹妹，反正我們也要練，一起練經驗值多些。」

吃飯睡覺打東東也收到了大神的吩咐，要他們帶雲妹妹練級，至少要升到175級。他可不想等大神回來看到雲妹妹沒升級反而掉級，然後自己被拖到PK場當香蕉皮踩、當柿子蹂躪。

李雲深又等了一天，沒等到師父，卻是等來了那個「一片赤誠，蒼天可鑑」的閒雲公子。李雲深無奈嘆氣，這人還真像牛皮糖似的，黏得這麼緊，讓她都快覺得自己貌賽天仙了。

「雲姑娘，所謂千里姻緣一線牽，世界如此之大，我們倆還能在如此荒野巧遇，真是天意啊天意！」

李雲深蹲在寸草不生的黑土溝裡挖陰濕蟲的糞便，懶懶的瞥了周身泛著金色光芒的閒雲公子一眼，然後繼續埋頭挖糞便。在閒雲公子又開始文謅謅的廢話之前，她忽然靈光一閃，興致勃勃的道：「是，真是天意！我正想著你，你就來了！」

「雲姑娘改變心意了嗎？咱們這就去月老廟……」

李雲深打斷他的話，笑咪咪的說：「不不不，我們去PK場，我正想找個人打看看！可不能打自己人，打別人我又打不過，你來得正好，打你我就下得去手了！」

「……」

在PK場上，李雲深果然是招招朝死裡打，閒雲公子倒是相當從容，在他看來，李雲深那生澀的操作技巧就像幫他抓癢似的，不足為懼。不過，他也沒還手，基本上，他不打女人的，尤其還是自己看上的女人。

李雲深哪裡知曉他的心思，只把技能欄裡的所有招式使了一輪又一輪，卻是沒摸到閒雲公子幾下。

等到她把背包裡的藍水全用完了，沒MP了，才鼓著雙頰，不甘願的罷手。

閒雲公子見她如此認真賣力，雖是動作僵硬，但看得出來不是耍著玩的，忍不住問道：「雲姑娘，妳拿我練手，可是有想PK的對象?」

「嗯，我想打敗師父。」

「妳想PK一夕重華?」閒雲公子有些驚訝，他知道一夕重華收她為徒時，著實錯愕，他以為像一夕重華那樣的高手，要收人也會是精挑細選的，怎料會是個嫩嫩的小祭司。他不想打擊她，於是安慰的道：「有夢是好事。」

「……」

「咳咳……我的意思是，拚死命的話，妳還是有機率能贏的。」

「你認為我有多少機率能打贏?」李雲深的眼睛亮了起來。

我這不是客套話嗎?

閒雲公子有種自掘墳墓的困窘，尷尬的答道：「大概……大概就是有機率吧!」

說了等於沒說!

就在這時，突如其來的敲門聲替閒雲公子解了圍，李雲深離開電腦，走去開門，來人是三姨。

三姨一臉古怪的表情，「有個人來找妳，他正在樓下的客廳，自稱是妳的學長。」頓了頓，又道：「三姨不知道妳認識T大的學生呢!」

學長?什麼學長?

李雲深愣了，茫然的跟著三姨下樓到客廳，就見沙發上坐著的人面容清俊，神色漠然，在看到她時，冷淡的黑眸中才隱隱有了三分笑意。

她瞪著眼睛，錯愕的呢喃：「師父……」

◇※◇　　◇※◇　　◇※◇

十分鐘後，在三姨滿腹狐疑的目送下，李雲深像個小媳婦般，低著頭，跟在肖重燁身後走出霍家。她心虛的不時回頭偷看，直到轉過巷口，看不到三姨的身影，才長長吐了口氣，放鬆下來。

一回身，就看到大神師父正倚著路旁的一輛銀色轎車，似笑非笑的望著她。

她愣了一下，立馬身體一振，故作若無其事的走過去。

「放心，為師不會把妳拐去賣。」肖重燁戲謔的說完，掏出鑰匙，打開車門，「上車吧。」

李雲深坐上副駕駛座，繫上安全帶，直到車子開上省道後，她才忍不住問道：「師父，我們去哪裡？」

看著籠罩在向晚彩霞餘暉下的道路，她有些困惑。

「吃飯。」

吃飯？現在是快到吃晚餐的時間沒錯，可是……

「只是吃飯？」

「嗯，就吃飯。」肖重燁瞄了李雲深略微迷茫的表情一眼，嘴角勾起，又補了一句：「不過，吃飯前先去一個地方。」

車子駛入一家歐式餐廳的停車場，初步目測是頗高檔的餐廳，李雲深惴惴不安，跟在大神師父後頭走進去。迅速一掃，用餐的客人個個衣冠禽獸……呃，是衣冠楚楚，讓她有莫名的壓力。

肖重燁在一間包廂門前站定，側眼看著她，思索了一會兒，突然伸手摘下她鼻梁上的黑框大眼鏡，解開她兩條麻花辮，任烏絲如瀑般垂於身後，又隨手拂了兩下落於她頰畔的髮絲，端詳半晌，然後滿意的笑了。

李雲深的視野陡然變得模糊，忍不住叫道：「我的眼鏡！」

肖重燁把她的眼鏡掛在自己胸前的口袋，說道：「帶妳見見裡面一些人，怕嗎？」

她想了想，搖頭。

「那些傢伙專吃人肉喝人血，當真不怕？」肖重燁挑眉。

她縮了下脖子，「好像……有點怕。」

「看不清楚就不用怕了。」他又捏了捏她的髮梢，慢慢恢復一貫的冰冷疏離，「等一下什麼人都不用理，什麼話都不用說，也不用對他們笑，我說什麼，妳照做就好。」

見李雲深睜著水汪汪的大眼睛，茫然不解，他拍拍她的頭，「有為師在，不用怕。」

可當她隨著大神師父進入包廂，見到裡面一字排開的衣冠禽獸……呃，衣冠楚楚的人之後，她隱約有些明瞭什麼，卻又說不出來，但還是立馬精神一振。雖然大部分人的長相看不清楚，但全身的行頭可不是糊弄的，這可是赤裸裸的鴻門宴哪！只是她不是劉邦，沒有項伯示警，沒有張良迴護，更沒有樊噲挺身，只希望這些衣冠楚楚的人裡面沒有想吃人肉的范增了。

肖重燁領著李雲深來到一高大俊逸的男人面前，這男人約莫三十初頭，眉眼與肖重燁有三分相似，但看起來極為嚴肅拘謹。他朝肖重燁點頭，喚了聲：「三弟。」

「大哥。」肖重燁也禮貌性的應聲，然後搭在李雲深腰際的手不著痕跡的壓了下她的腰，她連忙跟著叫道：「大哥。」

「嗯。」肖重旭只簡單應了聲。

肖重燁又朝肖重旭身旁穿著鵝黃色套裝的短髮女子頷首，「大嫂。」

這回，李雲深學聰明了，不待肖重燁暗示，她趕緊也叫了聲：「大嫂。」

「三弟。」短髮女子微微一笑，感覺比肖重旭親和許多，「這位是……」她看向李雲深，笑容更深。

「我的學妹，李雲深。」肖重燁簡單的介紹道。

短髮女子意味深長地又看了李雲深一眼，笑意不減。

這時，有個長相較肖重旭斯文幾分的男子冷哼。

肖重燁紋風不動，低頭對李雲深道：「叫二哥。」

李雲深立馬乖巧的喚道：「二哥。」

肖重暉皺眉，不屑的別開臉。

肖重燁只作不見，轉而對他旁邊穿著粉色小洋裝、挽著髮髻的女子點頭，「二嫂。」

李雲深跟屁蟲似的也叫了聲：「二嫂。」

那女子看了肖重暉一眼，然後笑著頷首，不作聲。

接下來，便是一連串的大姊、二姊、三妹、大姊夫、三妹夫、大姑姑、大姑丈、叔叔、嬸嬸、伯父、伯母……等等等，只差沒有「問候」一遍祖宗十八代。

最後來到一個頭髮半白的中年男子面前，李雲深發現大神師父似乎有一瞬間的遲疑，但很快就消失了，接著慢條斯理的喚了聲：「爸。」

李雲深跟在後面喊慣了，於是，反射性的也脫口而出，叫了聲：「爸。」

眾人目瞪口呆。

肖父被她那聲「爸」喊得大為錯愕，久久反應不過來。

李雲深也傻了，腦海中頓時猶如狂風暴雨，面上雖不顯，可心裡無言吶喊：爸爸啊爸爸，為什麼你是爸爸？如果你是大姨媽多好啊！

她強撐著微笑，猶豫著要不要補救改叫聲伯父什麼的，於是微微側頭看向大神師父，只見他表情淡然，恍然未覺，嘴邊甚至有一絲旁人不易察覺的笑意。無奈，她只好轉回頭，繼續裝傻。

「人，你們看過了，我們走了。」肖重燁說完，搭著李雲深的腰，相偕走出包廂。

肖父回過神，臉色複雜的看著自家小兒子離去的背影，張了張嘴，最終仍是沒有叫住他。

走出包廂，李雲深大大的鬆了一口氣。

肖重燁把眼鏡還給她，幫她戴上，忍不住好笑的道：「愛徒，就這麼點膽子？」

「那可不。」李雲深誇張的拍了拍胸口，「雖然我看不清楚，但還是可以感覺到裡面強大的氣場。師父，師公不是黑手黨吧？會不會我明天一出門就被人綁走，棄屍某個不知名的山上，或是被丟到海裡？」

「什麼師公？」肖重燁拍了一下李雲深的頭，「我……我爸人好著，倒是我大哥，殺人不見血，想讓妳消失，就不會留下屍骨，不用擔心有棄屍之虞。」

這是哪門子的安慰？李雲深無言。

突然想起大神師父剛才在包廂裡的最後一句話，她好奇的問道：「師父，他們想看什麼人呀？」

肖重燁斜覷了她一眼，吐了句：「女人。」

女人？路上隨便一蹲，就可以看見一大把啊！

李雲深不笨，看也知道師父跟他的家人關係不睦，她和他之間的關係還沒有好到可以探問彼此的家人，又見師父似乎也不想多談，她便「善解人意」的閉嘴。家家有本難唸的經，她想，師父家的那本經，怎麼看也比《九陰真經》棘手，她還是視時務者為俊傑，沒事少操心。

但該敲的竹槓還是得敲的，誰讓她是有仇必報、錙銖必較的小氣師父的愛徒。

她笑咪咪的看著大神師父，「師父，徒兒怎麼也算幫了你一回吧？」

肖重燁瞄了笑得賊兮兮的李雲深一眼，「想吃什麼，任妳選，為師請客。」

「怎麼能讓師父破費？無功不受祿，這點規矩徒兒還是懂的。」李雲深立馬搖頭，笑得無比燦爛，「要不，師父，你在PK場讓徒兒一次，我不會告訴別人你被徒兒打趴的事。」

肖重燁拍拍她的頭，也回以無比燦爛的一笑，「愛徒，賭上妳的命吧，為師相信妳總有一天會認清自己的實力。」

這話是鼓勵嗎？她怎麼聽不出來？

最後大神師父還是請她吃了一頓高級日式料理，她憤憤的多啃了好幾盤黑鮪魚生魚片，大神師父依然面不改色，始終含笑看著她。待她吃得肚子高高鼓起，隱隱作痛，她才含淚驚覺，這是多麼幼稚的報復啊！

悶悶的回到家，她才想起自己竟然忘了登出遊戲，還站在PK場裡，而閒雲公子竟然陪著站了一晚。她調出當前頻道的記錄，發現他居然自顧自的說了一籮筐文謅謅的廢話，見她回來，還維持極良好的風度，沒有責怪她，同時還暗示自己有多體貼，沒有棄她於不顧。

她不禁無言感嘆：這裡也有一個奇葩呀！

「為了報答你，我會買兩倍的藍水再來跟你PK！你放心，我有研究出一些心得，有點知道該怎麼打比較痛了，下次一定快些打死你！」

「……」

◇※◇　　◇※◇　　◇※◇

暑假結束的前一週，李雲深的採藥熟練度終於升到上級，等級也以龜速來到了200級，而她的寵物雞小咕嘰依然每天玩著被拍死然後重生的遊戲，她對牠已經完全是放養的狀態了。

「妳的採藥熟練度已經上級了?」
「是啊。」
「嗯,那走吧。」
「去哪裡?」
「妳很熟悉的地方。」
當她站在通往鬼門關前的黃泉路時,她終於明白大神師父所謂的「妳很熟悉的地方」是什麼意思。這裡是她當初殉爐時走過的路。她不記得當時為什麼會走上這條路,只記得回過神的當下,她已經踏上了這條不歸路。
極目所及,依然荒涼無邊,詭譎森森。不過,一個人走與兩個人走的感覺是截然不同的。一個人走在黃泉路上的時候,許是周身情境所致,感覺分外悽惻;兩個人一起走的時候,感覺則分外……
「師父,你覺不覺得我們現在這樣,很像是要殉情的情侶?」李雲深興致勃勃的問道。
「愛徒覺得為師看起來像傻子嗎?」
李雲深淚了。
問世間情為何物,直教人傷成呆子哪!
她怎會傻到以為大神如師父乎,會有那種風花雪月的矯情心思?大神從來都是用來揮灑的,哪像她這種小白號,從來都是用來敲打的……
「師父,那我們來這裡做什麼?你看,鳥都不屑在這裡生蛋,有腦子的人都不會來。」
「妳不是來過?」
李雲深噎了一下。師父還真是不忘隨時隨地要損她!

來到忘川河，河畔的彼岸花一如既往的招展，花身豔紅似血，看得久了，幾乎能灼痛人的眼睛，而且還透著一股妖異的氣息，讓人倍覺悚慄。偏偏這彼岸花還像罌粟，雖毒，卻可以煉製讓人瞬間返生的高階還魂藥「九轉死返丹」。

一夕重華站在一望無際的彼岸花海前，一襲月白錦袍，長身玉立，衣袂髮帶隨風獵獵飄動，與火紅如血色殘陽的彼岸花兩廂對峙，使得整個螢幕的畫面形成鮮明而詭異的對比。

「師父，難道你是想採彼岸花？這花很毒，刺到會死人的，師父可別做傻事啊！」

「為師從來不做傻事，所以——妳採。」

李雲深呆愣，訥訥的道：「師父，徒兒剛才不是說了，採這個花會死人……」

「子曰：有事弟子服其勞……」

李雲深哭喪著臉，只怨偉大的孔老夫子多嘴，幾句話就讓天下的桃子李子要為師父鞍前馬後，上山下海。

「師父，明年此時，你可要記得為徒兒上三炷香。」李雲深赴死般的說道。

「彼岸花沒有妳想像中的那麼毒，放心吧。」肖重燁勾起嘴角。

李雲深咕噥道：「是啊，再毒也沒有師父的心腸毒！」這話，她當然只敢說給自己聽。

取出鐮刀，她蹲在一簇彼岸花前，深吸了一口氣，用力揮了下去。

系統提示：汝得到曼珠沙華一朵。

系統提示：汝中曼珠沙華之毒，並出現麻痺狀態。

肖重燁施法解除李雲深的麻痺狀態後，她立刻吃了解毒丹和還血洗髓丹。待她的回血丹吃完，便改由大神師父施法回血。可在採到第三朵彼岸花時，她直接化成一縷幽魂飄到了閻羅殿泡茶。

遊戲改版前，175級以下的玩家碰到彼岸花，有五成的機率即死。遊戲改版後，連175級以上的玩家都有即死機率，而且取得彼岸花的機率也從原本的100%降至15%，所以黑市的價格又翻了幾番。

「師父，紫禁之巔那次，你不是贏了88萬金幣？要不，去黑市買幾朵？」

「花完了。」

「花完了？88萬全沒了？」李雲深瞪大眼睛。

「嗯。」

李雲深傻了，這88萬金幣該怎麼揮霍，才能在一個月內花完？她兩輩子加起來，背包裡也沒超過1000金幣啊！師父啊，你怎麼不乾脆用88萬砸死徒兒呢？

「師父，你不考慮多收幾個徒弟嗎？」

「有愛徒一個就夠了。」

您好，我不好啊！師父，您的「愛徒」豈是正常人做得的？

總之，在被毒死三十來次之後，她終於含淚採到了九朵曼珠沙華，可煉製九顆九轉死返丹，但等級也掉到了187級。

「雖不滿意，但尚可接受。」大神師父只說了一句。

「師父，你不會讓你的愛妻來採彼岸花吧？」

肖重燁挑眉，笑了笑，修長的指尖在鍵盤上起落：「不會。」

李雲深嘟著嘴，抱怨似的道：「我就知道，愛徒和愛妻果然是不能比的！」

「愛徒下定決心要打敗為師了嗎？」

「師父，徒兒一直都很努力的，經過幾天的練習，現在已經大有精進，不會隨便被秒殺了。」李雲深憤情的道。

「哦?怎麼個精進法?」

「本來我連閒雲公子的邊都摸不到,上次我差一點就打死他了。要不是我藍水用完,他早就趴了。」

「閒雲公子?」肖重燁皺眉。

「就是那個從別服轉來的弓箭手,說話很愛掉書袋的那個傢伙。對了,他還曾經跟我求過婚,最近他都當我對手,讓我在PK場練習打他。」

「妳差一點就打死他了?」肖重燁有些驚訝。

四服前三大高手之一的閒雲公子,差點被他的小白徒弟打死?

「師父對徒兒刮目相看了吧?」李雲深滿心得意。

肖重燁微微勾起嘴角,這閒雲公子也是號人物了,為博紅顏歡心,不惜隱藏實力,小意迎合,甘願當她練手的沙包。

「就不知道是怎麼回事,他就像小強一樣,明明快死了,卻又死不了。」

「妳很想打敗他?」

「那當然,不打敗他,就打不贏師父。」

肖重燁心思轉了幾轉,問道:「要不要為師教妳?」

李雲深愣了下,自拜入大神門下以來,師父從來沒有指點過她。

「師父,你……你真的沒有被盜號?」

在大神師父森森的寒氣沁骨之前,她立馬說道:「師父,你說吧,徒兒準備好筆記本了。」

照肖重燁推斷小白徒兒K人的邏輯,定是把所有的技能從頭至尾點擊一遍,用完一輪再一輪。他的猜測雖不中亦不遠矣，李雲深一打架就會慌，於是採取最簡單的方式，把所有技能丟到快捷欄裡，從1至9按一遍，再從9至1按回來。

考量到小白徒兒的「資質」，肖重燁揀了祭司幾個PK較實用的法術攻擊技能與自身補血技能，扼要說明了幾個法攻技配合不同的吟唱時間所能做的組合攻擊，並解釋了這幾個組合技能使用的時間，以及生命值低於多少時該使用哪個補血技能。同時更點出了弓箭手在PK時的弱點，讓她針對這幾個弱點採取不同的組合攻擊技能。

李雲深最初聽得眼睛閃閃發亮的，然後嘴巴越張越大，最後竟是目瞪口呆了。

「為師這般解說，愛徒可明白了？」

「明白了，徒兒終於明白師父果然是天賦異稟。師父的知識之宏闊、見解之精闢，不是普通人伸手可及的。」

「所以？」

「所以，能否請師父用地球人能聽得懂的話，簡單再說一次。」

「……」

「師父，長話短說也是一門高深的學問。」

「……用力打，被打死前，先把他打死。」

「就這樣？」

「藍水帶多一點。」

「沒了？」

「嗯。」

「那師父剛才幹嘛說那麼多？」

「……」

望著徒兒顛顛跑走的背影，肖重燁突然有些同情閒雲公子，他決定日後若有機會對上閒雲公子，要讓他個一二。對他的小白徒兒能包容至此，這閒雲公子也太不容易了！

◇※◇　　◇※◇　　◇※◇

閒雲公子真的是太不容易了！

當他看到李雲深的等級，一夜之間由上次見面的 200 級掉到眼前的 187 級時，他的心肝都開始顫抖了。天知道他要多麼「努力」，才能讓這個小白號把自己打得半死。被這樣的小白號打得半死不僅沒有「遮羞費」，還要安慰自己是在博美人一笑。

他不敢問美人怎會掉級，怕問到她的痛處，弄巧成拙，只好盤算著該怎麼做才能不著痕跡的被打得要死不活。

「今天我得到師父的指點，應該可以打死你了！」美人不知道閒雲公子的煎熬，笑得極為燦爛。

「一夕重華指點妳？」

「嘿嘿，怕了吧？」

「他教妳什麼？」問完之後，閒雲公子就後悔了，如何打是人家的秘密，他的探問太失禮了。

可美人似乎完全沒放在心上，直白的道：「其實也沒什麼，就是肯定我之前的打法罷了。我也覺得自己越來越強，所以才能把你打得半死呢。」

閒雲公子奇了，納悶的問道：「肯定妳的什麼打法？」美人那使完這招便使那招的固定打法，竟能得到一夕重華的肯定？不是吧……

「就像我之前那樣，藍水帶多一點，然後用力打啊！你看，你不是快被我打趴了嗎？」

閒雲公子無語了，連神也沒轍了嗎？有這樣的徒弟，他開始同情一夕重華了。他決定以後如果有機會對上他，下手要輕一點。不只是他這個要裝弱的人不容易，連一夕重華這個師父也當得憋屈哪！

在PK了十幾輪之後，李雲深的藍水再度告罄，而閒雲公子屢屢命懸一線又迴光返照，惹得她頻頻嘆氣，自問自答：「難道是因為我掉級了？不然怎麼打不死呢？」

閒雲公子則在心裡感嘆，他真是太佩服自己了，計算能力越來越精湛，能「垂危」得如此自然而不被美人發現自己的算計。

「雲姑娘夙夜不懈，在下相信，只要持之以恆，假以時日，雲姑娘定能如願以償。」

「你真是個大好人，不過……」

這不會就是傳說中的好人卡吧？閒雲公子心中咯登了一下，問道：「不過什麼？」

「這個問題我想很久了，你……應該沒有M體質吧？」

「……」

世上最遙遠的距離，不是我在妳面前，妳卻不知道我心悅妳，而是我拿命來博取妳的青睞，妳卻當我是路邊任人採的那顆大白菜。對上這麼個沒心沒肺的姑娘，閒雲公子此刻已是連嘔血的心都有了。

幾番思索，迂迴戰術無效，那就改用老掉牙的招數——近水樓臺先得月。

他申請加入帥翻天公會。

系統公告：玩家【閒雲公子】加入帥翻天公會。

無名氏「鏘鏘鏘鏘，大神來囉！請諸位叔叔伯伯、阿姨嬸嬸、兄弟姊妹們，鼓掌歡迎江湖神人閒雲公子加入本公會！啪啪啪啪啪！」

晴天不是娘：「啪啪啪啪啪！啪啪啪啪！歡迎閒雲大神！」

冰雪小狐仙：「啪啪啪啪啪啪啪啪啪！」

江湖小帥帥：「哇嗚，老大人品爆發啊，竟然引進大神了！」

玉米濃湯好好喝：「閒雲公子耶！我是你的粉絲，簽名簽名！合照合照！」

愛情小清新：「天要下紅雨了，咱們家的小廟要發了！」

「失去痞子兄，我們的戰力大損，現在閒雲大大來了，我們帥翻天公會又是一尾活龍啦，哈哈哈哈！」無名氏大笑。

小歪G：「老大，為了提高我們帥翻天的戰鬥力，你終於淪落到去賣菊花了嗎？」

無名氏：「呸呸呸，你才去賣內褲！你家老大我，勇猛無敵，人擋殺人佛擋殺佛，只要一站出去，誰不拜倒在我的西裝褲下！閒雲大神一定是受到我的魅力感召，才會慕名而來！」

眾人不約而同發來鄙視的表情符號。

yoyo9527：「真的真的，我可以做證！老大真的勇猛無敵，早上起床時也是雄赳赳氣昂昂，一柱擎天！」

無名氏：「幹！魏子棋，我不是把你踢出公會了嗎？」

yoyo9527：「嘿嘿嘿！」

眾人驚悚了：老大，你們到底幹了什麼好事？

閒雲公子的手抖了幾抖，指尖在「退出公會」的按鍵上徘徊。

無名氏：「總而言之，有閒雲公子在，我們打逆天塔不用擔心被秒殺了，哈哈哈！」
閒雲公子：「你們要去打逆天塔？」
夜梟和不敗神話聯手，結果連第一層都過不了，這個小公會竟然想去自殺？
無名氏：「我們跟著奔浪皇朝的人進去啊！他們打BOSS，我們清小怪！我們志在賺寶物，不在建城令，傍大樹安全哪！不過，現在有你在，嘿嘿，說不定我們可以搶到建城令哩！」
閒雲公子：「我想跟雲深不知處一組。」
無名氏：「雲小妹妹？她已經外借囉，借給痞子兄了。」
閒雲公子果斷的按下「退出公會」的按鈕。
系統公告：玩家【閒雲公子】與【帥翻天公會】志不同道不合，即日起退出【帥翻天公會】。
玉米濃湯好好湯：「嗚嗚嗚，偶像跑了！」
晴天不是娘：「哇，閒雲大大怎麼退了？」
小歪G：「啊啊，我們的戰機落跑了！」
愛情小清新：「厚，大大被你們這些野男人嚇走了啦！」
冰雪小狐仙：「閒雲大大，魂歸來兮啊！」
無名氏：「閒雲大神會不會是……按錯鍵了？」
眾人紛紛投來鄙視的表情符號。
李雲深只關心表哥霍天揚離開帥翻天轉投奔浪皇朝的事，根本沒注意到閒雲公子加入帥翻天又退出了。
「表哥，你怎麼跳到奔浪了？」
「嘿嘿，誰叫妳表哥我人見人愛花見花開卡車見了也要載，太受歡迎也是一種煩惱哪！要不是奔浪的公會會長劍走偏鋒哭著求我，我也捨不得帥翻天和表妹妳啊！可是人往高處走，表哥也有遠大的志向，所謂天將降大任於斯人也，必先勞其筋骨鵝其體膚……」

李雲深翻白眼，「是『餓』其體膚……表哥，請說重點。」

「奔浪要組織幾隊人馬打逆天塔，先鋒是劍走偏鋒、御非凡和上官楚楚他們那隊，我們這隊是中堅，另外還聯合幾個小公會幫忙清怪。」

「逆天塔很難打嗎？」

「難！變態的難！後來不敗神話和夜梟、胭脂閣有再進去一次，聽說打到第三層沒過，又死出來了！逆天塔死亡會掉經驗，連劍走偏鋒他們也只進去探一次路就不敢貿然再闖了！」

「我們這隊的人是？」

「老搭檔！大將是妳表哥我、戰無不克戰兄，還有小東東、朵朵、肖大神和妳，劍走偏鋒要我們再加一名盜賊，說是BOSS身上有寶可以偷！」

「找到了嗎？」

「有！前幾天有個盜賊剛加入奔浪，應該會塞到我們這隊來！妳那邊忙完了就過來，肖大神說要把妳帶上200級，不然妳進去逆天塔馬上就被K成豬頭了！」

遊戲改版後新增的逆天塔副本，本來有限定進入的人數和公會數，卻在改版前的那場下午茶經過玩家們激烈的抗辯之後，臨時修改條件，改成不限人數不限公會數，但擊敗第七層隱藏BOSS的人才能獲得建城令。

好奇進去的都灰頭土臉死出來，世界頻道罵翻了，一堆玩家在賭，過不了多久官方就會調降難度，可目前官方遲遲沒有動作，前幾大公會正在號召人馬，摩拳擦掌準備去挑戰。

轉服而來的大神們，御非凡和上官楚楚結婚，花落奔浪皇朝；夜梟加入不敗神話，和蝶舞翩翩結婚，不敗神話和胭脂閣聯手；目前動向不定的就是醉飲狂龍和閒雲公子。

醉飲狂龍與閒雲公子是截然不同的類型。前者狂妄尊大，有野心，不屈居人下；而後者行事全憑喜怒，對爭鬥沒興趣，自我感覺良好的結界極強。

這兩種人都很棘手。

霍天揚聽說閒雲公子最近「纏」著表妹，便想建議表妹去「色誘」他加入奔浪，沒想到還沒跟表妹開口，就被肖大神知道，然後肖大神以「鍛鍊」他為名義，在PK場華麗麗「掄」他個千百遍。

儘管各大公會搶醉飲狂龍和閒雲公子搶得凶，但劍走偏鋒其實是不打算向他們招手的，他堅信攻略逆天塔需要的是團隊合作，而非各自為政。

不過，不惹事，未必就無事。

這天，李雲深正跟著霍天揚及大神師父等人在重火煉獄打火狐狸蹭經驗時，世界頻道突如其來的公告引得眾玩家譁然。

系統公告：月圓之夜，天外飛仙。勝者為王，敗者為寇。綠林草莽，摩拳霍霍。邀君一戰，紫禁之巔。

系統公告：玩家【醉飲狂龍】邀玩家【一夕重華】決戰紫禁之巔。

霍天揚和吃飯睡覺打東東見一夕重華依然悠哉的在旁邊彈琴，沒有一丁點反應，兩人便也悶頭打怪，不敢多話。戰無不克本來就少話，心花朵朵開也不管閒事，所以世界頻道刷得亂七八糟，他們隊伍頻道還是很安靜。

然而，他們極力忍耐，不表示系統公告會放過他們。

只要被強制邀戰的玩家沒有接受或拒絕，那麼每隔一段時間系統公告就會跳出來。看著那反覆出現的黃澄澄金燦燦的文字裡出現大神的名字，大神仍是視若無睹，就是讓人覺得有違和感。

憋了一小時之後，霍天揚爆發了，「他媽的，醉飲狂龍這個混蛋想死想瘋了！我去一刀斃了他！」

「你去是送死吧！」心花朵朵開勸道。

「拒絕的話會怎麼樣嗎？」李雲深忍不住問道。

「不會怎麼樣，只是日後肖大神走到哪裡都會被別人笑是呆好種，醉飲狂龍更張狂而已！」霍天揚悶悶的說道。

這樣還不算怎麼樣嗎？李雲深無語。

玩家們對於這場頂尖對決討論得很熱烈，狂洗頻。

《天泣online》營運初始開放了四個伺服器，二服的一夕重華領先其他三個伺服器的人，最先封頂，且其裝備積分與競技積分也是四服之冠。

醉飲狂龍則是僅次於一夕重華封頂的人，當時同樣身為劍士的兩人，醉飲狂龍處處屈居一夕重華下風。雖然分屬不同伺服器，醉飲狂龍卻很注意一夕重華的動向。醉飲狂龍確實很強，不然不會有玩家稱其為「皇帝」。他有皇帝的霸氣，也有皇帝的傲氣，可比之一夕重華的珠玉在前，始終少了幾分「兩頭俱截斷，一劍倚天寒」的淡泊，少了幾分「攜取舊書歸舊隱，野花啼鳥一般春」的怡然。

一夕重華誅殺紅名，卻不追窮寇，對於別人的毀譽經常冷眼旁觀，無關痛癢，而醉飲狂龍則極為在乎其他玩家對自己的評價，若有人在公開頻道上妄議他的是非，他必定直接撂狠話，以拳頭分高下。

又過了一小時，一夕重華仍是沒有動作，於是開始有好事的玩家嗆他空有虛名，縮頭烏龜，但他依然視若無睹，彷彿事不關己。

霍天揚也狂刷李雲深的密頻，要她去煽動肖大神，讓他接戰帖。

李雲深無言嘆氣，她再不出聲，就要被表哥的口水淹死了。

「師父，你不管他嗎？」

大神不知道在忙什麼，許久才回道：「什麼？」

「醉飲狂龍下的紫禁之巔戰帖。」

「嗯。」

「幹！再憋下去，老子要憋出胃潰瘍了！」霍天揚怒道。

「不用急，決戰的擂臺已經搭建好了，但不是在紫禁之巔。」肖重燁淡淡地說道。

不知是否應驗了大神的話，醉飲狂龍和一夕重華兩大高手的紫禁 PK 硝煙只維持了短短不到一天就無疾而終，直到官網釋出「揮劍問鼎，決戰雙十」的公告，眾人才恍然大悟。

為了回饋玩家，《天泣 online》將於十月十日的雙十連假舉辦為期三天「揮劍問鼎，決戰雙十」的百萬獎金 PK 賽，聚集五個伺服器各群英風雲榜上前二十名高手，進行一對一循環賽，優勝的前五名可共同獲得高達百萬的獎金。活動細則與地點尚未公布，參賽者以十月九日晚上十二點整的排行榜累計積分計算得之。官方還透露，將會於活動閉幕當天釋出全新的隱藏 BOSS。

雖然活動場地還未正式公開，但官方已先釋出入場參觀限制人數，即全服中聲望值前一百名之公會，各給予二十張入場券。

由於這是遊戲正式上線營運以來最大的活動，所以公告一出，驚動了所有玩家。姑且不論是否為官方招徠新玩家的噱頭，但百萬獎金確實吸引人，再者也是各服高手展現實力的最好機會。

這一役，攸關的不只是高額獎金，更是能否「一戰成名天下知」。

為保存實力，也為面對其他玩家要爭取參賽資格而做最後拚搏，醉飲狂龍決定暫時先放下個人恩怨，選擇更大的 PK 舞臺。

於是，平時已呈擁擠狀態的伺服器更是天天爆滿，一票玩家爆肝打怪解任練等，只為搶搭參賽的最後一班列車。也因為打怪搶點搶得凶，世界頻道每天叫囂此起彼落，火星不斷，內容不外乎是誰又搶了誰的怪，誰又搶了誰的掛網點，人人心浮氣躁。

即使全服討論得熱火朝天，即使各地圖爭得烏煙瘴氣，還是有人依然事不關己，不熱也不冷，不急也不躁。一如往常的解任打怪，一如往常的悠哉彈琴，一如往常的來去自如。

一夕重華轉職樂師之後，似乎一改劍士時的作風，以前是低調的強勢，寡言但獨占排行榜鰲頭，如今低調依然，但排行榜前二十名卻不見其名。

官網釋出公告以來，他仍是依著自己的步調，想做什麼就做什麼，在排行榜三十幾名上上下下，看不出來有參加雙十 PK 的意願。

皇帝不急，卻是急死了一堆太監。

吃飯睡覺打東東：「可惡，老大竟然要我在家寫作業，不給我入場券！」

心花朵朵開：「老大真是英明，我們公會才能屹立不搖！」

吃飯睡覺打東東：「雲妹妹，妳讓三哥去幫我跟老大要一張票啦，老大最聽三哥的話，他開口老大一定給！」

心花朵朵開：「死東東，你有沒有羞恥心？是男人就靠自己的力量爭取！你看人家痞兄那麼努力爭取前二十名打 PK 賽，入場劵算什麼？」

痞子霍：「嘿嘿，只要肖大神不來亂，我打進前二十的機會就更大了。」

心花朵朵開：「……痞兄，你身為劍士的志氣呢？你身為劍士的驕傲呢？」

痞子霍：「等打進前二十，我再撿回來！」

李雲深無暇搭理雙十PK什麼的，明天就要開學了，霍天揚開車送她到T大之後，就回去「奮鬥」了，留下她拎著行李在T大女子宿舍一樓的會議室排隊辦手續，準備入住。

整個暑假她都待在三姨家，直到搬進宿舍，都沒有回過家，行李也是請父親從家裡寄過來。三姨知道後，似是想說什麼，最後什麼也沒說。李雲深故作不知。其實繼母趙英華是個溫柔嫻淑的傳統女人，對她也好，只是她心裡的那道檻總是過不去，尤其在得知即將有個同父異母的姊妹之後，她更是覺得不自在。討厭倒是不至於，只是她需要一點時間調適。

辦完手續，拎著行李和筆電來到三樓的314室。其他三名室友都還未來報到，她選了最裡面的床位，把衣物和盥洗用具等安放好，坐到書桌前打開筆電。筆電是大神師父借她的，說是平時不常用，便託了表哥交給她。她對電腦軟硬體什麼的一竅不通，師父只說基本會用到的軟體、網路等等他都安裝好了，也裝了《天泣online》的遊戲，只要插上網路線就可以上網。

開機後，螢幕桌面果然很乾淨，除了作業系統之外，還有一般做報告會用到的word、powerpoint等軟體，以及影音播放軟體等。她眼尖的發現桌面角落還有個資料夾，檔名是「雲泣online」，裡面有幾個影音檔。她狐疑的點擊開來，悠揚悅耳的音樂輾轉流瀉一室，但當她看到由幾段以《天泣online》為背景剪輯而成的動畫影片時，頓時傻了眼。

影片裡只有一位綠衣女主角，其他主角則是《天泣online》裡的諸大怪小怪，所在場景各有不同，但內容千篇一律是女主角被這些大怪小怪踩著打、壓著打、追著打，然後化成幽魂飄走的畫面。還有幾幕是女主角在前面狂奔，後頭跟著一群小怪追打。另外，還有一個不時出現在各場景的大龍套。當女主角被朝死裡打時，大龍套只在角落悠哉的彈琴看戲。

如此悲慘壯烈的女主角，除了她，還能有誰？

如此冷血旁觀的大龍套，除了她的大神師父，還能有誰？

最後一個影音檔快接近尾聲時，畫面陡轉，跳到她在採藥，大神師父在旁邊彈琴的和諧悠然景象。接著，兩人的頭頂分別跳出兩個對話框。

「師父，我們結婚吧。」

「好。」

於此，背景音樂戛然而止，進入黑畫面，跳出最後一句話。

「愛徒，拚死打敗為師吧！」

雲泣online！

李雲深真的淚了……

原來她的囧樣早就被師父登記造冊，她以為當她被大怪小怪追著打的時候，師父可能在忙沒發現，現在真相揭曉，原來師父確實在忙，忙著拍下她的囧樣，還用心剪輯配樂。

她在愕然之中登入遊戲，發現師父在線，連忙發了密語過去：「師父，謝謝你借我電腦，連線速度比表哥家的電腦快多了。」

許久，大神師父才回了一個字：「嗯。」

嗯？然後呢？難道師父不問問她有沒有看到影片？

忍了一會兒，見師父還是沒反應，她只好自己開口：「師父，我看了師父剪的片子了……」

「嗯，雖然為師在很忙的時候要剪接，還要花費心思找適合背景的音樂，少了吃飯的時間，少了睡覺的時間，甚至耽誤不少正事，但愛徒還是不必太感謝為師，也不用報答為師。只要能鼓舞愛徒，為師犧牲一下無妨。」

師父，只要你不浪費時間剪這種讓人發窘的影片，就可以好好的吃飯，好好的睡覺，好好的做正事了！再說，你的愛徒一點也不想感謝你，不想報答你，而且也沒有被鼓舞到，犧牲的人明明是徒兒我啊！

李雲深含淚在心裡無言吶喊，然而，面對大神師父如此強大的氣場、如此無堅不摧的自信，她只能悲憤的回了一句：「謝謝師父。」

◇※◇　　◇※◇　　◇※◇

大學一年級的生活沒有李雲深想像中的忙碌，雖然大一有不少必修課程，但她沒有參加社團，也沒有打工，對於聯誼活動也興致缺缺，所以除了上課之外，她幾乎都待在宿舍裡「練功」。

開學之後，不像暑假有那麼多空檔，玩遊戲的時間大減，她的等級升得又更龜速了。本來劍走偏鋒預定攻略逆天塔的時間是在她開學後的第一個週末，後來因為她及其他少數幾個成員的等級太低，又延了兩週，改在九月第三個週末的星期六晚上七點集合攻塔。

這段期間，大神師父又帶她去採了一次彼岸花，她好不容易升到211級，採完那次，又掉到201級。她只好又拚命補進度，希望至少在攻塔時能升到220級。

「哇啊啊，肚子好餓喔！小雲兒，別玩了啦，千秋、胖妹，我們去吃飯！」躺在床上看某數字週刊的琦琦跳了起來。好不容易熬到週末，四個無所事事的女人龜在宿舍當宅女。

半個月前開學，李雲深搬進T大第一女子宿舍，多了三個室友，琦琦、千秋和胖妹。胖妹是資訊工程系，千秋是社會心理系，琦琦和她一樣是中文系，四個都是大學新鮮人。

「走吧，窩太久都快發黴了！」李雲深乾脆的關掉電腦，站起身。

「厚，小雲兒童鞋，妳也知道自己宅到快變成黴女了喔！」胖妹扠腰，「再這樣下去，妳永遠都擠不進去校園美女排行榜啦！」

「沒關係，我喜歡跟人家比內在。」李雲深甜甜一笑。

水靈靈的大眼睛，小巧挺翹的鼻子，不點而潤的櫻唇，襯上肌理晶瑩、吹彈可破的瓜子臉。不戴黑色粗框大眼鏡，不紮土裡土氣的麻花辮，不蓄厚重的覆額瀏海時的李雲深，怎麼看都像是從仕女圖走出來的古典美人，而且是屬於很知性的那種。可惜她本人志不在此。

胖妹鬱悶的扯了幾下李雲深的辮子，美女說話就是讓人髮指。

幾個小女生打鬧了好一會兒，才蘑蘑菇菇走出宿舍。

週末午後的學生餐廳不同往常的喧囂，只有寥寥幾個人，點餐不用排隊，很快她們四人就撿了個接近中庭視野寬闊的好位置落坐。李雲深才放下托盤，就見琦琦和胖妹私語起來。

李雲深莫名其妙，然後胖妹嘿嘿笑了兩聲，朝她們倆比了個勝利的手勢，「Hey，lucky！沒想到會遇到肖學長，太幸運了！」

「肖學長？」李雲深握著筷子的手頓了一下，茫然的問道。

「小雲兒，就是因為妳兩耳不聞窗外事，一心栽在遊戲裡，才會如此孤陋寡聞。」琦琦有些恨鐵不成鋼的勾住李雲深的脖子，「妳啊妳，人家書中自有顏如玉，妳以為遊戲裡有俏郎君嗎？」

「胖妹！」

琦琦一聲令下，胖妹兩手夾住李雲深的臉，將它扳往左邊四十五度角。

臨中庭側的落地窗旁，孤高傲岸依舊，漠然輕慢依然。和煦的陽光灑在那人身上，像鍍了一層金輝，如幻似真。雖然他只是安靜的低頭看書，但清冽的氣質卻讓人無法忽視也不敢接近。

周遭偶爾來去的人，彷彿都成了他的背景，襯得他分外悠然超脫。

李雲深呆愣，忍不住低喃道：「遊戲裡，可不就有俏郎君嗎……」

難怪大神師父當時曾自稱是她的學長，原來竟然真的是同一所學校的學生！

「胖妹最好了，跟肖學長同一個系，想看就看得到！哪像我們中文系，離資工大樓最遠了，就像那被銀河分開的牛郎和織女哪！千秋的社心系也只在資工大樓隔壁吧，好羨慕啊，早知道就不聽我老爸說什麼唸中文系可以陶冶氣質，將來好找男人，啊啊啊啊！」琦琦一手撐著下巴，一手拿叉子戳著盤子裡的雞肉，絮叨抱怨著。

「拜託，誰都知肖學長很少出現好不好！他大四學分少，根本很少露臉啊！」胖妹說著，眼睛陡然放光，「今天真是幸運，幸好我們沒去外面吃牛排，學校有餐廳就是天意啊！」

「切——」千秋鄙視，「拿出點淑女的矜持好嗎？妳看人家小雲兒，美女就是不一樣，男色當前依然不動如山，多學著點！」

李雲深噎了一下，連忙抬手，「大人明鑑！師……肖學長那麼神，誰不暈，我也暈呀！」

在胖妹和琦琦的三分鐘「快速導覽」、「耳濡目染」下，她這汪清潭想不「濁」都很難。莫說他是資訊工程系的傳奇——有人說資工系打敗電機系，名列T大入學率之首，是因為他的緣故，這種說法雖不可考，但T大打著他的名號替資工系招攬學生卻是不爭的事實。再者，他從大二開始就以技術指導的身分參與資工系對外的各項國際競賽，獲得極佳的口碑——衝著他是大神師父，她想不暈都難。

不過，她的大神師父已經面臨隱退的大四，而她才正值花開的大一，想在校園裡碰面的機率微乎其微，所以偶然遇到，偷偷打量端詳的感覺頗新鮮。

大神師父似乎已經習慣他人的目光，對於四周的竊竊議論與熱切目光視若無睹。

「喂喂，那是財金系的系花趙惠馨耶！」胖妹忽然低聲叫道。

果然，有個綁著公主頭的女生含羞帶怯的走到肖重燁桌前。她站了好一會兒，他恍若未覺，頭始終沒抬半分。李雲深覺得有趣，不禁多瞧了那女生幾眼，秀眉鳳眼，妝粉薄施，確實是個美人胚子。

系花站了足足三分鐘之久，男主角還是沒有反應，她終於按捺不住的咳了兩聲，想引起注意。她成功了，男主角抬起頭了，不料只是冷冷淡淡瞥了一眼，復又埋首書中。女生窘得整張臉漲紅。

「噗！」琦琦毫不客氣的笑了出來。

這一笑把李雲深也笑囧了。

餐廳裡眾人正因為系花示好不成而陷入詭樣的寂靜之中，琦琦這一噗哧，無疑是平地裡響起一聲驚雷，炸得大家一愣一愣的，尤其在看到系花的臉由紅翻黑時更是大氣不敢喘，立刻顧左右而言他。

這個插曲沒有再繼續延燒，男主角接了手機來電後翩然離去，碰了一鼻子灰的系花狼狽而逃。胖妹拍著桌子大笑，李雲深雖同情系花，卻也忍不住笑了起來，不過，她馬上就笑不出來了。

「請問妳是李雲深同學嗎？」有個短髮女孩走了過來。

李雲深看著眼前陌生的女孩，應道：「是。」

「有人託我轉交這個給妳。」女孩遞了一本便條紙大小的本子過來。

定眼一看，原來是學生餐廳的餐券。李雲深伸手接過，納悶的問道：「那人是……」

女孩答道：「他說是妳的師父。」說著，古怪的看了李雲深一眼。

聽到「師父」二字，李雲深的手一抖，餐券差點掉到地上。

大神師父發現她了！大神師父知道自己撞見他的「花邊韻事」了！

「這位同學，謝謝妳了。」李雲深故作鎮定的勉強笑道，實則心裡正狂風暴雨。

「不客氣。」女孩又補了一句，「他還說——要妳吃飽一點。」說完，掩嘴笑著走了。

所謂的熱鬧，果然不是那麼好湊的！

李雲深欲哭無淚。

吃完飯，四個小女生又閒嗑牙一會兒才回宿舍。李雲深遲疑一下，咬牙登入遊戲，大神師父果然在線。

系統提示：玩家【一夕重華】邀您加入隊伍，您是否同意？

她忐忑的點擊「是」。

「愛徒，午飯有吃飽嗎？」

開門見山就是有去無回的一刀，大神不愧是大神，殺人都是不見血的。

李雲深的小心肝顫了下，連忙回道：「徒兒從未像今天吃得那麼飽過，多謝師父關心。」

「既然如此，有勞愛徒再去採回彼岸花如何？」

「師父言重了，為師父鞍前馬後是徒兒分內之事，莫說是採彼岸花，便是上刀山下火海，徒兒也是萬死不辭。」

於是，她奮鬥了好幾天，好不容易升到 212 級，就在這一天，採了一回彼岸花之後，又掉回了 201 級。

人家君子報仇，三年不晚。她的師父報仇，卻是一刻都嫌晚。

李雲深默默感慨著。

第五章

《天泣online》改版之後，最備受矚目的副本便是「逆天塔」。逆天塔固定於每週二、四、六、日的早上十點、下午兩點、晚上七點開放。眾玩家最終目標自然是攻略第七層的隱藏BOSS，取得建城令。有建城令的公會，才有資格興建屬於公會的城池。

而自逆天塔開放以來，前往挑戰的烈士不計其數，卻都成為英魂歸來。

逆天塔共分七層，顧名思義，逆天而築。雖曰七層，卻是由地面的第一層算起，往下走為第二層、第三層，以此類推。每一層各有一位終極BOSS把守，擊敗BOSS之後，才能獲得通往下一層的鑰匙。

至於如何攻略，卻是眾說紛紜。

進入逆天塔沒有等級限制，但裡面的大小怪平均180級以上，各種攻擊屬性都有，而且被打掛會掉經驗值掉級，所以劍走偏鋒才會要求組織的成員至少要200級以上，以免老是蒙主寵召。各層均有重生點，死後不會飄到閻羅殿，一旦離開逆天塔，就不得再進。

逆天塔裡有隱藏儲存點，可既曰隱藏，便是要玩家自行發掘了。

此外，逆天塔沒有限制副本的攻略時間，不過，每天晚上十二點會準時關閉，所以玩家必須在十二點前攻克或儲存。當然，志不在建城令的人，也可以單槍匹馬進去撈寶，據說裡面的大小怪有機率掉落橙色品級以上的裝備，BOSS 身上也有金色品級的武器可摸，但即便是排行榜上的大神們，也不會傻到獨自攻略 BOSS，除非是想死，或是不想活了。

總而言之，要攻略逆天塔，隊伍的輸出和補給是很重要的，也就是說，主力攻擊的劍士或戰將不可或缺，而奶媽祭司更是關鍵。關於這點，有暴力劍士痞子霍和沉默戰將戰無不克在，他們的輸出絕對沒問題，問題在於可有可無的小白祭司。

攻塔前夕，李雲深終於含淚升到 219 級。這時，她的補血技能最實用的有三招，一是「清風拂面」，二是「醍醐灌頂」，三是「大地回春」。回血的成數、吟唱時間等，與祭司的等級有關。275 級的祭司還能習得最強的補血技能「聖女的祈禱」，群體回血至少能有 60%，不過這對李雲深這個小白祭司而言，可望而不可求。

至於樂師——大神一夕重華，雖說能補血，卻只有兩招，一是「靜心咒」，二是「五氣朝元」，回血成數不如補師，只能應急，功效不如正職奶媽。

所以，即便是平時喜歡衝鋒陷陣、不怕死的霍天揚都開始擔心了。他不想進逆天塔一趟就脫層皮出來，尤其雙十 PK 賽在即，他不能掉級。

「表妹，妳沒問題吧？」

「沒問題，我會躲得遠遠的，盡量不拖累大家。」

這不是沒問題，而是大大的有問題啊！

霍天揚鬱悶的舞著雙刀砍三頭鳥，看著站在旁邊撿寶兼採草的表妹，又看了一眼她身後悠然彈琴的肖大神，心中恨哪——誰叫表妹有強硬的背景，而他只有堅強的背影。

事實上，李雲深雖然技術有待商榷，卻不是真的那麼遲鈍。她看著公會裡的人為了組織進逆天塔的成員討論得熱火朝天，也慢慢有了緊張感。想了想，她決定暗中去臨陣磨槍一下，於是藉口回城煉丹，暫時脫離隊伍，晃回城裡去。

她在城裡發呆了許久，一時想不到該如何練習。想了想，突然想到之前陪她 PK 的閒雲公子，隨即發了密語過去：「你現在有需要祭司嗎？」

閒雲公子剛跟野團打完小副本，見佳人主動招呼，立馬脫隊，熱切的應道：「在下正在苦惱，雲姑娘便傳來訊息，可謂是心有靈犀。此時若能得雲姑娘相助，如虎添翼也。」

李雲深已經習慣閒雲公子文謅謅的廢話，只作不見，接受他的邀請組隊後，便直言道：「你在哪裡？」

閒雲公子思索著哪個地圖花前月下，不僅能培養感情，還能不著痕跡的讓美人有「英雄救郎」的機會，靈機一動，答道：「我們去打沉淵島的『綠野仙蹤』副本。」副本好，打副本就沒有閒雜人等來打擾。

句芒人面乘兩龍，道是春神衛九重。綠野仙蹤的 BOSS 便是傳說中鳥身人面的春神句芒。史料有限，無法證實句芒性別，許多軼事中只將句芒作男性，但在遊戲裡的句芒卻為女神。擊敗句芒，即有機會取得金色品階的纏月弓和限定女性玩家裝備的纏月鞋。

綠野仙蹤副本，境如其名，通往句芒所據之地，沿途花團錦簇，綠意盎然。溪澗潺潺，風光明媚。若不是蜿蜒林野之間的小徑上有隨機出現的怪物，倒是個踏青訴情的好地方。

這裡的怪物平均等級約 265 級，隨便一掌都能把她拍回老家泡茶，好在她只要躲在閒雲公子背後即可。

綠野仙蹤前半段的清風谷隨機出現 250 級的黑寡婦鳳尾蝶，攻擊附加毒性，這對 263 級的閒雲公子而言是小意思，對李雲深來說更是輕鬆，萬一他中毒，她只要施法解毒或丟解毒丹就好了。

而閒雲公子為了讓佳人有表現的機會，偶爾會故意招惹 265 級單足猴身的物理怪山㺐。閒雲公子的防禦力極高，就算他站著挨打，山賺最多也只能打掉他兩成不到的HP，所以李雲深可以從容的幫他補血。

閒雲公子不時以言語逗笑佳人，可過了清風谷，進入蒼野碧淵時，他就笑不出來了。

蒼野碧淵的怪物多是267級的飛涎鳥、268級的巴蛇。巴蛇是主動怪，招來一隻，周圍的全都會聚集過來。他是弓箭手，皮不如劍士厚，瞬間攻擊力不如戰將高，本來他全身金色裝備能夠抵禦一時半刻，但被十幾隻巴蛇圍毆時，他就想問候人家爹娘了。

看到閒雲公子的血條轉眼之間就閃閃發亮，李雲深也傻了。

她把補血技能來來回回按了一遍又一遍，可吟唱時間太長，根本比不上閒雲公子的失血速度。待她想起丟回復藥時，閒雲公子已經魂歸離恨天，飄向了他「出生」至今只去過一次的閻羅殿。

站在閻羅殿，頂著周遭玩家投來的異樣目光和當前頻道火熱朝天的「竊竊私語」，閒雲公子忍不住望天興嘆：這個女人嘛，不追，在他心裡是個結，追了，卻又是個疤，他這是何苦來哉？

「那個……」

「雲姑娘不必掛心，是在下學藝不精，累及姑娘，姑娘無須心生愧疚。」

「呃……我是想說，我一個人走不回去，你能來帶我出去嗎？」

「……」

從副本出來後，兩人便分開了，閒雲公子下線去縫補破碎的心，李雲深沮喪的回去跟表哥和大神師父等人會合，也才知道閒雲公子吃土的事原來已經傳得沸沸揚揚。

「哇哈哈哈，沒想到酸秀才也有這一天！」霍天揚大笑。

「同樣是弓手同志，東東我為他默哀三秒！」

「不知道他是在打什麼怪，不然怎麼會吃土？人家可是大名鼎鼎的閒雲公子，一定是遇到超級BOSS

了！」心花朵朵開納悶。

「說的對，他是我們弓手仰慕的大神，絕對是遇上隱藏BOSS了！」

「切！我看是他帶的補師太廢了！」霍天揚不屑。

「他的補師是我。」

李雲深一開口，隊伍頻道驀地陷入死寂。

良久，大神發話了：「是他學藝不精，與妳無關。」

「真的？」

「你們在哪兒打？」

「綠野仙蹤。」

「嗯，那就對了。我跟妳去打就沒事，所以說是他學藝不精。」

「果然是這樣。我就想，上次跟師父去打安然無事，怎麼這次他就死了？他自己這麼說，師父也這麼說，那肯定就是這樣了。」李雲深鬆了一口氣。

肖大神，有你這樣教徒弟的嗎？難怪表妹被你慣得傻裡傻氣，慣得廢材也能去禍害別人了！

看著這對活在自己的世界，活得沒心沒肺的師徒倆，霍天揚無言吶喊。

◇※◇　　◇※◇　　◇※◇

週末，天朗氣清，是個出遊的好日子，也是約好組隊攻打逆天塔的日子。前幾天劍走偏鋒臨時更改時間，原本預定打晚上七點的那場，後來擔心打不完，便提早至下午兩點。

李雲深打算今天早早去學生餐廳解決午餐，早早回來準備——準備什麼?雖然不知道，但至少盤算著不能遲到。

一早就起來打理行頭的琦琦和胖妹，見李雲深老神在在的一如往常坐在筆電前「奮鬥」，不由得疑惑問道：「小雲兒，時間都快到了，妳怎麼還不換衣服?難道妳打算就這樣去見人?」

「什麼時間快到了?要見什麼人?」李雲深茫然道。

「厚，妳該不會是忘了對面寢的約我們今天去跟S大法律系的人聯誼吧?」琦琦誇張的拍了拍額頭。

聯誼?李雲深思索了一會兒，模模糊糊想起來，幾天前她跟大神下副本時，琦琦好像在她耳邊絮叨過這件事。她看了看一旁還穿著睡衣，不動如山的千秋，問道：「千秋也沒準備啊!」

胖妹理了理短裙下襬，一副無藥可救的口吻，說道：「算了吧!千秋這輩子唯一的老公是素還真，唯一的情人是香獨秀，沒有男人可以打動得了她的芳心!」

「我比較喜歡戢武王，所以我也不去了。」李雲深隨口扯了個無意中在千秋電腦裡看到的角色作搪塞。

待琦琦和胖妹盛裝出門之後，千秋狐疑的斜睨她，曖昧的說道：「戢武王是女人，妳眼光不錯。」

李雲深噎了一下，連忙埋首敲鍵盤，她還是對男人比較感興趣的。

星期六一大早，可能很多人都還在睡，地圖上打怪的人不太多。她正在想該怎麼做才能增加自己的戰力，她沒有自我感覺良好到以為憑現在的自己進逆天塔會一點問題都沒有。若她這德性還沒問題的話，那才真是逆天了。

想了很久，靈光一閃，她把寵物雞小咕嘰召喚出來，繞著小咕嘰轉了幾圈。從破蛋至今，小咕嘰仍然維持初生的樣子，聽說其他玩家的寵物都有專屬的技能，可她家小咕嘰的技能欄還是空白如昔。由於沒有其他玩家孵出雞，所以她完全沒有諮詢的對象。

在遊戲的設定裡，寵物不會升級，而是各自有一專屬技能，在特定條件下，才會觸發技能而習得。飼主可以對寵物下達三個指令，分別是「普通攻擊」、「隨機攻擊」、「自由」。

她通常是放任小咕嘰自由的，小咕嘰的攻擊力太弱，不攻擊就不會被當豬頭扁，還能活得久一點。她幾次選擇「普通攻擊」，小咕嘰都是被一拍就趴。沒有其他技能，選「隨機攻擊」也沒用。倒不如讓小咕嘰自由晃來晃去，還能多活幾秒。

她覺得這樣不行，應該進行訓練，免得小咕嘰變成大胖嘰。於是，她拿著法杖對準在四周走來走去的163級稻草人敲了下去，然後對小咕嘰下指令，選擇「普通攻擊」。163級稻草人對219級的她無可奈何，對小咕嘰就可以為所欲為了。小咕嘰跳起來朝稻草人踢了一腳，稻草人的頭上跳出了「-38」的紅字。

妳219級的娘兒們欺負我們163級的草包就罷了，你個小肥雞也敢在太歲頭上動土！

稻草人瞬間小宇宙爆發，一掌朝小咕嘰頭上拍了下去，小咕嘰頓時被拍得一掌斃命，快得連李雲深都來不及伸出援手。她愣愣的眨了兩下眼睛，好吧，稻草人不行，她改選旁邊跳來跳去的123級布穀鳥下手。

布穀鳥跟你個小咕嘰是同類，基於同儕心理，你總得掙一口氣了吧？

懷著雄心壯志，李雲深又拿起法杖，敲了下其中一隻布穀鳥，布穀鳥被她敲得直接嗝屁。她呆了一下，意識到她這是拿牛刀砍雞來著。只好囧囧的又挑了一隻布穀鳥，這次她選擇防禦，然後直接指揮小咕嘰攻擊。

小咕嘰又飛身一腳踹過去，布穀鳥的血條頓時少了一半。

咦，有戲！李雲深眼睛一亮。

然而，所謂同儕心理是互相的，布穀鳥炸毛了，學著小咕嘰也是飛身一腳，朝著小肥雞踹了過去。小咕嘰被踹得搖晃了兩下，趴地吃土。

本是同根生，相煎何太急！

李雲深鬱悶的又把小咕嘰召喚出來，同時為曹某人的先知灼見無比感嘆著。

就在她還來不及思考「存在」的偉大意義時，一對本服紅透半邊天的金童玉女走了過來。

「噗哧，妳的寵物好好笑，簡直跟牠的主人一模一樣！」

「哼，廢人養廢物！」

李雲深對蝶舞翩翩和夜梟的嘲諷視若無睹，但也沒走開，只站定等著看他們有何指教。

「聽說妳是一夕重華的徒弟，真是讓人跌破眼鏡啊！」

原來女神是衝著大神師父來著！

「說說妳是怎麼勾搭他的，妳的床上功夫他很滿意吧？」

李雲深皺眉，突然覺得宅男女神一點都不女神了，簡直是亂七八糟、烏煙瘴氣、牛頭不對馬嘴、表裡不一、人面獸心……呃，總而言之，女神的三觀需要嚴重修整就是了。

她正想還嘴，從旁邊的林子裡走出了一道月白色的身影，他的話讓她憋著的一口血差點噴了出來。

「我確實很滿意！」

師父，你來湊什麼熱鬧？你身為大神的格調呢？你身為大神的高尚呢？還有，徒兒的清白咧？這是徒兒僅存的優點了哪！

夜梟陰沉的道：「你的品味果然與眾不同。」

「過獎。」

「你會後悔的！」蝶舞翩翩咬牙。

「我只做讓別人後悔的事。」

望著金童玉女高傲離去的背影，李雲深抱怨道：「師父，你怎麼可以說那種讓人誤會的話？萬一別人當真，那該怎麼辦？」

「愛徒放心，不會有人相信我看上妳。」

這是安慰嗎？呵呵，真是教人放心啊！李雲深淚了。

小咕嘰應景似的叫了兩聲，在她身邊走來走去，她突然覺得，今天真不是個踏青的好日子，她應該窩在棉被裡，跟周公打完架再上線的。

中午，李雲深在學生餐廳匆匆解決完午餐就上線了。距離兩點還有將近半小時，逆天塔的傳送NPC周圍已經是萬頭攢動，當前頻道刷了又刷，世界頻道也有許多人在號召烈士。

劍走偏鋒正利用公會頻道解說在逆天塔會遭遇的第一道關卡，李雲深不是奔浪皇朝的人，自然看不到，霍天揚只好將劍走偏鋒的話轉貼到隊伍頻道給她看。

傳送進逆天塔之後，會先遇到逆天塔的守門NPC非常老人。玩家須先回答非常老人的三個問題，然後才能進入逆天塔，而逆天塔第一層的第一關便是「八門金鎖陣」。所謂「八門金鎖陣」，是古時候為了使占星術更方便所採用的奇門遁甲。八門者，休、生、傷、杜、景、死、驚、開等八門。如從生門、景門、開門而入則吉；從傷門、驚門、休門而入則傷；從杜門、死門而入則亡。

非常老人會根據玩家的答案不同，而允其從八門之一進入逆天塔。不同的門會有不同的遭遇。組隊進入是沒有用的，因為每次僅容一個人進入一個門，所以在到達第一層的BOSS之前，隊友們之間不一定會相遇，但也有機率會先後進入同一個門，這就要碰運氣了。

劍走偏鋒當時進去探路，入的是驚門，其他人則是開門、休門、杜門等，際遇不一，可以確定的是，中途都有不亞於 BOSS 級的怪物等著。

李雲深呆愣，這除非被雷劈到，否則她這根廢材怎麼可能憑一己之力走到第一層的最終 BOSS 那裡？

痞子霍：「表妹，自求多福吧！」

吃飯睡覺打東東：「雲妹子，我會為妳默哀的！」

心花朵朵開：「呸！雲妹妹還活著哪！」

戰無不克：「……」

寒心淚雨：「雲妹子，雖然妳的過去我來不及參與，但還是希望等一下能看到妳！」

寒心淚雨便是劍走偏鋒口中所說的，剛加入奔浪皇朝的盜賊。

一夕重華：「……閉著眼睛往前走吧！」

雲深不知處：「……」

兩點整，眾玩家立即湧向逆天塔傳送 NPC。李雲深抱著必死的決心點擊，螢幕一點，隨即被傳送到一個完全黑暗的空間，正中央有個 NPC，便是非常老人。

她慢吞吞的走過去，慢吞吞的點了下去。

非常老人：罪業本空由心造，心若滅時罪亦亡。吾心本淨，奈何情纏；吾心本善，奈何意動。汝欲逆天，且問因緣。汝欲逆天，是否？

她點擊了「是」。

非常老人：罪業本空由心造，心若滅時罪亦亡。消得一分習氣，便得三分光明；忍得三分煩惱，便得十分菩提。汝欲問因緣，是否？

她又點擊了「是」。

三、誠意無價。

非常老人：三界如牢獄，囚盡世間緣。汝願為繁華三千，折耗多少白物？一、3000 金；二、1000 金；

她傻了，原來這個非常老人也是來打劫的，貨真價實的土匪啊！她身家 300 金不到，還放在倉庫，去哪兒生 1000 金出來？該不會她不給錢，非常老人就送她進死門吧？可她真沒錢啊，就算有，死也不給！

她一咬牙，選擇第三個答案「誠意無價」。

非常老人：三界如牢獄，囚盡世間緣。汝願為繁華三千，折耗多少白物？一、3000 金；二、1000 金；三、誠意無價。

還來？不給錢就不給進嗎？她撇撇嘴，又選了第三個答案「誠意無價」。

非常老人：三界如牢獄，囚盡世間緣。汝願為繁華三千，折耗多少白物？一、3000 金；二、1000 金；三、誠意無價。

她瞪眼，這非常老人跟她耗上了不成？總之，要錢沒有，要命一條！

她又按了第三個答案「誠意無價」。

非常老人：吾已知汝之執念，汝欲逆天，吾便為汝指一條明路。汝欲進入逆天塔，是否？

她點擊了「是」。

驀地，眼前白光一閃，復又陷入黑暗。說是黑暗並不貼切，而是一條幽暗的通道，直通向前方。

系統提示：您已通過八門金鎖陣之「生門」。

生門？李雲深陡然想起劍走偏鋒說過，從生門、景門、開門而入則吉，難道她這就是所謂的人品大爆發嗎？竊喜之餘，餘光一掃，忽然看到前方不遠處站了一個人。

這人不是別人，而是早上才見過的，全身金燦燦的極品裝備，華麗得活脫脫像隻孔雀的煞星——夜梟。

果然是人在江湖飄，處處藏著刀哪！

李雲深無語望蒼天。過了死劫，又遇險關，這就是她現在的寫照。

生門的後面只有一條既綿長又幽深的廊道，不知從哪兒隱隱約約透出來幾微黃中泛青的弱光，所以還是有極低的能見度，不過即使看不見，也只要往前走就對了。不過，遠處卻擋著一尊殺神，那架式分明就是在等待自投羅網的小羊兒。

她想發訊息給大神師父，卻發現進了生門之後，隊伍就被強制解散了，也不允邀請非附近的玩家組隊，甚至僅能使用當前頻道，換言之，就是只准許與附近的玩家對話。可她怎麼看，夜梟都不像是那種會跟女人探討人生規畫、探討未來理想的人……呃，他大概只會跟蝶舞女神一起喝下午茶吧。

「咦，雲小妹子？」

李雲深被陡然跳出的訊息嚇一跳，待看清楚是自家公會會長之後，眼睛一亮，就像溺水的人看見浮木一樣，心裡又燃起了希望之光。「會長，原來你也進生門了，真是太好了，我一個人好怕喔！」

yoyo9527也跳了出來：「嘿嘿，別怕別怕，有無名老大在，什麼都不用怕！」

「魏子棋，你離老子遠一點，不要巴著老子的屁股不放！」

「老大別害羞嘛，我們都睡過了，小事就不要在意了！」

「放屁！老子的名聲都被你敗壞了！」

「老大的名聲好著哩，花前月下的公會會長桃之妖妖還拜託我幫她拿情書給老大耶！」

無名氏的腦海裡不由自主浮現一張笑得春情蕩漾的臉龐。桃之妖妖與蝶舞翩翩是屬於同一型的性感美女，論壇有她的照片，一雙桃花眼極為勾人，還有一對呼之欲出的大胸脯，勾得一幫男性玩家見了她就像螞蟻見了蛋糕。

想到照片裡那若隱若現的乳溝，無名氏的下腹忍不住一陣騷動，口乾舌燥，心微微癢了起來。轉念一想，忽然想到什麼似的，胃液開始翻騰，酸味湧了上來，有些不是滋味的問道：「她怎麼會找上你？你們什麼時候搭上線了？」

「你不在線上，她就問我能不能幫她轉交給你。」遊戲裡的商城有賣空白情書，玩家可在上面自由撰寫內容，然後再以交易的方式授受，可增加兩人的好感度與魅力值。

「她真的寫情書給我？」無名氏驚喜。

「是啊，不過，老大你放心，為了維護你鐵漢男子的形象，我已經幫你拒絕了。我跟她說，你最討厭女人了。」

他奶奶的，老子是討厭娘娘腔，不是討厭女人！無名氏怒火悶燒的憋出了一個放大數倍的「幹」字。

yoyo9527很滿意無名氏的反應，於是當下決定不告訴他，那天早上論壇出現了一個帖子，標題是：**真男人！狂劍士的出櫃真情告白！**

李雲深無奈的蹲在一旁看小蝦米蠶食大鯨魚，想著會不會有其他玩家也進來生門，心裡暗暗祈禱大神師父也能這般幸運進得來生門。就算不是生門，以大神師父那般高潔的品格，至少不會淪落到杜門、死門吧？

她卻不知道，當肖重燁一過傳點，便看到系統出現「**您已通過八門金鎖陣之『死門』**」的字樣。

死門之後與生門之後的景象截然不同，生門之後宛如墳地般幽寂詭譎，死門之後卻宛如春回大地般燦爛明媚；生門之後只有一條漆黑陰暗的路，死門之後卻是視野開闊，有三條看似康莊的坦途。

從杜門、死門而入則亡。想起八門金鎖陣的規則，他挑眉笑了，從死門而入則亡，這倒有意思。

「我就說，我跟你註定是天生一對，否則怎麼八中一的機率也會湊到一起！」

肖重燁冷眼看著張揚的火紅麗影走來，默不作聲。

蝶舞翩翩入了死門，等了許久沒看到夜梟，正自失望，卻發現一夕重華也進了死門，隨即便把夜梟拋諸腦後，滿心撲在一夕重華身上。當初得不到一夕重華時，自尊心受損，後來夜梟殷勤呵護、百般討好，再加上夜梟也是排行榜上的高手，她便投向他的懷抱，可卻始終對一夕重華難以釋懷。

「如此說來，我跟他也註定是天生一對囉，否則怎麼也進了同一個門？」

死門入口銳光一閃，走進了一名渾身包裹金色盔甲的男戰將。

肖重燁看向來人，嘴角勾起了若有若無的笑意。

李雲深向來對師父奉若神明，雖然師父的心是黑的，但還是神，所以只為他擔心了三秒，就又把注意力轉了回來。

生門一直沒有人再進來，前頭又有一頭惡狼堵著，惡狼似乎沒有離開的跡象，可她也不能就在這裡蹲到天荒地老，於是只好把希望寄託在小蝦米和大鯨魚身上。「會長，要不，你們出去再討論屁股的問題？我覺得我們先來研究要怎麼屠狼比較重要。那頭惡狼一直擋在那裡，我們怎麼過去？」

無名氏揮揮手，「過不去啦，剛才我們一靠近，他就動刀了，不然我們兩個幹嘛杵在這裡！」

「那我們該怎麼辦？等他走我們才走嗎？」

「他好像在等什麼人，看起來一時半刻不會走。」

「難不成我們要在這裡蹲到副本時間結束？」李雲深苦惱。

無名氏思索了好一會兒，狠下心來，說道：「等那麼久都沒人進來，沒辦法了，我們拚死殺過去，大不了死到重生點去。萬一門後再來個跟夜梟一樣的殺人狂，再多一條命都不夠用！」

「誓死追隨老大！殉情萬歲！」yoyo9527堅定的道。

「呸呸呸！殉你媽個屁！老子只跟大胸脯的女人殉情！」無名氏啐道。

李雲深無語。難道她的智商跟這兩位老是糾結屁股問題的戰友是同一個水平的嗎？要不，八個門怎麼獨獨他們跟她進了同樣一個門？對了，還有夜梟，這個陰沉又變態的傢伙也是生門的同志！

她真想撬開非常老人的腦袋，看看他的大腦構造，探討一下他是如何把她和他們三人放進同一個門的。

不過，在她剖開非常老人的腦袋之前，她要先保住自己的腦袋。

無名氏擬了他自稱萬無一失的戰略——他當先鋒，砍夜梟一個攻其不備，yoyo9527再殺他一個出其不意，最後她再來個聲東擊西，趁亂逃跑。雖然她看不出來明明只有一條筆直的路，他筆直的朝夜梟跑過去，是要怎麼個攻其不備，yoyo9527又要怎麼個出其不意，但她想，也許她還是有機會逃出生天的，只要她的兩位戰友能夠爭氣。

然而，三十秒之後，事實證明，那個號稱萬無一失的戰略，果真是萬無一失。夜梟三刀送無名氏見上帝，兩刀送yoyo9527回老家，一刀就送她升天。一刀砍三個，夜梟果真是萬無一失。

無名氏沒來得及攻其不備，yoyo9527也沒來得及出其不意，她更是沒來得及聲東擊西，三名智商水平一樣的同志，就有志一同的被送到了重生點。

生門，無愧生門，絕處逢生、枯木逢春是也。

無名氏、yoyo9527和李雲深這三個難兄難妹嗚乎哀哉之後，在一個灰牆環堵的斗室裡重生。這個石室空無一物，既不寬也不闊，抬頭卻是看不到天花板，只有無盡的黑暗。這裡也沒有出口，雖然有三道石門，但他們三人來回摸了半天，完全找不到機關可以開啟。

石室極為陰暗，唯一的光源是角落有個隱約發亮的儲存點。他們三人歡樂的跑去儲存之後，就蹲在一面鑲嵌著巨大人像浮雕的石牆前，明媚而憂傷的感嘆起了深刻的人生意義。

身為難兄難妹的老大無名氏，端著架子，自以為大氣的說道：「人生沒有如果，只有後果和結果。你們看，如果我沒有當機立斷，和夜梟一決勝負，我們就不能像現在這樣悠哉的蹲在這裡暢談我們的理想我們的抱負我們光明燦爛的未來，還有我們的老婆小孩。啊，這就是人生啊！」

「老大，你昨天又看書了喔？這次沒抄錯字耶！」yoyo9527 吐槽。

「幹！老子是那種人嗎？老子才貌雙全滿腹經綸文韜武略義薄雲天高風亮節忠言逆耳……」

「老大，你一邊開著教育部的網路辭典，畫面不會 lag 喔？」

「嘿嘿，你家老大我的主機已經換新了，顯示卡和記憶體都是最高階的，寬頻也升級了，開再多網站都沒問題，雙開、三開、四開也是小 cake！」無名氏沾沾自喜。

是小 case 吧！李雲深看著當前頻道裡無聊的對話，忍不住翻白眼。

「老大，那書裡還寫了什麼？」

「我看看……有了，這句不錯。不要以為你曬黑了，就能掩蓋你是白痴的事實。」

會長，你看的到底是什麼書啊？李雲深此刻真的是明媚的憂傷了。

她默默站起來，走到眼前那參天巨人的浮雕前，細細端詳起來。這個巨人沒有頭顱，左手握方盾，右手拿大斧；以乳首為雙眼，以肚臍為口，身軀便作頭；軀幹的肌理賁張，皆目瞋視，嘴邊抿著兩根尖銳獠牙。

雖然是石雕，但乍然而視，巨人猙獰的模樣讓人不由得暗暗心驚膽寒。

刑天舞干戚，猛志固常在。螢幕前的李雲深下意識縮了縮脖子，《天泣 online》的美工果然強大，雖是 2D 的圖，卻將上古傳說中的人物刑天刻畫得詡詡如生。

《山海經》記載：「刑天至此與天帝爭神，帝斷其首，葬之常羊之山。乃刑天以乳為目，以臍為口，操干戚以舞。」根據傳說，刑天敗戰黃帝，黃帝便斬其頭顱，埋於常羊山。憤怒的刑天心有不甘，雙手持盾斧，朝著天空亂劈揮舞，繼續與看不見的敵人戰鬥。干戚便是刑天所持的武器，干為盾，戚為斧。

「哇靠！這傢伙長得真他媽的威風！」探討完人生意義的無名氏，不知何時來到她身旁，盯著刑天嘖嘖稱奇。

「老大，他為什麼沒有頭啊？」yoyo9527 也靠了過來。

「幹！叫你讀書不讀書，多跟你家老大我學學！他一定是跟別人的老婆偷情被抓到，然後就被砍頭了！」

被捉姦在床是浸豬籠吧？李雲深翻白眼，問道：「會長，這裡沒有出路，我們接下來該怎麼辦？」

無名氏沉吟了好一會兒，久久才說道：「這裡有門，就表示有路。我們出不去，不代表別人進不來，我們再等一下看看。」

「老大，我覺得這個沒有頭的巨人有問題。」yoyo9527 舉手發問。

「他最大的問題就是沒有頭，還有問題嗎？」無名氏不耐煩的答道。

「老大，說不定這個巨人的後面就是出口。」

無名氏想了想，說道：「聽起來有點道理，你去檢查看看，說不定有機關。」

「什麼機關？」

「比如你拍它，就被幾十枝箭把你射成蜂窩，又比如你摸它，就會噴出硫磺鹽酸把你溶解，或是你敲它，它跳出來把你打成豬頭。」

「……老大，聽起來這個巨人很危險，絕對有古怪。」

「那你還不快上？」

「會死人的。」

「你放心，老大我不會眼睜睜看你去死，我會閉上眼睛。」

「……」

於是，李雲深杵在一旁，一邊看著yoyo9527在刑天的浮雕前左拍右敲、上摸下戳，一邊神遊太虛——不知道師父現在在哪裡？以大神師父的本事，肯定又是在大顯神威，把敵人殺得血流成河吧？不知道師父的身邊有誰？師父的智商水平跟她不是同一個檔次的，會跟他進同個門的，定也是高手中的高手。

誠如李雲深所想的，肖重燁確實有個神一般的隊友，而且在這兩尊神的面前，正好有隻超級BOSS在踏平前仆後繼的玩家後，被他們倆合作送回老家。說是超級BOSS，實則是因為這BOSS級的怪不亞於第一層最後關卡的BOSS。

死門之後有三條路可擇，每一條路各有一隻實力堪比BOSS的怪攔阻。從死門而入則亡，由來於此。肖重燁若是獨行，自也是應了死門之說。未轉職前，他尚且可以拚一拚，但身為輔助職的樂師，十之八九過不了。所幸他的隊友是同為大神級的戰將御非凡。

御非凡是從三服轉來二服的，曾是三服群英風雲榜獨占鰲頭的大神，之前與奔浪皇朝的上官楚楚在遊戲裡結婚，加入奔浪皇朝。上官楚楚是奔浪皇朝的長老，肖重燁是副會長，但肖重燁只是被公會會長劍走偏鋒逼著掛名，從不理會公會裡的事務，所以未有機會與上官楚楚接觸，更是不可能與她遊戲裡的夫君御非凡有交集。

雲母屏風燭影深，長河漸落曉星沉；嫦娥應悔偷靈藥，碧海青天夜夜心。御非凡看著香消玉殞的嫦娥，吁了口長氣，說道：「唯女人與英雄難過也。上次與劍走偏鋒進來探路，原以為物理系的后羿已經很棘手，沒想到法系的嫦娥更難纏。」

「你們進來幾次？幾次入死門？」肖重燁沉吟。

「不多。不過，這是我第二次入死門。」

「其他門的狀況如何？」

「除了死門，咱們公會裡還有人入過驚門。不敗神話裡有人入過景門、傷門，具體狀況不清楚，不過，應該可以推測，杜門、死門最凶險，通往第一層最後關卡的路卻也最短。」

確實凶險。276級的御非凡和272級的肖重燁雖然都是大神級別的玩家，但對上攻防極高的嫦娥，卻是屢屢九死一生。嫦娥的皮不厚，防禦力卻相當高，且物攻弱而法攻強，甚至每隔五十秒便放一次大絕。幸好他們兩人都換上防禦值高的裝備，肖重燁更適時施展定身術，減少嫦娥攻擊及放大絕的次數。

饒是如此，打完嫦娥之後，兩人也像脫了一層皮。

「嫦娥285級，那BOSS……」

「這倒不用擔心，第一層的BOSS不強，只要通過八門的考驗，到達最後關卡，BOSS反而簡單。」

兩人一邊往前走一邊閒聊，隨手還打飛了不少丹雀和火光獸。過了嫦娥的關卡，前方幾乎看不到其他玩家，嫦娥一出手，幾乎血流成河，哀鴻遍野。御非凡想起同樣被嫦娥刷掉的蝶舞翩翩，隨口說道：「那個蝶舞翩翩的補血技能在這裡其實很有用。」

肖重燁不置可否，「有你就夠了。」

御非凡瞪著隊伍頻道上的這句話，啞然失笑，「承蒙錯愛，可惜我有楚楚了，對於你的這份情誼，只能放在心裡。」

肖重燁抿了下唇，正經八百的說道：「我對別人的男人沒興趣。」

「我對你倒是很有興趣。」御非凡笑咪咪的。

肖重燁懶懶的抬了下眼皮，「等你放倒第七層的隱藏 BOSS，我會考慮。」

御非凡大笑。

兩尊大神無視周遭夾殺而來高等怪，旁若無物的談天，自成一番情趣。

「第一層的 BOSS 什麼來頭?」肖重燁問道。

「265 級的刑天。皮厚血多，沒什麼致命的技能。只要能安然度過八門的生死劫，基本上，刑天就不足為慮了。」

看來逆天塔的怪物分布是隨機的，並非越往裡走就越棘手。

解決了嫦娥，走不多時，兩人就來到了最後的三個石門。

「哪一個?」

「你猜。」御非凡笑道。

肖重燁隨手點擊了中間的石門。

「你不擔心猜錯?」

肖重燁嘴角勾起，說道：「三個門都一樣。」

「你怎麼知道?」御非凡微愣。

肖重燁笑了笑，沒答話。

石門開啟，後方是一偌大的斗室，灰牆環伺，別無長物。御非凡以為會看到預期中的鑲嵌在壁上的刑天浮雕，而且也以為沒有人會搶在他們前頭來到，誰知石門方開，眼前的景象嚇了他一跳。

三個玩家朝他們狂奔而來，參天巨人刑天在後舞著干戚，行動緩慢的追擊著。他幾乎可以想像得到那三名玩家在螢幕前驚恐而手忙腳亂的模樣。

為首的女孩大叫著：「師父，救命啊！」

肖重燁怎麼也沒想到，石門一開，就看到他的廢材愛徒被御非凡口中「不足為慮」的無頭刑天打得抱頭亂竄，見了他宛如餓虎撲羊。他似乎沒見過愛徒對他如此「飢渴」過。

御非凡問道：「她是你的徒弟？」

肖重燁：「……」

他怎麼會抱著指望徒兒有朝一日能打敗他的這種既天真又無邪的想法呢？

合乎邏輯的期待謂之理想，不合乎邏輯的期待謂之夢想，而讓他的愛徒擊敗他的期待，根本就是超乎現實的痴心妄想哪！

肖重燁默默的看著李雲深從左邊跑到右邊，又從右邊逃回左邊，默默的對於人生又有了更深一層的感悟。反觀李雲深，她從沒有像此刻如此開心能看到大神師父，尤其後面還有個凶惡的龐然大物窮追不捨之時。在石門開啟，見到師父的瞬間，她幾乎有那麼一秒鐘想飛奔到他的懷裡。

御非凡見一夕重華杵了半天都沒有伸手解圍的意思，便好心的出言提醒一邊鼠竄、一邊回頭撓刑天兩下的三個難兄難妹：「你們只要三十五秒不攻擊他，他就會歸位了。」

果然，在三人收手，繞著石室又兜轉了十來圈之後，刑天就慢慢回到原位，與石壁融合，變成初見時鑲嵌其上的浮雕狀態，只是猙獰依舊。

御非凡看著空盪盪的石室，「只有你們三個？你們是最早到的？」

yoyo9527 和無名氏同時一答一問。

「在你們之前還有兩個人來，可是都蒙主寵召了。」

「這個沒有頭的巨人該不會就是逆天塔第一層的BOSS吧?」

「嗯,這個沒有頭的巨人刑天就是BOSS!倒是我太小看你們了,你們竟然會比其他人早到,看來也是深藏不露的高手啊!」御非凡說道。但不知道這話是褒還是貶。

「哇哈哈哈,你不是第一個說這種話的人,也絕對不會是最後一個,哈哈哈哈!」無名氏大笑。

李雲深對於自家公會會長的厚臉皮早就無話可說了。

就在這時,又有人進來了。左邊和右邊的門同時開啟,左門進來了五個人,為首的是劍走偏鋒,然後是胭脂閣公會會長東方傾城、心花朵朵開,以及帥翻天公會的小歪G和其他公會的玩家。右門進來五個人,為首的是不敗神話的公會會長黑崎月,接著是上官楚楚、吃飯睡覺打東東和其他公會的兩名玩家。

隊伍重組,於是石室裡分成了幾個派系:以劍走偏鋒為主的隊伍有御非凡和上官楚楚,以黑崎月為主的隊伍有東方傾城,以一夕重華為主的隊伍有李雲深、吃飯睡覺打東東、心花朵朵開,以無名氏為主的隊伍有yoyo9527、小歪G。另外還有其他公會的游離玩家。

劍走偏鋒打算再等其他人,不急著攻略刑天。一夕重華、無名氏都以他為首,自然也沒有動作。至於黑崎月似乎也在等人,同樣沒動靜。許是各人只在隊伍頻道私語,所以當前頻道極為安靜,怪異的安靜。首先打破這種僵硬沉默的是東方傾城,而且直指某人而來。

「一夕重華,你什麼意思,為什麼對我家蝶舞見死不救?當初你悔婚,她可沒跟你們奔浪計較,可剛剛在打嫦娥時,你竟然不管她,你還是人嗎?」

所謂清官難斷家務事,更別提是大神的花邊情事。於是,東方傾城的炮火一開,眾人瞬間靜默下來。

不過,大神依然寡言如昔,對東方傾城潑的汙水視而不見,倒是御非凡皺起了眉頭,挺身道:「東方閣主,妳這話說岔了吧,什麼見死不救?誰規定我們有義務要救她?她沒本事闖關,怪得了誰?」

「哼，你跟他是一路的，當然幫他說話！」

「幫他又如何？妳又是什麼東西！」

「你——」

「妳們胭脂閣不是很有能耐嗎？都攀上夜梟，搭上不敗神話了，這時候還指望別人，不覺得可笑嗎？」

被口水戰波及的不敗神話公會會長黑崎月倒是沉得住氣，面對御非凡若有若無的挑釁，仍是紋風不動，半絲為東方傾城撐腰的反應都沒有。

原來同黑崎月、上官楚楚一路的吃飯睡覺打東東剛才跟御非凡密報，說是黑崎月似乎對上官楚楚有意思，在來的路上對她多有迴護，頻頻替她擋怪，絕對是對她有不良企圖。

雖然上官楚楚和李雲深同樣是祭司，但卻是不折不扣以輸出為前提的暴祭，既能補又能打，再加她本身的操作技巧十分熟練，所以一般的小怪根本難不倒她。因此，吃飯睡覺打東東合理的懷疑黑崎月心懷不軌。

無論黑崎月是不是真有意，對於別人覬覦自己的女人，御非凡仍是感到極度的不爽，尤其這人還是跟自己一樣的「實力派」。

李雲深對他們的爭執沒興趣，只問道：「不知道表哥到哪裡了？他一個人沒問題吧？」

「他和戰無不克一路，死不了。」肖重燁應道。

「你怎麼知道？」

「SKYPE。」

大神師父和表哥的感情已經好到可以交換SKYPE了？

李雲深愣了一下，心裡有些不是滋味，好歹她也是師父的徒兒，怎麼說關係都比表哥來得親才對，可師父怎麼就只加表哥SKYPE，沒告訴她這個徒兒呢？

她沒想到的是，大神師父的 SKYPE 帳號又是表哥從劍走偏鋒那裡蹭走的。

就在這三言兩語間，果然又有不少人陸續進來。除了奔浪皇朝、不敗神話的公會成員之外，還有其他公會的玩家，當然還包括霍天揚和戰無不克、寒心淚雨等人。

開打之際，大神師父對著小白徒兒叮囑：「站遠一點。」

想起被刑天追著打的狼狽，李雲深立馬躲到遙遠的角落去。

「……太遠了，吸不到經驗值。」

李雲深囧囧的又往回走了好幾步。她的等級差刑天一大截，摸不到刑天的邊，半點戰力也沒有，但至少要能吸到經驗值。

也不知道是誰先動手的，總之，有人一出手，其他人便一窩蜂跟著湧上。

刑天雖然皮厚肉多，卻也架不住一群人圍毆，更別說又有幾尊大神在，轉眼之間，血條就降至警戒線，開始閃閃發亮。一見刑天的血條閃爍，眾人打得更加來勁了，有人頻頻放大絕，想搶尾刀。

然而，這些人卻不知道，搶尾刀是沒用的，擊敗刑天的判定條件是，以個人或隊伍的輸出總和計算。給予刑天傷害值最大的個人或隊伍，才能取得通往逆天塔第二層的鑰匙。

就在這時，肖重燁忽然喊了聲：「退。」

李雲深不明所以，但反射性的就往角落縮去。

原來是刑天忽然產生變異，出現狂暴化的狀態，在許多人尚未反應過來之時，橫空一招「千歲之怒」，大斧一劈，頓時血流成河，好些個避之不及的玩家紛紛蒙主寵召。有幾個皮薄的祭司，自然也在其列，無法及時復活同伴。

刑天的狂暴化僅維持短短的五秒，劍走偏鋒和御非凡瞅準時機，重新上前猛攻，黑崎月隨後跟上。

大神們聯手，頃刻之間，刑天轟然倒下。

刑天：吾戰千年，誓戮天帝。忍辱復仇，卻陷永劫。生，毋能為炎皇挽狂瀾；死，毋能為己全志節。爾等小人，必遭逆天之刑，恨哪！

系統公告：玩家【劍走偏鋒】等人悖逆蒼天之道，屠刃刑天，福禍靡常，宿命的輪迴於焉開啟。

劍走偏鋒順利取得通往逆天塔第二層的「逆天之鑰」，其他人也有報酬。

御非凡、東方傾城、戰無不克得到一枚「刑天之志」（器之結晶，可鑲嵌於飾品上，物防＋15%），痞子霍、心花朵朵開和劍走偏鋒得到一枚「刑天之恨」（武之結晶，可鑲嵌於武器上，物攻＋15%），倒是極品武器刑天斧卻落入黑崎月的手中。另外，一夕重華也得到珍寶飾品「刑天戒」（物防＋35%，限定女性玩家佩戴）。

攻塔之前，劍走偏鋒立下遊戲規則，舉凡攻塔期間獲得之裝備，若自己用不到，須優先在公會中釋出。公會中沒有人需要，才能由獲得的人自由處理。

一夕重華：「刑天戒，有人要嗎？」

海綿寶貝：「哇哇哇哇，大神說話了，我要暈了！」

微風輕輕吹：「大神耶！圍觀！」

萬年米蟲：「靠，等一下來去買樂透！」

絕世大奶媽：「我要我要！」

蘇小妹：「我也要，我缺戒指！」

懶羊羊：「選我選我選我選我選我！」

我愛屠蘇哥哥：「我要！」

半點心：「戒指算什麼，我要大神啦！」
沒有月亮的晚上：「哇，那個戒指好讚，我也要！」
冰兒：「我要我要，大神選我啦！選我啦！」
煙雨遙：「大神出關啦，截圖先！」
……
大神一出，奔浪皇朝的公會頻道瞬間紅浪翻天，不過，大神一如往常的放大絕——視若無睹。在公會頻道沸騰了幾秒之後，很淡定的又問了一句：「沒人要嗎？」
諸位紅顏同志微愣，揮手喊了半天的她們不是人嗎？
「既然沒人要，那我處理掉。」
眾紅顏無語。
身為奔浪皇朝公會會長的劍走偏鋒，一向秉持著以公會成員的利益為優先考量的原則，他最重視的便是團隊精神，尤其不喜有人有藏私之嫌。然而，他的原則在遇到副會長一夕重華時，通常會自動屏蔽，所以這時他正在裝忙、裝透明。
肖重燁對他的小白徒兒招手，「過來，給妳戒指。」
李雲深不是奔浪皇朝的人，自然不知道剛才紅浪滾滾的盛況，屁顛屁顛的跑到師父身邊，納悶不解的問道：「不是說得到的裝備要先給公會裡的人嗎？」
「問過了，沒人要。」
「這麼好的東西都沒人要？大家的眼界好高喔！」
隊友們瞬間無言。

原來，無知也是一種幸福哪！

與大神同隊又同公會的幾個人，深深感慨著。

逆天塔第一層的 BOSS 刑天倒下，倖存的玩家全都往前擠去，等著握有逆天之鑰的劍走偏鋒開啟通往第二層的入口。第二層的入口原本封在刑天身後，刑天一倒，才顯露出來。乍一看，不過又是一扇不起眼的斑駁石門罷了。

若不用逆天之鑰打開石門，那麼在刑天重生之前的十分鐘內，皆無法通往第二層。倖存的玩家與陸續又進來的玩家蜂擁群聚到門前，等著石門開啟。

劍走偏鋒沒有動作，他先在公會頻道裡解說了逆天塔第二層的狀況。

原來初進逆天塔時，非常老人把關的八門金鎖陣的八門只是幌子，真正的八門是在第二層的「九宮八卦陣」。顧名思義，第二層就是個依九宮八卦方位排列的巨大迷宮。九宮意指乾宮、坎宮、艮宮、震宮、中宮、巽宮、離宮、坤宮、兌宮，其中的中宮即為陣眼所在，第二層的 BOSS 就是在中宮。而其他八宮則對應著休、死、傷、杜、開、驚、生、景等八門。開門、休門、生門等三吉門，還有傷門、杜門、死門等三凶門，再加上驚門、景門等二平門，最後是隱藏其中的中宮之中門，構成了九宮八卦陣。

這個九宮八卦陣形成的迷宮，昏暗如晦，陰氣森森，且通道變化多端，必須過八個門，才能找到陣眼。

當然，這畢竟是遊戲，跟現實中正統的九宮八卦陣相比，條件寬鬆許多，只要每次走不同的門，走完八門，就能到達陣眼的中宮。通向三吉門和二平門的廊道就算了，怪物平均等級 265 至 275 級，也沒有什麼大絕招，還算好應付，但是通向三凶門的廊道，怪物平均等級 275 至 285 級，間或有 290 級的怪物出沒，對應了凶門的凶險。

劍走偏鋒再三叮囑大家，務必緊跟著以他和御非凡為首的前鋒隊伍，萬不可以走錯門，否則下場不是被困死在迷宮中，就是陷在重生、死亡的循環中，直到逆天塔的副本時間結束，才能被強制傳送出去。

劍走偏鋒粗略解釋完逆天塔第二層的狀況，就拿出逆天之鑰，開啟通往第二層的石門。

石門一開，許多玩家爭先恐後的跑進去。劍走偏鋒好整以暇的等在一旁，不敗神話和胭脂閣的人馬也沒動靜，待不明就裡的傻子們走光後，黑崎月才領著他的人通過石門。最後是劍走偏鋒等人。

一過石門，是一條往下的幽長廊道。過了廊道，來到一狀似八卦的平臺，平臺散發著青綠色的詭異光芒。八卦平臺連接著一騰空的吊橋，吊橋下方是不見底的深淵。

前面已經看不到其他玩家，應該是已經進入迷宮之中。

劍走偏鋒一行人踏上八卦平臺，似是啟動了什麼機關，畫面瞬間搖晃了一下，接著背景音樂驀地換成了詭譎的配樂。劍走偏鋒解釋道：「過了吊橋，就是九宮八卦陣的入口。入口只隨機開『生、死、驚、開』四個門，每隔五分鐘變換一次。」

當他們走過吊橋後，面前出現了一個通道的入口。

系統提示：九宮八卦陣開啟，爾等欲入死門，是否？

「嘖，看來我們運氣不太好，一開始就遇到死門！」

「要等下一個門嗎？」御非凡問道。

劍走偏鋒想了一下，突然問肖重燁：「你的意思呢？」

「入死門，非死即傷。」肖重燁淡淡的道。

「所以是要等？」

「自然是置之死地而後生。」

「各位同志們，副會長發話了，我們進死門！自己把皮綳緊一點，不要脫隊！」

肖重燁皺眉。歐陽這傢伙，擺明了是設套讓他跳！

一夥人魚貫往前走去，只走了十來步，怪物尚未出現，就遇見了隨機 NPC 暗黑商人。暗黑商人是逆天塔內隨機出現的藥材商人，可買藥品、修補裝備，但價格是外面的二十倍以上。

李雲深看到一瓶金創藥在外面只須 80 銅幣，在這裡竟然索價 1 銀 600 銅，這哪裡是暗黑商人，根本又是一個黑心商人哪！

她望著包裡的 500 銅幣興嘆，她怕死了掉錢，就把身家全存在城裡的倉庫，結果現在連最便宜的金創藥都買不起。看到其他人紛紛去跟暗黑商人交易，她忍不住感嘆，龍困淺灘遭蝦戲，他們這群耀武揚威的老虎落入平陽之地，也只能低頭，任系統勒索了。

霍天揚見自家表妹呆呆的站在原地，忍不住關心的問道：「表妹，妳不補貨喔？」

「我自己有帶。」

「也是，平常妳都在採藥煉丹，身上一定有很多好貨。」

李雲深乾笑，好貨都在黑市裡呀！她不敢說，用彼岸花煉製出來的最高級丹藥九轉死返丹全被大神師父搜刮走了，而其餘的珍貴丹藥都掛到黑市去賣錢了，她身上最好的藥只有三十五顆還血洗髓丹、四十七顆回魔藥攝魂香。她雖知道逆天塔難攻，卻不知道會這麼凶險呀！

「沒錢？」

師父的一針見血，讓她驚了一下。

「嗯。」

「要借嗎？三分利。」

這話怎麼那麼耳熟?師父,你其實是黑心商人派來的吧?
她想了想,慎重的在鍵盤上敲下幾個字:「徒兒有師父就夠了。」
肖重燁挑眉,繼而微笑——有進步!
三分鐘後,暗黑商人消失,四周陡然出現許多小怪。說小是相對於 BOSS 而言,這些小怪平均等級足堪比外面地圖的 BOSS,甚至是有過之而無不及。比如這裡也有第一層死門裡的丹雀和火光獸,可等級卻足足比第一層的高上 10 來級,攻防自也是不可同日而語。
低這些小怪足足有 60 級的李雲深,別說摸牠們的邊,光是被牠們摸一下,她就蒙主寵召了。於是,她躲在隊友的包圍圈之中,頻頻施展群補技能。
劍走偏鋒說,死門到達下一個宮門的路是最短的,卻是要走最久的。果然,他們走了三分鐘,幾乎還在同個地方打轉,簡直是鬼打牆了。丹雀和火光獸的攻防太高,光打死一隻就要耗費不少時間。雖然有劍走偏鋒和御非凡那支隊伍在前開路,可小怪的生成速度太快,很難搶進。
一夕重華依然站於稍後方悠閒的彈琴,間或施展輔助技能,幫隊友加物攻、法攻狀態,間或幫隊友補血。補血這事他平素是不幹的,奈何他的徒兒等級太低,群補和單補的回血成數竟然不如他這個樂師,他只好破天荒換上擱在包裡許久不曾用過的鶴鳴秋月琴,使起放在技能欄生蜘蛛網已久的唯二補血技能。
霍天揚和吃飯睡覺打東東等人也驚悚了,大神一向只吸血,何時也會幫人補血了?該不會是盤算著先把他們餵飽,然後再宰來進補吧?
倒是新人寒心淚雨暗自讚賞:大神果然是大神,有大神的風骨,也有大神的氣度,竟然如此照顧隊友。
若是其他人知道她的想法,不捶心肝也會捶地板吧?
大神有很多種,他們家這尊可是專門坑人的那種,跟什麼兩肋插刀、義薄雲天、肝膽相照等等的,絕對是半點也沾不上邊。那一身月白風華、渾若無塵，根本是騙死人不償命啊！

反觀同樣在補血的李雲深，在大神師父的威脅……呃，是叮囑之下，正戰戰兢兢的盯著幾位隊友的血條，伺機施放單補或團補的補血技。剛才師父風輕雲淡的說了，這一戰很重要，不允有閃失，讓她死也要保住其他人。師父在威脅……呃，是殷殷叮囑時，她幾乎可以感受到從螢幕彼端師父身上散發出來的絲絲涼氣，彷彿是在說——保不住他們，那就提頭來見！

由於她太專注了，以至於沒有發現有後方不遠處有道金色的身影正迅速朝她移動了過來，直到那道金色的身影離自己只有幾步之遙，後面還拖著幾一群丹雀和火光獸，她才發現他。

來人不是閒雲公子，還能是誰？

「雲姑娘，我來了！」

閒雲公子一靠近，眾人立刻往廊道兩旁退去——你來就來，幹嘛拖一堆怪來啊！

偏偏閒雲公子還沒有自覺，屁顛屁顛的往李雲深的方向跑去。李雲深驚恐的連連後退。

「雲姑娘，妳別跑呀，我是來保護妳的！」

我不跑，難道等著被你身後那群「禽獸」踩扁嗎？李雲深又往旁邊縮了兩步，「等你先把那些怪物解決，我們再聊吧！」

閒雲公子愣了一下，停下腳步，連誅了好幾箭，又有跟在後頭的無名氏和 yoyo9527 幫忙，好一會兒才清理乾淨。

「雲姑娘，我一聽說妳進逆天塔，就馬上趕來了！妳不用怕，我會保護妳！」

李雲深扶額望天，神啊，她是招誰惹誰了，怎麼會招來這朵奇葩？

「我們隊伍已經滿了，不能再組人了。」李雲深拐彎的拒絕。

「不礙事，我已經加入無名氏的隊伍，就跟在妳後面保護妳，妳可以安心了。」

就是有你在，我才不安心呀！

「唷，表妹，妳真是紅顏禍水啊！」霍天揚嘖嘖道。

「原來雲妹妹的行情這麼好！」吃飯睡覺打東東讚嘆。

「閒雲公子也是風雲榜上的大神耶，雲妹妹，真有妳的，竟然搭上這牛人！」心花朵朵開佩服。

「雲妹子，妳──挺有一手的嘛，我太小看妳了！」寒心淚雨意有所指的附和。

李雲深無語，天沒降大任於她，卻仍要苦她心智，勞她筋骨……

隊友曖昧調侃，閒雲公子熱情示好，一夕重華依舊不動如山，恍若未見，直到霍天揚天外飛來一句──

「嘿嘿，肖大神，你的徒兒快要被別的男人拐跑了！」

李雲深頓時除了囧，還是囧：表哥，你神經能再粗一點嗎？

「師父……」

「嗯？」

「師父，那個閒雲公子是自己跑來的，跟我沒關係。」

「嗯。」

大神師父太淡定太平靜了，淡定得讓她的心臟有些發顫，平靜得讓她的肝臟有些膽寒。她咬牙的握了握拳，既然上了賊船，就只能做一名成功的海盜。於是，她豁出去般的在鍵盤上敲了幾個字：「徒兒真的有師父就夠了！」

久久，大神才又回了簡單的一個字：「嗯。」

李雲深小心翼翼的道：「那……師父，我讓他不要跟著我們？」

「不，就讓他跟緊妳。為師正愁沒人當墊背，他來正好。」

師父，在你的心裡，徒兒究竟是……

李雲深看看閒雲公子，又看看大神師父，深刻的體會到「道高一尺、魔高一丈」的真諦。

九宮八卦陣的迷宮變化詭譎，但通往八門的廊道仍遵循著三吉三凶二平的規律，而且與第一層八門之後的情景異曲同工，連結死門的路最短，也最艱險。幸好重生點不像第一層那樣是隨機的，而是原地復活，當然還是會掉錢掉經驗。這可能是GM已經預見到會有不少人在第二層撲街而給予的福利，只是在死門裡原地重生不值得高興就是了。

遊戲的七大職業裡，僅祭司具有復活的技能「畫魂」，其吟唱、冷卻時間隨著等級的增加而減少。而死亡的玩家，只要在十秒之內復活，便不必那麼麻煩的到閻羅殿報到或於復活點重生。

另外，除了祭司之外，還有一種道具也能使玩家復活，那便是利用彼岸花煉製的，能夠瞬間原地滿血復活的「九轉死返丹」。

李雲深幾次吃土採來的彼岸花所煉製的二十一顆九轉死返丹，全被黑心師父搜刮走了，可從踏進逆天塔好半天，她都沒見師父有拿出來用的意思，至少表哥和心花朵朵開被火光獸圍毆而同時趴地，她選擇先救心花朵朵開，以為師父會救表哥時，師父竟像沒看見似的，依然悠閒的彈琴。

據心花朵朵開的說法，這是現世報，大神在報復痞子霍剛才的閒言涼語。

不過，有了閒雲公子負責拉仇恨的護航之後，李雲深補血變得有了餘裕，其他人血條閃閃發光的機率降低了，而一夕重華自然是再度發揮大神那「不食人間煙火的優良品格」，繼續沒心沒肺的彈琴自娛去了。

就這樣磨磨蹭蹭了一番，這幾支平均等級不到275級的隊伍，終於穿越280級以上大妖小怪的圍毆，從

290級攻防超強的BOSS級嘍囉不時亂入的魔爪下劫後餘生，來到下個岔路——左路是凶門杜門，右路是吉門休門。依大神式的擇法，自然是選杜門，不過，這次劍走偏鋒半點也沒猶豫，直接挑了休門走去。

經過死門的錘鍊，休門後的風光簡直就是天堂，連那些晃來晃去的活屍都成了惹人憐愛的小蘿莉小正太，一群人頓時宛如小宇宙爆發，能打一雙絕不會只打一隻。

然而，當眾人歡樂的來到通往下個門的岔路，劍走偏鋒看到與前個岔路同樣的景象——左路是凶門杜門，右路是吉門休門——時，瞬間有種被雷劈到的錯覺。

他看了看仍舊在一旁彈琴的一夕重華，雖然一夕重華什麼也沒說，也一貫樂師裝束的脫俗形象，但他就是有種被冷嘲的感覺。別無選擇，只好摸摸鼻子，帶頭走進了杜門。

杜門是僅次於死門險棘的凶門，從死門到休門到杜門，一夥人就像在洗三溫暖。在杜門裡被剃了幾次頭後，順利來到下個岔路——左路是平門景門，右路是最後的凶門傷門。劍走偏鋒不自覺的在岔路前停頓，看了一夕重華一眼，然後一咬牙，揀了景門走。

剛過景門，便又停了下來。劍走偏鋒想了想，又問道：「老三，景門和傷門你選哪個門？」

「傷門。」

「又是置之死地而後生那套？」

「不是，剛才我看見不敗神話的黑崎月他們進了傷門。若是有他們開道，我們可以不費吹灰之力。」

「你怎麼不早說？」劍走偏鋒瞪眼。

「你沒問。」

這句話換了別人來答，早被拖到角落輪毆了。可說的人是一夕重華，眾人只能默默的含淚前行，待過了景門的廊道，又看到方才同樣通往景門與傷門的岔路時，大家心裡不約而同浮現相同的感慨：寧得罪小人，也不要無視大神。

所幸，只要熬過最後的凶門，之後便是康莊坦途了。

閒雲公子跟在隊伍最後，一路行來，看著一夕重華那「及至險峻艱澀處，夷然不以為懼」的淡然，忍不住側目。雖然當初他從四服轉來二服不全是衝著一夕重華，卻也部分是衝著他來。

四服群英風雲榜之首的獨孤求敗也很強，但他的強與從一服轉來的「皇帝」醉飲狂龍有幾分相似，同樣都是霸氣外顯的，御非凡也是一樣。應該說，舉凡大神級的玩家，泰半有著野心，以至於行事多少透著張揚。極少數如一夕重華，從獨占鰲頭的巔峰落下，依然風輕雲淡，只是即使掉至風雲榜三十來名，他仍是不急不躁。當然，那強大的氣場還是讓人難以親近就是了。

閒雲公子又看了看距離一夕重華前面僅幾步之遙的雲深不知處，思索了一下，發了個訊息給一夕重華，可只眨眼，訊息就被打了回來。

系統提示：玩家【一夕重華】拒絕您的好友邀請。

閒雲公子像是平空挨了一巴掌，臉黑了半邊，下意識脫口而出：「你為什麼不加我好友？」

此話一出，當前頻道立刻淨空，眾人均下意識靠邊站，連閒雲公子自己也囧了，他情緒一來，竟然忘了切換至密語頻道。

不過，僵滯了好一會兒，仍舊沒有人出來認領這句話。大神視若無睹，繼續彈他的琴，看他的景。閒雲公子鬆了一口氣，卻又隱隱有些氣悶。大夥兒只好也當沒看見，在風雨中前行。

「這酸秀才沒事發什麼癲？」霍天揚皺眉。

「閒雲大神會不會是遇到什麼不乾淨的東西？」

「以前沒感覺，現在看起來，這個人果然怪怪的。」

「不會吧，人家好歹也是大神。」

「寒心弟弟，這你就不懂了，神有很多種，這個酸秀才是頭殼壞去的那種，不然怎會看上我家表妹？」霍天揚搖頭。

「……我是寒心妹妹。」

「靠！」

過了傷門，然後是開門、驚門，一行人最後來到生門。回想起沿途走來的種種凶險，眾人陡然有種峰迴路轉，柳暗花明又一村的感覺。生門後的大妖小怪平均等級只有255級，除了219級的李雲深和她的小咕嘰之外，其他人在這裡真正的如魚得水，打怪就像吃大白菜喝白開水一樣歡快。

歡快到竟然在出生門前，遇上了逆天塔裡的隱藏NPC非常老人。這個非常老人就是逆天塔的守門NPC非常老人。他除了執司守門任務外，也會有極低的機率出現在逆天塔裡。不過，劍走偏鋒等人之前幾次進逆天塔，但都不曾在塔裡遇見他，因此，他們也覺得驚訝。

李雲深則是當下只有一個念頭：這非常老人又來搶錢了！

眾人雖然納悶，但既是在生門出現，想必不是什麼壞事，反正動動手指的事，沒什麼損失。於是一行人魚貫的上前和非常老人攀談。

可點過一個又一個，非常老人千篇一律只答同樣的話：乾元資始，坤元資生，則孤陽不生，獨陰不成，造化周流，須是並用。天地之間，無往而非陰陽。

有人不甘心，又連點了幾次，點到無名火起，非常老人仍是淡定地說著那幾句玄妙的話語。

最後輪到李雲深和墊後的閒雲公子、無名氏等人。

李雲深抱著排隊點名的心態，慢吞吞的朝非常老人的頭上敲了下去。

非常老人：乾元資始，坤元資生，則孤陽不生，獨陰不成，造化周流，須是並用。天地之間，無往而非陰陽。分陰分陽，兩儀立焉。由此，凡事因果循環，皆不悖離正道。機會與命運，皆發乎一心。汝欲接受上天賦予之考驗，是否？

咦？她好奇的選擇了「是」。

非常老人：汝欲為汝之機會與命運折耗多少白物？一、3000金；二、1000金；三、誠意無價。

李雲深囧了，這死愛錢的非常老人簡直是陰魂不散！

她毅然的按了第三個選項「誠意無價」。結果，非常老人這次十分乾脆的沒有再糾纏下去。

非常老人：願汝之智慧，博得宿命之青睞。

系統提示：您將在三十秒後進入小遊戲「猜燈謎」。

霍天揚見表妹站在非常老人前面遲遲不走，忍不住問道：「表妹，妳發什麼呆？等非常老人發糖果喔！」

「不是啦，非常老人叫我玩小遊戲。」

「什麼小遊戲？」劍走偏鋒插話。

李雲深簡單說了與非常老人的對答，很快畫面就進入小遊戲的介面。猜燈謎的小遊戲共有十題，遊戲條件很簡單，在題目出現後，須在十秒內鍵入答案，有點像「快問快答」的模式，只是題目換成了燈謎。

不容李雲深思考，題目很快跳了出來。

謎題一：時逢二三月。（射一明朝人名）

謎題二：二人同日去看花，百友相逢共一家，禾火二人相對坐，夕陽橋下一對瓜。（射四字）

……

謎題九：一個人去參加比賽，但不能得第一名回來。（射一現代電影導演）

謎題十：一點一横長，一撇到南洋，南洋有個人，只有一寸長。（射一字）

答到最後一題，李雲深鬆了一口氣，飛快鍵入謎底，按下「Enter」，隨即跳出遊戲結束的畫面。而就在小遊戲結束的同時，她突然有種感慨，比起相愛相殺的MMORPG（注四），她好像更適合玩益智遊戲，或是去養養小孩、種種小菜什麼的。

非常老人：汝之智慧已臻化境，完美通過上天賦予之考驗。

系統提示：您獲得小遊戲「猜燈謎」之獎金500金幣。

500金?李雲深眼睛一亮，猜猜謎語就能拿到比她全副身家更多的錢，這個小遊戲多來幾次多好呀！

「發什麼愣？」肖重燁眉頭微蹙。

「師父，這個小遊戲真不錯，隨便猜猜就有500金幣耶，這個非常老人沒有想像中小氣嘛！」

「不盡然。」

李雲深正覺得奇怪，就看到無名氏在當前頻道破口大罵。

「幹！死非常老人，我只是沒猜對答案，居然把我的錢全部搜括走！靠！這個死土匪！」

「老大，我能體會你的悲痛，節哀。」yoyo9527安慰道。

「你的錢也被搶走了？」

「沒有，我賺了350金，YA！」

看到YA字，無名氏硬生生又憋出了一個最大字級的幹字。

「真奇怪，為什麼只有你們三個人能玩小遊戲？」劍走偏鋒納悶。

「表妹，你們該不會是賄賂非常老人吧？」

「威脅！你們一定是威脅！」吃飯睡覺打東東氣憤。

「哇哈哈哈，這是人品，人品啊，哈哈哈！」無名氏大笑。

眾人：「……」

臨出生門的廊道，進入九宮八卦陣的陣眼之前，李雲深叫住大神師父。

「師父，我的金幣能不能先借存在你那裡？萬一我掛了，錢會被系統搶走。」

「保管費一成。」

「……」

這裡也有個披著羊皮的土匪哪！李雲深淚了。

歷經波折，劍走偏鋒等人終於通過逆天塔第二層的九宮八卦陣迷宮，來到BOSS所在的陣眼。陣眼宛如漆黑深邃的小宇宙，無邊無際，置身其間，就像站在虛無縹緲之中。陣眼的中央有個熠熠發亮的星盤，星盤渾圓巨大，自中心點朝周圍放射十二道明暗不定的光束，將整個星盤劃分成十二個區域，各區域中羅列疏密不一、色彩繽紛的星雲。

在《天泣online》這樣古色古香的遊戲裡出現如此的天文奇觀，不僅沒有違和感，眾人反而覺得新鮮。

「老大，BOSS在哪裡啊？」霍天揚打量半天，沒看到長得像BOSS的東西。

劍走偏鋒還沒來得及回答，另一頭的黑暗中就走出來了黑崎月和東方傾城等人，甚至還多了夜梟和蝶舞翩翩。

黑崎月：「劍兄，我們合作如何？單憑你們或是單憑我們，要過這關不容易，我相信，你也不想拿你兄弟們的生命開玩笑吧！」

夜梟：「呸！黑崎，你貪生怕死，本少爺可不怕，本少爺還沒淪落到需要跟這些鼠輩合作的地步！」

痞子霍：「嗤！笑死人了，誰想跟你們合作？你這隻爛鳥，別以為沒人知道你們過不了第二關就被打出去的事，裝什麼清高！」

夜梟：「你——」

痞子霍：「你什麼你！你爺爺我，沒你這張下三濫的賤嘴！」

劍走偏鋒和黑崎月兩人根本不搭理痞子霍和夜梟的脣槍舌戰，三言兩語之間就達成了聯手的協議，準備開打。

部分的人沒進過逆天塔，不知道第二層的BOSS是什麼來頭，紛紛看著劍走偏鋒和黑崎月行事。劍走偏鋒和黑崎月示意各自的人馬退到星盤外，又吩咐祭司們站在各隊伍的後方，只要在補血最遠的範圍內就可以了，同時囑咐他們不要參與攻擊，見隊友的血條掉到三分之二以下時，便施展群補技能。更要求其他人有多的藍水就上繳給補師，不然就等死吧。

一夕重華也破天荒的分了李雲深拿命換來的九轉死返丹給其他五人，一人兩顆，另外給了李雲深六顆，又不放心的問道：「有萬一時，妳先救誰？」

李雲深不假思索，立刻表忠心，「誓死捍衛師父！」一說完，就隱約感受到大神師父透過螢幕傳來的沁骨涼氣。

「愛徒以為，為師不在了，妳還能留著嗎？」

李雲深的小心肝顫了顫，這是赤裸裸的恐嚇，大神師父的恐嚇！她縮了縮脖子，嚥了下口水，小心翼翼的說道：「要不，徒兒先救戰大哥？」

「先救霍天揚。他皮厚血多，防禦高，可以撐著去救戰無不克。」

「師父英明！」

一陣靜默。她可以想像得到彼端螢幕前，師父正擰著眉毛的模樣。

菩薩啊，我的師父怎麼那麼不可愛？

不可愛的師父，又補了句更不可愛的話：「愛徒，如果妳敢隨便吃土，為師就讓妳天天過清明節。」

李雲深含淚答道：「是。」

到底是誰說大神都是不食人間煙火的？她的大神師父可是「望之儼然，即之也寒，聽其言更淒涼」的煞星啊！

待一切布署完畢，霍天揚又問道：「BOSS在哪裡？」

第一層還有個石壁鑲嵌巨大的刑天，這裡空蕩蕩的，別說牆壁了，根本連個縫隙也沒有。

劍走偏鋒眨眨眼，念頭一閃，嘴角悄悄揚起，在鍵盤上飛快敲打著：「這層的BOSS不比第一層，一個不小心，我們就會全軍覆沒。老大我就把叫出BOSS的重責大任交給你吧，在場的沒有幾個扛得起，眾人的希望就寄託在你身上了。」

「你不會是在騙我吧？這裡面是不是有什麼陷阱？」

「你怕了？」

「呸！世上還沒有能讓我怕的東西！說，要怎麼做？」

「你走到星盤中央那個凸起的發光點，用力朝它打下去。攻擊力不夠，BOSS可是出不來喔！」

霍天揚最是激不得，當下就走到星盤中央，拿起大刀，朝發光點劈了下去，發光點頂端瞬間浮現－8888的紅色傷害值。他愣了下，見星盤沒反應，就提起大刀，再次豪氣干雲的一劈，結果又是－8888的紅字。

劍走偏鋒見狀，往外圍退了幾步。眾人不明所以，但見他這麼做，自然也跟著退。

就在霍天揚準備再劈第三刀時，星盤忽然開始震動。從微微搖晃，到讓玩家站立不穩的震盪。霍天揚沒注意到大家都退得老遠，只注視著星盤隨著晃動慢慢浮出鮮麗炫目的點點光芒。光芒緩緩斂聚，成點，成線，成面，最後聚成人形。

？？？：爾等小子，膽敢在太歲頭上動土！

隨即畫面劃過一道如鐮刀般銳利的紅芒，霍天揚操作的劍士瞬間撲街。在這個關卡死亡是原地重生，而不會被傳送到重生點。於是，霍天揚就這樣瞪著眼睛，張著嘴巴，看著螢幕裡的「自己」趴在星盤上。他連個靠字都來不及脫口，就被秒殺，蒙主寵召了。

「好兄弟，感謝你犧牲小我，成全大家。」

「幹！你誆我！」

「非也！如此艱巨的任務，只有像你這樣的高手才能一肩挑起！」

說完，劍走偏鋒沒再搭理痞子霍那一連串該打馬賽克的髒話，因為星盤上的人形光芒已經具現，幻化成一名長鬚髮白，左手持玉笏、右手執拂塵，壽登耄耋的仙人。

所謂太歲當頭坐，無災必有禍。

這名老者正是神煞——太歲星君。

而那位無災必有禍的，自然是遭逢無妄之災的痞子霍。

太歲星君一現身，劍走偏鋒和黑崎月兩派人馬就迅速圍了上去，抄起傢伙，一頓海扁。太歲星君肉多防高，各人無不使出渾身解數，使勁朝死裡打，霍天揚更是猛放大絕。被李雲深復活之後，他一口惡氣就全部發洩在還沒現身就放倒他的太歲星君頭上。

眾人一路打到太歲星君的血條剩下將近三分之一，都沒見太歲星君放出什麼必殺技，多是法系攻擊技，且只是隨機攻擊單人的技能，間或還使個小打小鬧的群攻技能，但也撓不到杵在隊伍後方皮脆肉薄的祭司們，對於站在遠方的弓手更是連邊都沾不到。

「靠！這死老頭該不會只有出來前的那個賤招最強吧？」霍天揚大罵。

話才說完，背景音樂陡然一變，系統跳出一行警告訊息。

系統提示：眾玩家迎刑左德，居歲破之位。太歲至尊，煞氣斗轉。

劍走偏鋒一看到系統提示，立刻在當前頻道猛敲鍵盤：「退！全都退到星盤外！」擔心有人沒看見，又重複發了好幾次訊息洗頻。

眾人沒退出幾步，星盤猛然發散出強烈的白光，等白光褪去，星盤上已多了數十隻迷你太歲。這些迷你太歲形貌皆相同，但手裡拿的東西不盡相同，比如有的持卷軸，有的握如意，有的托葫蘆，有的執令旗。甚至動作也稍有不同，比如有的端坐，有的蹺腿。

迷你太歲布滿星盤各處，太歲星君居於其中。

就在這時，又跳出一行系統訊息。

系統提示：玩家強制進入 PVP（注五）**狀態。**

接著，在場的玩家盡皆紅名。一旦紅名，若是使用群攻技能，那麼不只會傷害敵人，也會掃到身旁的隊友。換言之，如果要誅滅這些迷你太歲，施展群攻技能最快，卻會波及同伴。

劍走偏鋒提醒道：「不要靠太近，這些小太歲都是使用群攻技，攻擊力不高，但被一堆小太歲圍毆，你就等著回家哭爸喊媽。還有，不要隨便學小太歲用群攻技，打到自家人，就等著被巴頭吧。」

不能使用群攻技，這幾十來隻的小太歲要清到何年何月？眾人簡直是有苦說不出啊！

劍走偏鋒：「先從左前方的小太歲開始清理，大家一起上，打得快。」

痞子霍：「不先幹掉那個死老頭喔？他血條剩三分之一耶！」

劍走偏鋒：「你想打就去打看看。」

痞子霍：「幹！你又想誆我！」

劍走偏鋒這次倒沒故弄玄虛，老實的解釋道：「小太歲出來之後，如果攻擊大太歲，大太歲每隔幾分鐘就會放必殺技。」

「什麼必殺技？剛出來那招？」

劍走偏鋒一邊跟著大夥兒打小太歲，一邊答道：「不是，是會讓我們的人死一半的群攻技。」

「那就放著死老頭看戲喔？」霍天揚憋了滿肚子的火氣。

劍走偏鋒笑了笑，對著眾人說道：「有寵物的人放出來，讓牠們去打太歲星君！」

「啊咧，你不是說不能打？」

「我們試過了，用寵物打，太歲星君不會反擊。」

霍天揚眼珠一轉，賊兮兮的笑道：「老大，你們上次來被扁得很慘吧？」

劍走偏鋒假裝沒看見，逕自打開寵物介面，召喚出狂獅。

擁有寵物的玩家不多，而在場的人當中，以御非凡和黑崎月的瑞獸玄武——巨蛇纏繞著玄龜靈獸，最是威風。其次是與狂獅同等級的閒雲公子的鷹隼、夜梟的熊、蝶舞翩翩的赤鷲。另外，還有次一等的東方傾城的鵲。

一時間，場內「禽獸共舞」，極是熱鬧。然而，真正能對太歲星君造成傷害的，只有瑞獸玄武，其他僅能撓掉太歲星君幾滴血。

李雲深賊兮兮的笑道：「師父，你怎麼不叫你的寵物出來？別害羞，雞也沒關係，大家不會笑你的！你看，我家的小咕嘰多健康，活跳跳的哩！」

「愛徒看起來也活跳跳的，希望等一下愛徒也能繼續活跳跳。」

「師父的意思是？」

一夕重華的意思，就是太歲星君的意思。

不知道是哪個白目，竟然趁著眾人在海扁迷你太歲時偷打太歲星君，使得太歲星君突然神性歸零，煞性急升。

太歲星君：爾等愚民，刑衝太歲，罪當誅也！

劍走偏鋒喝道：「靠！退！」

劍走偏鋒才剛喊完，太歲星君大手一揮，拂塵一掃，畫面銳光閃過，眾人僅眨眼瞬間，已是遍地挺屍，血流成災。死傷之慘烈，不止劍走偏鋒剛才說的「死一半」，站著的人，除了始終都在外圍的祭司們之外，場內的僅有以劍走偏鋒和黑崎月等為首的寥寥數人，不過這些人的血條也幾乎見底，正閃閃發亮著。

不知何時退到李雲深身邊的一夕重華，絲毫沒有受到波及，見戰無不克、痞子霍、吃飯睡覺打東東等隊友吃土，也沒什麼反應，依然悠閒的彈琴自娛。

戰士們成排倒，祭司們手忙腳亂，滿場吟唱復活技，李雲深自然是先朝戰無不克丟了一顆九轉死返丹，然後在戰無不克復活了個人時，再施展復活技復活其他人。劍走偏鋒和黑崎月等人也後退重整隊伍。不過，沒等所有人復活回血，太歲星君和迷你太歲們又展開新一輪的攻擊。

「他媽的，被老子發現哪個白目再隨便出手，老子斃了他！」損傷慘重，讓向來好脾性的劍走偏鋒都動了肝火，尤其這次還有備而來，竟然被人捅了一刀，而且這一刀還捅到致命處。

若不攻擊太歲星君，那麼在迷你太歲死光前，他只擔綱醫生的角色，並不會主動攻擊玩家，可一旦玩家攻擊他，就會激化他的煞氣，令他開始攻擊玩家。

常言道：一步錯，步步錯。

太歲星君既出手，便不可能再袖手，而他一出手就是狠招，根本不可能好心的等眾玩家重整好才下手。就在僅一半人回魂、一些人正在回血時，太歲星君玉笏一甩，開始凝氣。

肖重燁暗叫不好，往前跑去，迅速叫出寵物介面。與此同時，太歲星君一招「拄笏看山」，配合著拂塵畫圓——脫巾漉酒從人笑，拄笏看山頗自奇——如此悠閒灑脫，卻藏著殺機。隨著拂塵虛空成圓，登時銳芒如旭日朝暉四射。

肖重燁及時喚出寵物，又快手的朝李雲深丟了一顆九轉死返丹。

千鈞一髮之際，火紅如烈燄般的大鵬鳥陡現，伴隨著嘯鳴，如流星般掠過眾人面前，下一刻便焚燒殆盡，徒留火星點點。

而此時，迷你太歲們和太歲星君都已收手，因為場上諸位玩家的HP全都只剩1點，除了李雲深是滿血之外，包括一夕重華在內，每個人頭上都頂著閃爍不止的血條——系統設定，當玩家瀕死時，太歲星君便會自動停止攻擊——李雲深在大神師父往前跑時就下意識的往後退去，離開了太歲星君的攻擊範圍，所以不在此列。

李雲深是第一次看見大神師父的血條閃紅光，就算是殉爐前的「前世」，她也沒見過大神師父瀕危的情景，不由得熱血上湧，大叫道：「師父，我來救你了！」接著，義無反顧的往前跑去。

「不要過來！」

肖重燁出言阻止，卻已經來不及了。李雲深跑了幾步就進入迷你太歲們的攻擊範圍，數隻迷你太歲此起彼落朝她扁了下去。轉眼，她的血條就剩下不到三分之一。

李雲深呆了一下，連忙停住，又掉頭跑了回去。跑了幾步，她想起什麼似的，停下腳步。

「師父，別怕，我幫你補血！」李雲深鼠標移到師父的身上，正要按下回血技「醍醐灌頂」的快速鍵，背後突然探出一顆頭，嚇得她的手顫了一下，落在鍵盤上。

「呦，妳挺厲害的嘛，死那麼多人，妳竟然還活著！」千秋說完，就像遊魂般，又笑著飄回去和她的老公素還真「打架」了。

她對著千秋的背影翻了個白眼，又轉回頭，可才一轉頭，下巴差點掉到桌上。

大神師父趴了！

大神師父趴了！

大神師父趴了！

大神師父竟然趴了！

大神師父怎麼會趴了？

當前頻道、隊伍頻道一片靜默，就像當機一樣。

她嚥了下口水，伸出手，戰戰兢兢的調出系統的戰鬥歷程，上面明明白白寫著讓她幾乎腦溢血的幾行字……

系統記錄：您對玩家【一夕重華】施展神光一擊。

系統記錄：您對玩家【一夕重華】造成重創。

系統記錄：您殺死玩家【一夕重華】了。

李雲深曾在電視上看過死了又莫名其妙復活的人暢談死後看到的景象，其中有的人說，死後靈魂會出竅，看到自己躺在床上的樣子；還有的人說，死後會聽見來自異界的呼喚聲音。

她沒死過，不能體會那種感覺，但就在這一刻，她彷彿可以感覺到有三隻小天使吹著號角，在她頭上飛來飛去，腦海裡甚至無端浮現「天國近了」四個斗大的字。

眾人不知安靜了多久，霍天揚發來幸災樂禍的密語：「嘖嘖嘖，表妹，妳是想死呢?還是不想活了?竟敢對肖大神動手，簡直是太有神風精神了!」

李雲深欲哭無淚，她不能像竇娥那樣罵地「不分好歹」、罵天「錯勘賢愚」，更不能發出血飛白練、六月降雪、亢旱三年的不平誓願，因為那個不分好歹、錯勘賢愚的豬頭就是她呀!

不過，雖然沒資格這麼說，但她還是決絕的答道：「我是冤枉的!」

跟竇娥一樣冤哪!

霍天揚哪有那麼細膩的心思，反而又欠揍的問道：「表妹，打趴肖大神是什麼感覺?」

好吧，這會兒她一點都不冤了!

李雲深看了看原本一身月白風華，猶如不染塵煙的樂師，現在卻跟其他人一樣趴在地上，忍不住回了一句：「有種莫名的快感。」

◇※◇　　◇※◇　　◇※◇

一夕重華於逆天塔裡被小白號打趴的消息，在短短幾分鐘之內就傳遍整個伺服器，世界頻道又一次沸騰了。尤其是週末的午後，在線人數比平時多了不止一倍，這顆平地響起的驚雷，炸得海嘯四起。

自從一夕重華不再獨占群英風雲榜鰲頭之後，關於他的談資就消弭許多，特別是他本就低調，不輕易在各頻道「現聲」，能談論的就更少了，當然部分原因也是因為其他服轉來的幾個大神，分散了眾人的焦點。

因此，一夕重華被掛點的傳言一出，世界頻道立刻炸開了鍋。

一夕重華何許人也？那是幾乎與傳奇、與神話畫上等號的人物，只有露水配得上他。這樣的大人物，怎麼可能被小白號打趴？

世界頻道刷了又刷，洗了又洗，最後大家得出一個結論——有人惡意抹黑大神，而抹黑大神的人，不是出於嫉妒，就是出於眼紅的小人心態。

得出這個結論後，有好事者又製了個表，把嫌疑犯全列了出來。這些嫌疑犯有兩類：一是足以與一夕重華比肩的大神，比如醉飲狂龍、夜梟、御非凡、閒雲公子等等，二是求愛而不可得之的紅顏，比如蝶舞翩翩。製表的人還很有心的條列出可能的原因，最後像數字週刊或水果日報一樣標上「一勝」、「二勝」。這個帖子發在論壇裡，隨即引來許多玩家圍觀。

於是，李雲深這個手殘弒師的小白號，就這樣莫名其妙被洗白了。

見證大神被小白號「秒殺」的史詩……不，是見證所有人被BOSS「虐殺」的死屍後，劍走偏鋒和黑崎月等兩派人馬攻塔的任務以失敗告終。眾人黯然退出逆天塔，修裝的修裝去，補藥水的補藥水去，練功追等的練功追等去，一時間作鳥獸散。

至於李雲深，在秒殺大神師父所帶來的快感消失後，隨即被突如其來的系統警示訊息驚到。

系統提示：您罔顧倫理綱常，弒師悖德，即刻逐離玩家【一夕重華】門下。

系統提示：您與玩家【一夕重華】解除師徒關係。

系統提示：您的道德值-500。

一夕重華也看到了，不過，他一如既往，視而不見。

倒是李雲深看著一條一條的系統訊息，頓時驚恐與驚喜齊飛，憋屈共快感一色。這意味著她這根廢材終於打敗大神師父了，這意味著她終於完成不可能的任務「畢業」了，這意味著她不用拚死跟大神師父PK了，這意味著……呃，這意味著，擁有神風精神的她，很可能會被大神師父拖到角落「掄」個千百遍……

她默默的跟在大神師父後面出了逆天塔，回到主城，來到武器店修裝。她不吭聲，師父也不言語。修完裝，她又默默的跟著師父來到藥材行補充藥水。

藥材行裡的路人竊竊私語。

似水年華：「喂，那不是一夕重華嗎？聽說他被小白號打趴了！」

愛喝水：「那是謠言啦，大神是被人中傷的，用腳趾頭想也知道，大神哪可能吃土！」

三隻小豬：「據說是蝶舞翩翩由愛生恨，暗中扯大神後腿！」

老衲開葷了：「厚，你落伍了，根據最新可靠消息來源，那是醉飲狂龍為了牽制大神使出的手段！」

要錢不要愛：「才不是，是夜梟……」

……

無論走到哪裡，都能見到其他玩家在議論大神師父，李雲深的良心不禁小小的揪了一下。一夕重華卻依然淡定修他的裝、補他的貨，自出逆天塔就不發一語，也沒有澄清謠言的意思。

據李雲深徵詢表哥霍天揚的說法：何必澄清？難道告訴眾人，大神被一個小白號打趴了？那多沒面子！不如就讓大家繼續這美麗的錯誤，反正說了也不會有人相信大神死在小白號手上！

離開藥材行，李雲深又跟著一夕重華來到倉庫。她雙手握拳，點了下頭，給自己打氣，然後手指在鍵盤上落下。

「師父。」

「嗯？」

「師父的寵物是鳳凰吧？不愧是師父，連寵物都高人一等！」

「嗯。」

嗯？然後呢？李雲深惴惴不安。

「師父。」

「嗯？」

李雲深吞了下口水，「師父，如果有人不小心對你做了錯事，也懺悔過了，你會原諒他嗎？」

「原諒他是佛祖的事，我會送他去見佛祖，讓他明白回頭是岸的真理。」

唔，師父果然生氣了，非常之生氣！李雲深登時汗如雨下。

彼端的螢幕前，肖重燁雙手交疊環胸，靠向椅背，想像著李雲深耷拉著腦袋，蔫不唧兒的小媳婦模樣，忍不住勾起嘴角——生氣？不，他半點氣也沒有！

看著原本在徒弟欄裡的 ID 移到仇人欄裡，他的眼裡漫出幾分笑意，說道：「走吧。」

「去哪兒？」

「月老廟。」

李雲深愣了一下，「誰要結婚？」

話一脫口，李雲深就覺得寒氣撲面，連忙捏碎地圖卷，跟著大神師父飛到天外天的月老廟前。

「妳去月老前面做什麼？過來這裡，先來跟禮官領結緣繩。」肖重燁擰眉。

「我沒結過婚啊，怎麼知道……」

感覺到大神師父的寒氣有變成殺氣的跡象，她連閉上嘴，跑去禮官旁邊，朝他頭上點了下去。

系統提示：您的道德值不足，結緣失敗。

「師父，我不小心叛出師門，道德值被扣了500……」

「所以？」

「所以結不了婚……」

「……李雲深，限妳七天之內把道德值補回來，否則就等著為師替妳收屍！」

師父生氣了！她把師父惹得炸毛了！

這可是師父第一次連名帶姓的叫她哪！

李雲深哭喪著臉，不知死活的又問道：「師父，這遊戲有扶老太太過馬路的任務嗎？」

注四：MMORPG，大型多人線上角色扮演遊戲。

注五：PVP是Person vs Person的縮寫，意指玩家和玩家PK。一般遊戲中的常態是不允許PVP的，不然走在各地圖上隨便都會被打，那就天下大亂了，因此幾乎所有的遊戲都會限定只有在某些狀況或某些副本時，玩家才能互相PK。

根據遊戲的設定，道德值低於 50 就不能結婚，但善惡值就算低於 5000，還是可以娶老婆嫁老公。師徒、夫妻、結拜等的倫理綱常，都與道德值有關，惡意殺人則會影響善惡值，卻不會降低道德值。

換言之，相愛相殺會重挫道德值。徒弟弒師，扣道德值 500；夫妻互砍，扣道德值 400；結拜互扁，扣道德值 300。在 PK 場正大光明 PK，則不在此限。

她真不知道該為《天泣 online》的人性化設計喝采，還是該為自己的手賤誤殺師父而悲哀？

更悲哀的是，遊戲裡沒有專為大幅提升道德值而設計的任務，所以她只能撿些可以增加些微道德值的小支線任務來做，比如幫城郊小木屋的老爺爺種菜，比如幫城東大嬸找她每天要迷路無數次的兒子。她不懂的是，為什麼幫寺廟裡的和尚挑水是降低善惡值，而非增加道德值？

不過，這不是重點，重點是，她城裡城外滿場跑了幾天，道德值好不容易增加了 287 點，從原本的 -500 變成 -213，可若要結婚，道德值至少要 100 點啊。

結婚……這個詞突然竄到李雲深的腦海裡，她不由得臉一紅，連忙搖了搖頭，甩掉乍然而現的綺念。

大神師父是天外飛仙，絕對不會有這麼俗氣的遐想！

她堅定的拍了拍頭：種菜種菜，找兒子找兒子，道德值道德值！

琦琦和千秋交換了一下眼神，對於李雲深又是臉紅又是敲頭的舉動感到憂心。她們不玩線上遊戲，但聽說很多沉迷其中的人，不是變得偏執自閉，就是陰沉古怪。想到前不久在電視上看到宅男暴斃的新聞，琦琦嚴肅的說：「小雲兒，下禮拜就是期中考了，還有文學概論的期中報告……」

「文概的報告我已經寫完交給教授囉，考試的內容也準備得差不多了，再複習一下就行了。這次的範圍滿簡單的，拿獎學金應該沒問題。」李雲深一邊埋頭種菜，一邊心不在焉的答道。

「啊，報告妳已經交了？我我我只寫了一半耶！」琦琦抱頭哀號，惹來千秋的鄙視。

千秋看了看隔壁的床鋪，上面空空如也，「胖妹呢？這個時間她不是應該正嗑著零食，抱著手機，『瞻仰』她的四爺嗎？剛吃晚飯的時候還在，一轉眼就不見了。」

正說著，胖妹就風風火火的推門進來，從小冰箱裡拿出一瓶可樂，咕嚕咕嚕灌了大半，才吐了口長氣說道：「呼，累死我了，差點回不來了！」

「胖妹，妳剛打完仗啊，怎麼這麼狼狽？」琦琦驚訝的問道。

「我們資工系和外面的公司合作辦活動，器材啊主機啊送來一堆，說過幾天要測試，我們這群小大一都被抓去出公差了！助教真是太沒人性了，也不想想我是手無縛雞之力的弱女子，盡叫我搬重的東西！」胖妹絮絮叨叨的抱怨著。

琦琦和千秋不約而同發出「切——」的嗤聲，然後千秋眼睛一瞇，手壓在胖妹的肩膀上，「每次有勞動妳都落跑最快，今天怎麼突然變勤勞了？說，真相是什麼？」

「好啦，說就說！」胖妹舉起雙手，作投降狀，「肖學長是技術總監，負責監管虛擬伺服器的運作。我搬那麼多東西，好不容易才讓助教答應讓我去當活動的工讀生哩！」

「厚，我也要去啦！」琦琦和千秋異口同聲的說。

「沒辦法啦，活動場地有限制人次，幕後工作人員也有固定的分配，我可是磨了很久才說服助教點頭的呢！」

「胖妹，妳有異性沒人性！」琦琦和千秋又齊聲淚指。

李雲深完全沒注意旁邊三人的打鬧，她正瞪著螢幕上大神師父剛剛說的話。

「師父，你說什麼，能再說一次嗎？」

「為師說，妳的嫁妝就用20顆九轉死返丹來抵就好了。」

這是報復，這絕對是大神師父的報復！報復她在逆天塔裡手殘打趴他！報復她叛出師門！這就是赤裸裸的現世報哪！

「師父，不如我的嫁妝就跟你的聘禮相抵，如何？」

「聘禮？有了為師，愛徒還想要聘禮？」

李雲深悚然一驚，大神師父自我感覺良好的超強結界瞬間把她打趴，她含淚的再次表忠心：「有了師父，聘禮什麼的都是浮雲！」

李雲深，妳真的沒救了！

她默默的在心裡唾棄自己，同時悟出了一個真理：師父有三種，一種來自雲間，一種來自人間，一種來自陰間。而她的大神師父，絕對是來自陰間的第十八層，簡直是厲鬼的化身哪！

然而，就算她快把菜種成花了，找回的兒子都能組成好幾個家了，到了厲鬼師父指定的七天之限，她的道德值還是堪堪只到－168。

◇※◇　　◇※◇　　◇※◇

又是一個天朗氣清，適合出遊的週末早晨，前一天晚上跟道德值從遊戲拚到床上，只差沒從戰場拚到墳場的疲憊，讓李雲深一早就決定抱著期中考範圍裡的課本和講義到圖書館埋頭苦幹，轉換心情。

結婚這種事真不是正常人做的，尤其是跟非人哉的大神師父！

T大的圖書館有兩棟，一棟是有百年歷史的三層老磚樓「紅館」，藏書達十數萬卷，也因歷史悠久，所以沒有空調、電腦等設備，各層只有老式的壁扇。另一棟是剛落成不久的七層樓，據說是企業家校友集資捐贈的，資訊設備齊全，視聽室、閱覽室等都比舊圖書館多，也沒有陳樓的潮濕氣味，且有空調暖氣，因此學生們比較喜歡來這裡。

不管是紅館還是新館，都離女生宿舍很遠，李雲深背起小包包，牽起她那臺棗紅色的淑女腳踏車，就直奔新館。三、四、五樓都有閱覽室，她一層一層晃去，期中考的魔力果然很大，閱覽室盛況空前，座無虛席。她只好再度坐上她的「小紅馬」，往紅館踩去。

紅館座落於T大的東南隅，李雲深騎著小紅馬一路行去，又穿越了一片已隨入秋轉紅的楓林，踏了條迤邐小徑，才來到「鳥鳴山更幽」的紅館前。

果不其然，相較新館的萬頭攢動，紅館就是那清幽的古墓派。

李雲深把小紅馬牽到紅館後庭的自行車棚裡停妥，然後背著包包，準備繞進紅館的遊廊。走了兩步，突然福至心靈的抬腳往離紅館僅十餘公尺的天碧湖。天碧湖占地極廣，湖光粼粼，映照著依依垂柳，嬌柔多姿，美不勝收。

據說天碧湖是古圳道的調節水塘，後經T大創校人重新修繕，一躍而成名景勝地。天碧之名，已不可考，倒是有好事的學生附庸風雅，硬是把天碧湖與柳宗元的古詩《溪居》裡的「來往不逢人，長歌楚天碧」連結在一起。此天碧非彼天碧，兩者勉強連結，有些名不正言不順，不過，天碧湖的清新景致，卻是與「來往不逢人」的脫俗聲息暗合。

天碧湖有一條以青石板鋪就的環湖步道，李雲深踏著石板，信步閒遊。微風習習，夾和著青草的芳馨，讓人通體舒暢。

漫步了一會兒，她正要踏上通往湖心涼亭的石橋上，忽然看見涼亭裡有兩條人影，忍不住皺眉。她本想在涼亭裡看書，沒想到有人捷足先登。涼亭不大，最多容納五、六個人坐，但她沒興趣跟陌生人對看。

收回腳，就在轉身的剎那，她驀地又轉回頭，定睛看去。

涼亭裡的不是別人，正是她的大神師父。另一個人是……女人，一個頗亮麗的短髮女人。

李雲深下意識的往旁邊柳條交錯的濃蔭裡移去，藉著柳樹的枝條遮掩自己。遠遠的，她聽不見兩人交談的內容，只能大約分辨面容和動作。

佇足了好一會兒，她垂下眼簾，默默的背著背包往來時路走去。也因為沒有回頭，所以沒發現在她轉身走了幾步後，就有一雙若有所思的幽邃黑眸朝她的方向望了過來。

李雲深回到宿舍寢室時，千秋和胖妹不在，琦琦剛起床。看見她回來，琦琦驚訝的問道：「妳不是去圖書館K書嗎？該不會連紅館也爆滿吧？」

李雲深沒說話，不知道在想什麼，整個人看起來有些愣怔恍惚。

她的腦海裡一直盤旋著涼亭裡大神師父，不，是肖學長和那個女孩子的模樣。其實他們的互動並不親密，就像朋友聊天一樣普通，肖學長的態度也是一貫的清冷，沒什麼特別親暱的表情或舉動，可是不知為什麼，她就莫名覺得胸口像是憋了一股氣出不來，還有種說不出來的彆扭感覺。

琦琦沒留意到李雲深的異樣，自顧自的又說道：「妳前腳一出門，千秋和胖妹後腳就跟著出去找班上同學臨陣磨槍了，至於我嘛……」雙手合十，朝李雲深假裝膜拜了下，「我就靠妳這位中文系之光囉！」

李雲深答非所問的說道：「琦琦，看得見也吃得到的肉和看得見卻不一定吃得到的肉，但那塊肉，只應天上有，人間哪得幾回聞，妳覺得哪一個比較好？」

「那要看我是不是志在必得了。」琦琦皺起眉頭，「如果這個只應天上有，人間哪得幾回聞的肉是燒烤的，那個看得見吃得到的是清蒸的，那我當然選燒烤的，就算吃不到，好歹聞個香！」

李雲深想了想，從背包裡拿出講義遞給琦琦，然後坐到桌前，打開筆電，登入《天泣online》，決定再繼續跟道德值奮戰。

琦琦愣了一下，「妳不唸書喔？後天就要考試了耶！」

「我記得第三名也是有獎學金的。」李雲深頓了頓，又說道：「吃慣了清蒸的肉，偶爾我也想試著吃燒烤的看看。」

就在這時，李雲深的手機忽然響起簡訊鈴聲，她隨手掀開手機蓋，看見發訊人是大神師父，不由得愣了一下，然後慢吞吞的點擊開來：「見為師卻不上前請安，可一不可再。再犯者，鞭數十，驅之別院。」

琦琦見李雲深看著簡訊發呆，忍不住問道：「怎麼了？家裡傳來的？」

李雲深回過神，心不在焉的答道：「不是，只是被人罵了。」

「被罵妳還這麼高興？」琦琦滿臉的不可思議。

「我有高興嗎？」李雲深反射性的伸手摸上自己的臉。

「怎麼沒有？妳自己拿面鏡子照照，那嘴角都快笑歪了！」琦琦像看神經病一樣斜睨著李雲深。

「大概是看到燒烤的肉就在眼前，所以有些開心吧！」李雲深笑了笑。

琦琦狐疑的打量著李雲深，過了一會兒，突然拍了拍額頭，遊魂般又爬回床上，「我一定是沒睡飽才會聽見小雲兒在說夢話，我還是再回去補個眠好了！」

◇※◇　◇※◇　◇※◇

事實證明，當小白號的小宇宙爆發時，連正常人都要退避三舍。

拒絕了表哥和心花朵朵開他們的組隊練功邀請，發揮了把敵人奮戰到墳場去的神風精神，在地圖上滿場飛，把所有能增加道德值的支線任務過了一輪又一輪之後，向晚時分，彩霞餘暉淡淡灑進寢室內，李雲深的道德值終於從負數變成正數，雖然只有微薄的「7」，但那種爽快感，比拿到獎學金更讓人雀躍。

就在這時，系統跳出一夕重華登入的訊息。她的腦海裡瞬間又浮現早上在天碧湖看到他與別的女生在一起的情景，不由自主的微微發愣。

系統提示：玩家【一夕重華】邀您加入隊伍，您是否同意？

她如夢初醒似的連忙點擊「是」。

「怎麼沒在唸書？不是要期中考了嗎？」

「師父，我的道德值已經7了！」

「為師不喜歡笨蛋。」

「沒問題的，我早就準備得差不多了，連期中報告都提前交給教授了！」

「嗯。」

李雲深看著大神師父的 ID，想起涼亭裡那個女生對他巧笑倩兮的模樣，忍不住脫口而出：「師父，我要聘禮！」

「……」

「天雪峰有一隻雪猿，聽說打敗牠就能得到天山雪蓮和煉丹壺。師父就給我那個作聘禮，還有，師父不能找別人幫忙！」

天雪峰是 280 級以上的地圖，雪猿是天雪峰頂 290 級的物理系 BOSS，皮硬血多，而一夕重華只是 275 級的法系樂師，根本不可能單挑雪猿。而神器煉丹壺更是專職煉藥的祭司眼中的極品，有了煉丹壺，煉藥就不必再跑回主城，付規費請煉丹師 NPC 煉丹。再者，雪猿掉落煉丹壺的機率僅 25%，也因此，據說全服擁有煉丹壺的人並不多。據李雲深所知，黑市掛起的唯一煉丹壺，那漫天索價據說會讓人心肝膽寒。

聽完小白徒兒近乎勒索的要求，一夕重華久久沒有反應。

李雲深的心忍不住七上八下起來，萬一師父一口回絕，那她嫁還是不嫁？可話都出口了，若是沒拿到東西就嫁，豈不是顯得她降格又窩囊？豈不顯得她隨隨便便就能被勾走？

她也不知道自己怎麼會天外飛來這麼一筆，反正一想到有女生在師父身邊燦笑她就莫名來氣，就莫名想為難師父一下，可太衝動的結果是，她忘了自己根本沒本錢沒籌碼開這種無理的條件。

如果師父拒絕了怎麼辦？她是不是太刁難他了？也是，師父再怎麼神，都不可能做到連神都做不到的事，她……好像過分了些，還是，她稍微降低條件好了？

見師父遲遲不開口，李雲深幾次囁嚅，終於鼓起勇氣，打破僵滯的氣氛，「師父……」

「嗯？」

「師父怎麼不說話？」

「為師只是在琢磨歐陽說過的話，突然覺得有些道理。」

「什麼話？」

「世上只有不吃飯的女人，沒有不吃醋的女人。」

神啊，來幾道晴天霹靂劈死她吧！她到底是為了什麼站在這裡？她到底是哪根神經接錯，不然怎麼敢在大神師父這尊活太歲頭上動土？跟厲鬼打交道，那是只有神經病才做的事啊！

「師父，我去種菜找兒子了。」聘禮什麼的，跟著她那火星來的神經一起下地獄去吧！

「天山雪蓮和煉妖壺就夠了嗎？還要什麼？」

李雲深驚悚了，「師父……」

「嫁妝就免了，妳給過了。」

「啊？」

「還君明珠。」

殉爐重生前一刻，她曾連同聖潔之心在內，寄了一封信給大神師父，也是兩世加起來唯一的一封，主旨便是「還君明珠」。信件內容只有短短的兩句話，雖然今昔心境已大相逕庭，可原來這個遊戲打從一開始就註定了她會落居下風。

「師父。」

「嗯？」

「你好詐。」

「過獎。」

李雲深揮淚與大神師父暫別，繼續種她的菜、找她的兒子去。

而在晚上八點整之時，世界頻道突然跳出一則醒目的系統公告，引起了眾玩家的高度關注與熱烈討論。

系統公告：甜蜜限時快閃活動「我未成名卿未嫁」開跑！

系統公告：金風玉露一相逢，便勝卻人間無數。即時起，二十四小時內，在月老的見證下締結姻緣之玩家，可無條件晉升3級，同時獲得500金幣、乙只天緣戒（綁定，物防法防＋50%），並有機會獲取金色品階之防具。

快閃活動的獎品之豐厚，令已婚的玩家扼腕不已。遊戲限定，離婚後三天內不得再婚，所以他們不可能投機取巧，想離婚再結婚拿獎金裝備，根本是天方夜譚。

開分身開馬甲結婚，更是不可能。遊戲限定，70級以上，且新人雙方之間的好感度須達200點以上，才能於月老廟結緣。就算五倍經驗丹，勉強在二十四小時內升到70級，好感度也不可能達到200點，因為就算兩人二十四小時不眠不休組隊解任，好感度最多也只有150點。

換言之，這個快閃活動百分百是衝著有心人來的。而那個有心人之一，當然包括看到金幣、金色防具，瞬間像打了興奮劑，眼睛變成$$的李雲深——這活動根本就是為她量身訂做的哪！

「師父，你剛才有看到系統公告嗎？」

「嗯。」

「師父，這是天意啊！」

「什麼天意？」

「結婚賺金幣呀！」

「愛徒跟為師結婚是為了賺錢？」

李雲深愣住，好半天才扭扭捏捏的回了句：「也不全然是這樣，只是……」

「為師以為妳會想要盛大的婚禮。」

李雲深心虛的回道：「其實……集團結婚也不錯……」

「那枚戒指不錯。」

李雲深眼睛一亮，「對吧！不只是戒指，有金幣又能升級，還有金色防具，很划算耶！」話剛說完，猛然抖了一下，她竟然輕而易舉就落入大神師父的話套裡，她的智商是怎麼了？老是在遇見師父時自動歸零。

「為師知道了。」

知道？知道什麼了？

「師父……」

「如果愛徒在明天之前道德值沒達到標準，那到時候妳就會知道什麼叫做不如相忘於江湖。」

李雲深噎了一下，連忙拿打了興奮劑的戰鬥力繼續跟道德值奮戰。然後，就在晚上十一點整，夜很深人不靜的時候，她的道德值終於堂堂正正破百了。

期間，自快閃活動開跑之後，世界頻道就一直很熱鬧，「喜訊」的跑馬燈幾乎沒有中斷過，世界頻道洗了又洗，刷了又刷。而最令她側目的是，吃飯睡覺打東東和心花朵朵開竟然也結婚了。

基於深厚的隊友情誼，她連忙發了賀喜的密語過去，「恭喜！恭喜！祝你們百年好合！」

心花朵朵開嗤道：「合什麼合，我們明天就不合了啦！我們是為了錢才結婚的，等拿到錢和裝備就離婚了！妹紙，妳大概不知道吧，離婚還有休書可拿，休書可是很強的暗器，我這是一舉兩得哪！」

李雲深無言。

事實再次證明，無恥是可以「無限下綱」的。雖然她也想趁著結婚的時候順便撈一票，但是沒想到有人無恥得更徹底，連休書也要賺，這個世界是怎麼了？

李雲深坐在桌前伸了個懶腰，掛了暫離，就抱著衣服去洗澡了。待洗完澡洗完衣服出來，正想著要關機準備就寢時，看到師父的 ID 還亮著，她忍不住又坐了回去。

「師父，你在忙什麼？」

「聘禮。」

李雲深狠狠的嗆到了。

「師父，聘禮什麼的，徒兒一點都不在意。」

「為師決定了，若不能取得愛徒要的聘禮，為師便終身不娶。」

終身不娶？李雲深傻了，當下有種搬石頭砸自己的腳的錯覺。

她開出的聘禮條件，本來只是想小小為難一下師父，怎麼現在變成師父在刁難她了？師父終身不娶，這不擺明了她也要終身不嫁嗎？現在到底是誰在為難誰啊？

李雲深欲哭無淚的低頭懺悔，「師父，徒兒錯了！任何東西都比不上師父，師父才是最好的！」

螢幕彼端，肖重燁淡淡的笑了，「愛徒的道德值滿了？」

「破百了。」

「來月老廟。」

「做什麼？」

「解神鵰俠侶的任務。」

與市面上許多網路遊戲一樣，《天泣 online》也有結婚系統。而且如同現實生活中一樣，婚禮可以很盛大，比如上等婚禮，當然也可以很簡樸。前者可以於鳳凰酒樓舉辦豪華筵席，後者則僅須於月老廟交換結緣繩即可。

事實上，在第一客棧鳳凰酒樓宴客沒什麼好處，相反的，新郎還要付出三萬至五萬金幣，讓觀禮的玩家白吃白喝（經驗值加三成、內力上限提高三成，效力持續三小時）。可即使如此，還是有不少人選擇這種結婚方式，藉此炫耀其財力其能力其地位，甚至只為博取佳人歡心。

李雲深記得蝶舞翩翩和夜梟結婚時，幾乎是萬人空巷，據說本服七成以上的玩家都到齊了，讓這對「金童玉女」著著實實轟動且風光了一把。

不過，她不是玉女，所以大神師父一下令，她立刻就飛到天外天來了。月老廟前的烏鵲橋極為熱鬧，準備結緣的新人、湊熱鬧的人，把小小的天外天擠得水洩不通。

世界頻道很喧囂，區域頻道很紛擾，可當她從黑壓壓的人群中一眼看到師父的那一身卓犖超絕的月白，那一種睥睨世事的孤傲，那一種「兩腳踏翻塵世路，一肩擔盡古今愁」的風華時，所有的喧囂、所有的紛擾就自動屏蔽了。

她嚥了下口水，跟著師父走到禮官 NPC 那裡，領了結緣繩，然後走向月老。正要與月老對話時，大神師父突然發話：「等一下。」

系統提示：玩家【一夕重華】想要與您交易，您是否同意？

她愣了愣，連忙按下「是」。交易欄一跳出來，赫然看見天山雪蓮、煉丹壺，還有金色品階的、採集成功機率高達百分百的寒月鐮。除了煉丹壺，寒月鐮也是副職採藥煉丹的祭司們夢寐以求的裝備。越是高級的藥材，採集成功的機率越低，但寒月鐮卻能打破這個規則。

李雲深看著煉丹壺和寒月鐮，好一會兒都說不出話來。

煉丹壺難取得，寒月鐮更難取得。據說寒月鐮要解完三大連環變態任務，才有微乎其微的機率獲得。

「師父……」

「聘禮。」

「師父……」

「嗯?」

「我知道我不夠漂亮……」

「勉強還入得為師的眼。」

「我知道我不夠溫柔……」

「以後改進就好。」

「我知道我不夠聰明……」

「看得出來。」

「師父……」

「嗯?」

她說的是客套話呀!李雲深惱羞成怒,「師父,你到底是為什麼要娶我?」

「這是個好問題,讓為師好好想一想。」

李雲深:「……」

系統提示:玩家【一夕重華】想要與您交換結緣繩,您是否同意?

李雲深愣了一下,「師父,你不是要想一想?」

「想過了。」

「為什麼?」

「愛徒曾說:師父,我們結婚吧。」

「……沒別的理由嗎？」

「為師要解救愛徒於不夠漂亮不夠溫柔不夠聰明的水深火熱之中。」

「師父，這句話跟『救人一命，勝造七級浮屠』有什麼不一樣嗎？」

「……」

總而言之，姑姑和過兒還是結婚了。大神師父與廢材徒兒在與月老對話後，在月老的見證下，交換了結緣繩，接著又聆聽月老一連串戲詞之後，完成了緣訂三生的任務。

系統公告：玩家【一夕重華】與玩家【雲深不知處】情投意合，在月老的見證下共結連理，鳳凰于飛。

李雲深在螢幕前雙手撐著下巴，看到這行亮澄澄金燦燦的系統公告時，心裡陡然生出前所未有的踏實感，忍不住笑開了，甚至覺得系統公告好像變可愛了。

她笑了，一票人卻哭了。

洪七公的弟弟：「大神結婚了大神結婚了大神結婚了……」

洪七公的弟弟：「大神結婚了大神結婚了大神結婚了……」

洪七公的弟弟：「大神結婚了大神結婚了大神結婚了……」

少女情懷總是詩：「不要洗頻啦！」

為愛而生：「嗚嗚嗚，人家的大神哥哥……」

仙女姊姊：「不要啊～一夕大神怎麼可以結婚？不要啦不要啦，我要一夕大神我要一夕大神啦！嗚嗚嗚嗚嗚嗚嗚嗚嗚嗚嗚嗚嗚……」

月光兔：「尋尋覓覓，冷冷清清，淒淒慘慘戚戚……我好恨哪！」

馬耳太若曦：「天啊，我穿越了！」

賽德克不要來：「靠，在下還沒出手，大神就死會了！」
我愛晴天：「原來賽德克兄也是斷背登山協會的一員，來握個手唄！」
熱戰：「嗚嗚嗚嗚嗚……」
……
調侃促狹的、悲傷難過的、露臉沽名的、小白嘴炮的，什麼樣的玩家都有，就是沒人提到女主角。
公會頻道也是一片哀號。
無敵俏寶貝：「騙人騙人騙人騙人騙人騙人，今天一定是愚人節，一夕哥哥怎麼可以結婚，騙人騙人騙人騙人騙人騙人……」
小歪G：「寶貝，想哭就到我懷裡哭。」
無名氏：「喜事，天大的喜事啊！好日子，今天真是好日子！」
yoyo9527：「無名老大，你是不是在想又少了一個帥哥跟你搶美女？呵呵，不用擔心，人家大神牛得咧，你跟他是天差地……」
無名氏：「yoyo是非不分、用詞不當，扣四十分，留校察看！」
yoyo9527：「哇，老大，我只是實話實說，咱們公會的宗旨不是誠實嗎？」
一夜八匹郎好心的發了密語過來：「yoyo兄，咱們帥翻天公會的宗旨除了誠實之外，還有第二條，那就是所有的實話都必須立基於『公會會長是江湖第一帥』的宗旨之上。」
yoyo9527：「……」老大，你可以再無恥一點！
無名氏：「對了，大神的老婆叫什麼名字？好像在哪裡看過……」
愛情小清新：「老大想搶親喔？」

無名氏：「幹！等我臨幸的女人都排到火星去了，像我這麼有格調的大帥哥，才不屑幹搶親那種事咧！」

無敵俏寶貝：「切——」

小歪G：「切——」

愛情小清新：「切——」

玉米濃湯好好喝：「切——」

……

當然，她的表哥，以及有著深厚隊友情誼的人也陸續發來「道賀」的訊息。

心花朵朵開：「雲妹子，恭喜妳也賺到金幣和戒指啦，別忘了離婚後還有休書喔！」

吃飯睡覺打東東：「雲妹妹，是三哥逼妳的嗎？妳是屈服在他的淫威之下，對吧對吧對吧？唉，我可以了解妳的心情，想當年，我也是這樣走過來的啊！」

戰無不克：「……恭喜。」

寒心淚雨：「雲妹子，妳的禁忌之戀終於開花結果，不過，妳以後出城要小心了，大神的粉絲團可能會滅了妳！」

痞子霍：「表妹，幫我問問肖大神有沒有看到我發的密語，難得可以虧他，他竟然不理我！對了，恭喜妳終於嫁出去了！不要忘了，叫肖大神回我訊息喔！」

然而，接下來跳出的系統訊息，讓她更囧了。

系統提示：春宵一刻值千金，您即將被傳送至洞房內。

接著黑畫面一閃，她和大神師父就被傳送到一個喜燭紅帳、喜字滿窗的喜氣洋洋的小房間裡。小房間裡什麼都沒有，就只有一張木桌和一張鋪著大紅錦被的雕花木床。

系統提示：鴛鴦帳裡鴛鴦被，鴛鴦被裡鴛鴦睡。今宵一度結同心，恩愛百年共此情。您欲上床否？

李雲深瞬間被「上床」二字驚悚到，她僵硬的看著淡定的大神師父，然後也故作淡定的問道：「師父，上床嗎？」

肖重燁不止氣度和高度是大神級的，連恥度也非常人所能及，於是他淡定的回道：「現在還不是時候，這裡也不適合。」

李雲深頓時羞愧得想找塊豆腐撞死，然而，接下來畫面又跳出了令她更羞愧的訊息。

系統提示：上得此床，從今往後，出得廳堂，入得廚房。

系統提示：您的魅力值增加300點。

原來猥瑣的不是這張床，而是她的思想！

接下來在被傳送出洞房前，她已經半個字也說不出來了，只能努力裝淡定、裝透明，若是旁邊有個布袋，她肯定還會把自己當蘿蔔裝進去。

佛祖啊，她的純潔、她的純情，她的矜持、她的矜重，全毀在這張上不了的床了！

突發的甜蜜限時快閃活動「我未成名卿未嫁」，果然高潮迭起，繼低調的大神一夕重華毫無預警脫離黃金單身漢的行列之後，僅僅隔了不到一小時，彷彿不甘示弱似的，世界頻道上又連刷了兩條讓眾人譁然的系統公告。

系統公告：玩家【閒雲公子】與玩家【雲且留住】情投意合，在月老的見證下，共結連理，鳳凰于飛。

系統公告：玩家【醉飲狂龍】與玩家【莫雪兒】情投意合，在月老的見證下，共結連理，鳳凰于飛。

連著三尊大神以迅雷不及掩耳的速度終結單身，震碎了一票女兒心。

世界頻道頓時宛如一波又一波的海嘯來襲般，又是「哀鴻遍野」。

不過，李雲深隨著大神師父從不能上床的洞房被傳送出來後，就登出遊戲，去擁抱寢室那張能上的床了，所以沒有躬逢夜半八卦如流水般的盛事，自然也不知道那朵曾磨著她的奇葩也「閃婚」了。

直到第二天早上上線，看到八卦週報早餐小妹「重播」，她才知道前一晚的盛況。她雖對閒雲公子突然結婚感到好奇，卻對早餐小妹所說的票選更好奇。

「什麼票選？」

「咦，妳不知道嗎？論壇裡有人發了投票帖，投票選出最速配的情侶。閒雲公子和雲且留住、御非凡和上官楚楚，這兩對的速配票數最高，幾乎不相上下。醉飲狂龍和莫雪兒這對緊追在後，夜梟和蝶舞翩翩的得票數也很高。妳和一夕大神的速配票數最低，是公認最不速配的情侶。」

最不速配的情侶？李雲深囧了。

她很少看論壇，偶爾要找攻略時才會晃進去。於是，她立即打開論壇首頁，最夯最熱門、點閱率最高的，就是置頂標題名為「速配指數超級比一比」的帖子。拜大神師父所賜，在遊戲裡一向極為淹沒人群的她首次榜上有名。

發帖子的樓主很熱心，將二服風雲榜前幾名的大神及其老婆全部羅列出來，還做成如週刊報紙上常見的評比格式，用大大的紅字寫著「勝」或「敗」，又總結了幾勝幾敗，然後在後面發起了投票。

僅僅一晚，投票人數竟然高達上千人。

一夕重華和其他男候選人比，幾乎是「勝」多、「平」少，僅有二「敗」，一「敗」來自於等級。自從他從劍士轉職樂師後，又更加低調了，對於等級什麼的，似乎不是那麼在乎，始終在風雲榜三十多名徘徊。雖然他仍是樂師分類榜第一人，但與醉飲狂龍、御非凡等人相比，等級仍是落後一大截。

而另一「敗」，則來自於他和李雲深的速配指數。

眾人對一夕重華的評價有多高，對雲深不知處的評價就有多低。

女候選人裡，蝶舞翩翩、雲且留住、上官楚楚都有被「人肉搜索」出照片，貼在旁邊。一個性感、一個俏麗、一個嬌美，估計這三人的票數有不少來自廣大的宅男玩家。這三大美女的個人評價分數極高，多「勝」或「平」，少「敗」，所有的「敗」幾乎都落到雲深不知處身上。

而雲深不知處唯一的一「平」，來自於夫君欄位的一夕重華。

李雲深頓時囧囧有神：這就是所謂的，一人得道，雞犬升天嗎？

然而，讓她更囧的是，早餐小妹最後來了句：「雲妹妹，妳怎麼把一夕大神騙到手的？該不會是拿志玲姊姊的照片騙他吧？」

李雲深看著帖子裡的評比好一會兒，她的 ID 旁被貼了遊戲裡的截圖，活脫脫愣頭小青蛙一隻。手裡拿著鐮刀，背上還背著藥簍，一整個俗到最高點，怎麼看都跟只應待在天上喝露水的一夕重華是霄壤之別。大神師父「紆尊降貴」與她共結連理，簡直就是逆天了！

望著畫面上被擺在一起的兩人，李雲深忍不住自言自語的嘆道：「網戀真不是人談的！」

這話說得很輕，卻還是入了琦琦的順風耳。

「妳終於開竅了！」琦琦的眼睛陡然亮了起來。這兩天她見李雲深老是對著電腦又是臉紅又是傻笑，早就懷疑「其中必有緣故」，現在聽到她心有戚戚焉的感慨，連忙點頭附和，「網路這種東西是虛假的，遊戲這種東西也一點都不真實，妳千萬別被騙了呀！」

李雲深心道：我才是騙人的那個，還騙得很心酸哪！

就在這時，畫面跳出了一行系統訊息。

系統提示：您的夫君【一夕重華】登入。

看到「夫君」二字，燃點很低的李雲深，再次自燃了。

系統提示：玩家【一夕重華】邀您加入隊伍，您是否同意？

她連忙按下「是」。

一加入隊伍，就看到「閒雜人等」也到齊了。

吃飯睡覺打東東：「三嫂好！」

心花朵朵開：「三嫂安安！」

寒心淚雨：「三嫂好！」

戰無不克：「……」

痞子霍：「……表妹好！」

這是幹嘛？列隊歡迎嗎？

雲深不知處：「誰是三嫂？」

吃飯睡覺打東東：「三哥的老婆啊！」

雲深不知處：「大哥是劍走偏鋒會長，三哥是師父，那二哥呢？是戰大哥嗎？」

戰無不克：「……」

吃飯睡覺打東東：「嘿嘿嘿，老二嘛……哇哇哇，戰大哥幹嘛踩我頭？」

心花朵朵開：「戰大哥，再多踩幾下！臭東東，我們扁你應該，不扁你悲哀！戰大哥，用力踹！」

吃飯睡覺打東東：「啊啊啊，朵朵親親，我們已經在月老前山盟海誓過了，妳忍心見老公不救嗎？」

心花朵朵開：「我相信月老，相信山盟海誓，就是不相信你，而且我還等著拿休書呢！」

吃飯睡覺打東東：「啊啊啊，親親老婆竟然見死不救，我決定不離婚了！」

心花朵朵開：「死東東，敢不離就踩得你哭爹喊娘！」

吃飯睡覺打東東：「哇啊啊啊，謀殺親夫啊……」

痞子霍：「東東小朋友，你太嫩了！像兄弟我就不會為了一棵樹，放棄整片森林哪！要吊，也要多找幾棵樹吊吊看……喂，寒心淚雨，你個死妖人，幹嘛踹我屁股？」

寒心淚雨：「哼！」

系統提示：玩家【吃飯睡覺打東東】、玩家【心花朵朵開】、玩家【戰無不克】、玩家【寒心淚雨】、玩家【痞子霍】被踢出隊伍。

「師父？」

「他們太吵了。」

「呃……」

「來春曉灣，座標 128，24。」

李雲深不明所以的飛到座標指定地，來到座標指定的突出灣岸且花團錦簇的小岩臺上，大神師父已經候在那裡。就見他席地而坐，悠閒自適的彈琴。

「在這裡待三分鐘，什麼都不用做。」

「什麼都不用做？」李雲深奇道。

「嗯。」

於是，李雲深莫名其妙的站了三分鐘。接著，她又隨著大神師父飛到夏幽湖、秋陽嶺、冬歲閣，又都分別站了三分鐘，什麼也沒做。

「師父，這是？」

大神師父還未回答，系統就跳出訊息來了。

系統提示：玩家【一夕重華】與玩家【雲深不知處】完成蜜月任務，得到經驗值 35000 點、3500 銀幣。

「……」

這個遊戲實在是太變態了！

李雲深看著螢幕裡一夕重華一貫飄然若仙的模樣，與從冬歲閣遠眺出去，白雪皚皚的蒼茫極為和諧，心裡突然生出莫名的空落感。

「師父。」

「嗯？」

「師父。」

「嗯？」

「師父。」

「……」

「師父，你知道論壇有人了發了一個二服眾情侶的速配投票帖嗎？」

「聽歐陽說過。」

「師父，辛苦你了。」

「好說。」

李雲深噎了一下，氣鼓鼓的說道：「師父，結了婚就不能再拈花惹草、招蜂引蝶，更不能有小三、小四、小五、小六、小七。」

「好。」

「師父，結了婚就不能退貨，也沒有七天鑑賞期。」

「好。」

「師父，後悔也來不及了。」

「好。」

李雲深惱羞成怒，「師父，你有認真在聽嗎？」

螢幕彼端的肖重燁，眼中浮起濃濃的笑意，修長的手指起落有致的在鍵盤上定定的敲道：「娘子有命，為夫自當遵從。」

於是，李雲深瞬間被秒殺了。

◇※◇　　◇※◇　　◇※◇

遊戲裡的蜜月任務結束，接下來是現實生活中的蜜月……這當然是不可能的，完成了蜜月任務，隔天就進入了如火如荼為期一週的期中考。小大一們的基礎共同科目很多，通常都是從第一天熬到最後一天考試結束，才能從水深火熱中解放出來。

在課業方面，李雲深是屬於不折不扣的優等生，雖然遊戲很小白，但唸書卻一點都不含糊。當初她是以第二名的成績錄取T大中文系的，平時小考幾乎沒有失常過，所以期中考前並不需要臨時抱佛腳，但這幾天她還是封網五天，專心複習考試的內容。

然而，剛「新婚」就小別，李雲深有些不習慣。雖然之前成為師徒時，師父也曾消失過幾天，她也覺得不適應，可現下兩人的「關係」剛進了一步，就又別了很多天，讓她隱隱有著連自己都沒察覺到的企盼。於是星期五傍晚考完最後一個科目，她就匆匆跑回寢室，打開五天沒碰過的筆電，結果就在按下電源鍵後，愣了一下——螢幕一片黑。

她不死心的又按了按，筆電還是沒反應，電源依然沒亮。

李雲深傻住了。她不只是遊戲小白，更是3C小白，對於電腦，她只會開機、上網、登入登出遊戲、拜拜孤狗大神、關機，對於硬體什麼的，根本是七竅通了六竅——一竅不通。

她茫然的轉頭看著空盪盪的寢室，琦琦、胖妹和千秋為了慶祝脫離期中考地獄，吃大餐去了，她編了個藉口沒跟去。沒想到不合群的下場是，筆電竟然蒙主寵召了。

她愣愣的拿起手機，愣愣的撥了在心中唸了無數次卻從未主動撥過的號碼。

等了好一會兒，對方終方接起電話，而在對方開口前，李雲深已經幾乎帶著哭音的說道：「師父，我死了……不，不是我，是筆電死了，按電源都沒反應……師父……」

肖重燁看了看手錶，皺眉問道：「妳吃過飯了嗎？」

「師父在吃飯嗎？那我晚一點再打過去。」

李雲深正要掛電話，肖重燁又說：「妳把筆電收好，半小時後帶到學校的東側門等我，我開車去接妳。我們吃完飯之後，我再檢查看看是什麼問題。」

沒給李雲深拒絕的機會，肖重燁已經切斷通話。

李雲深匆匆拔掉電源線，把一應設備全裝進筆電提包裡，又連忙換了套衣服，梳好頭髮，紮好辮子，就小跑著往東側門而去。

正值晚餐時間，又逢期中考結束，很多人都狂歡去了，因此，東側門出入的學生寥寥無幾。李雲深只等了不到五分鐘，就看到先前曾搭過一次的銀色轎車映入眼簾。她略微緊張的快步過去，不等肖重燁下車，就自動自發的開車門上了副駕駛座，又繫上安全帶。

「師父，我我我們去去去哪裡？」李雲深微低著頭，臉頰泛起一層薄暈，結結巴巴的問道。

肖重燁打量著有些僵直的李雲深，忍不住揚起嘴角，側身拿過她膝上的電腦包，放到後座，接著把車子開了出去。

一路上，李雲深假裝看窗外的風景，怎麼也不敢直視肖重燁。平時隔著螢幕見不到面，她可以很自然的跟大神師父說話，可見了面，她心裡就有種說不上來的異樣感覺，實在無法像遊戲裡那樣自在。

肖重燁把車子駛入離T大僅十來分鐘車程的歐式咖啡廳的停車場。

「師父剛剛是在這裡吃的飯？」

肖重燁挑眉，似笑非笑的說道：「妳叫我什麼？」

「師——」李雲深猛地改口：「學長。」

肖重燁拍拍她的頭，說了句：「記住了。」

李雲深莫名其妙的跟著肖重燁離開停車場，來到咖啡廳二樓的包廂裡。

可她才一踏進包廂，整個人就愣住了。包廂裡已經有美人在座。

美人看到肖重燁時，立即露出足以讓男人傾倒的絕色笑容，可在看到跟在他身後的李雲深時，笑容瞬間僵硬了一下。

肖重燁沒注意到兩個女人不自然的反應，自顧自的拉開美人斜對面的座位，拉著李雲深坐下，然後又體貼的幫她攏了下椅子，拿起桌上的小方巾鋪在她的膝上，最後自然的在她身旁坐下，正好與美人面對面。

美人緊蹙著眉頭，肖重燁視若無睹，又按鈴喚來服務生，服務生迅速進來，遞上菜單。

肖重燁攤開菜單，傾身低頭在李雲深耳邊輕聲問道：「想吃什麼？」

微熱的氣息撲在李雲深的耳根、頰畔，讓她越發的緊繃，臉更是不自覺的紅了起來。就見她頭越埋越低，聲若蚊蚋的說道：「都都都都都可以……」

肖重燁笑著拈起幾絡落在李雲深鬢旁的髮絲，幫她塞到耳後，接著幫她點了一客商業套餐，又點了杯咖啡給自己。

待服務生離去，肖重燁才狀似不經意的問道：「大哥、大嫂呢？」

美人收回打量李雲深的視線，才若有所思的看著肖重燁，答道：「他們有事先走了。」

肖重燁渾然不在意的點點頭。

美人又瞄了李雲深一眼，「她就是你剛才說的急事？」

李雲深把頭垂得低低的，捧著水杯猛喝茶——現在是什麼狀況啊？

肖重燁看向李雲深，眼底浮起濃濃的笑意和幾分寵溺，「對。」說著，又柔聲對李雲深說道：「慢慢喝，小心嗆到了。」

李雲深被肖重燁話語裡飽含的溫柔瞬間驚悚到，忍不住把頭又埋得更深了，因為她莫名感受到對面的美人射來兩道彷彿要戳穿她的犀利熱線。

「她是……」美人眯起眼睛。

「內人。」

「噗！」李雲深一口茶噴了出來。

美人再次皺起眉頭，嫌惡般的斜覷著她。

肖重燁淡定若常，拿起手邊的紙巾，傾過身，拭著李雲深嘴邊的水漬。

李雲深驚恐的連忙搶過來，「我我我我自己來就就就就就好了……」服務生及時送來套餐，為李雲深解了尷尬。可肖重燁卻拿過刀叉，主動幫她把鐵板上的牛小排切成容易入口的小塊。

李雲深目瞪口呆，美人口氣略帶輕蔑的說道：「她又不是沒有手！」

肖重燁只笑不語，切好牛小排，便把叉子放到李雲深手中，又幫她把乾淨的方巾重鋪到膝上，然後柔聲道：「慢慢吃，這裡的牛小排不錯，我特意點了大塊的給妳。」

美人的臉色越來越難看，「肖大哥可能沒有跟你說，我父親已經準備在印度和菲律賓建廠，而且年底前會掛牌上市。」

「是嗎？」肖重燁啜了口咖啡，漫不經心的應了聲。

美人深吸了口氣，高傲的說道：「我是家中的獨生女，未來父親的一切都會留給我。只有我，才是最適合你的。你們肖家需要的是像我這樣的媳婦，而不是窮酸的醜小鴨。」說著，又輕蔑的瞄了埋頭苦吃的李雲深一眼。

肖重燁輕描淡寫的回道：「那就恭喜妳了！」

美女拿起紙巾擦了擦嘴，起身站了起來，「你會回來求我的！」說完，蹬著高跟鞋，頭也不回的走出了包廂。

「丫頭，真這麼好吃？」肖重燁望著埋頭與牛小排奮戰多時的李雲深，調侃的說道。

李雲深終於能抬起頭了，她哭喪著臉，控訴般的說道：「師……學長，我肚子好撐！」

肖重燁笑了出來，拿過她手裡的叉子，把剩下的牛小排幾口吃掉。

「學長！」李雲深錯愕。

「怎麼了？」

「那個……我吃過了……」

「所以？」肖重燁挑眉。

李雲深很爽的收回到嘴邊的話，把手邊喝了一半的水也遞了過去，「學長，喝口水潤潤喉。」

肖重燁很自然的接過，仰頭喝完。

李雲深很入戲的脫口而出：「牛小排好吃嗎？」

「還行。」肖重燁面不改色。

就在這時，肖重燁的手機鈴聲響起，他看了一下來電顯示，這才按下通話鍵，「有事？」一邊說著話，一邊用另一隻手撫著李雲深的辮子，「……我沒騙她，確實如此……現在？」肖重燁蹙眉，看了李雲深一眼，「改天吧，我另外有事……嗯，知道了。」

肖重燁闔上手機，望著像個小媳婦般乖乖坐著的李雲深。見她絕口不問剛才那個女人的事，突然福至心靈的說道：「我大哥打來的，妳見過他。」

李雲深腦海頓時浮現一張與肖重燁有幾分相似，雖英俊但冷酷的臉龐，便溫順的點了點頭，「嗯。」

「他問我是不是結婚了？」

「嗯。」

「我說是。」

「嗯。」李雲深應完，霍地又抬起頭，愕然張著嘴巴，「啊？」

「如愛妻方才所見，為夫既未拈花惹草，也未招蜂引蝶，更不會有小三、小四、小五、小六、小七，娘子自當安心。」

結婚?他們是結婚了,但那是在遊戲裡啊!

瞪著肖重燁那無比強大的氣場,那自然得彷彿她本來就是他老婆一樣的眼神,她愣愣的問道:「師父,大哥會不會派人暗中把我滅口,然後分屍丟到海裡餵鯊魚?或是把我丟進水泥桶裡灌漿,然後封到山裡廢棄小屋的牆壁裡?」

「不會。」肖重燁笑得極為燦爛,笑得彷若人畜無害,卻是一字一句的說道:「不過,若是娘子敢臨陣棄婚,那為夫就會幫娘子實現這些妄想。」

◇※◇　◇※◇　◇※◇

期中考結束的隔天,便是雙十連假的第一天,買完早餐回來的千秋和胖妹,一踏進寢室就以為走錯房門,退出去反覆看了看門上掛的門號牌,確定沒走錯才又愣愣的走回去。千秋眨了眨眼睛,又揉了揉眼睛,才敢確認化著濃妝、穿著細肩低胸印花連身洋裝、足蹬高跟鞋的人是李雲深沒錯。

雖然同寢的三人早就知道她是難得一見的美人胚子,但卻不知道特意妝扮後的效果會這麼驚人。甚至苦著一張臉也無損她的美豔。

「琦琦,這件太露了啦,胸部都快跑出來了!」李雲深蹙著眉頭,彆扭的拉了拉細肩帶,扯了扯胸前開襟的領口,「沒有正經一點的衣服嗎?」

「厚,雲小深童鞋,這件洋裝是今年最流行的春裝耶,我爸特地從紐約帶回來的,純手工縫製,全世界不到十件!說腰是腰,說臀是臀,哪點不正經了?」琦琦一手扠腰,一手戳戳李雲深的腰,又戳戳她的臀,氣勢洶洶,像是在指責她的不識貨。

李雲深扁嘴，小聲囁嚅的說：「可現在是秋天啊……」

「妳——要去相親嗎？」胖妹瞠目結舌，第一次發現原來古典美人也可以如此豔光四射。

李雲深把胖妹的話當挖苦，垮著臉脫下洋裝，「沒有更正派一點的衣服嗎？」

琦琦白眼，百般不願的從衣櫥角落勉強抽出一件淺綠碎花V領雪紡衫，以及一條同色系同款式的素面及膝窄裙。她一整個嘔得咧，這套可是她所有的衣服中最平庸最便宜最沒特色的，拿出來根本就是降低自己的品味呀！

不過，被琦琦嫌棄的衣服，李雲深卻一眼就喜歡上了。其樣式簡單大方，不花俏媚俗。

「哦~妳今天很反常唷！以前不是都說女人的內涵比外在重要？每次找妳去逛街都說不隨波逐流，現在怎麼開始計較起來……」千秋瞇眼打量換好衣服的李雲深。雖說豔麗的她別有風情，但果然還是澄淨優雅更為出色。

「佛要金裝，人要衣裝啊！」李雲深肅容，像在說什麼大道理，「一個人的外表會影響別人對他的觀感，所以適當的裝扮很重要。」

這分明就是自己幾天前跟她說過的話。千秋默然。

胖妹的眼珠子轉了轉，湊到李雲深面前，瞪大眼睛，猜測道：「老實說，妳這次連假不回家，是要偷偷去會情人吧！」

李雲深腦海中不由自主浮現大神師父那一身月白無華、翩然出塵的風采，對照上胖妹口中的私會畫面，忍不住義正辭嚴的駁斥道：「妳的想法太猥褻了！」

哪裡猥褻了？胖妹覺得自己好委屈。

「琦琦，妳也很奇怪！」千秋把焦點移到琦琦身上，「妳不是說要趁連假去香港玩，怎麼忽然也留下來了？」

李雲深沒理會她們幾人的吱吱喳喳，逕自坐回桌前，對著鏡子，把琦琦幫她塗的濃妝卸掉，只上了與脣色相近的脣膏。她的皮膚本就白皙裡透著紅粉，並不需要特意上粉底。接著又戴上日拋型隱形眼鏡，不習慣戴隱形眼鏡的她，眨了會兒眼睛才慢慢適應。

她站起身，從衣櫃裡取了件長袖的雪白連帽長外套，足蹬蘋果綠平底鞋，趁著琦琦她們沒注意時，悄悄閃出了寢室，朝東側門走去。

期中考結束後，緊接著是三天的雙十連假，本來應該是冷清的校園，今天卻反常的人多了起來。不過，李雲深沉浸在自己的思緒裡，並未注意到不時與她擦肩而過的不少人還回頭看她。

昨晚肖學長送她回來時，又約了今天碰面。他把筆電帶回去查看，說了今天還給她。回寢室後，她的腦海裡盤旋著晚上與美人匆匆一敘的畫面，早上起床時，不知怎麼的就鬼使神差開口跟琦琦借衣服借化妝品，還戴上了不習慣的隱形眼鏡。眼睛不經意傳來的不適感，讓她忍不住又眨了眨眼睛。

肖重燁早就等在東側門，看到清麗亮眼的人兒遠遠行來，不禁挑眉，眼底爬上了微微的笑意——他一直認為，女人與其美麗，不如無雙，而今他又發現，無雙的美麗更讓人喜歡。

李雲深有些窘迫的微垂著頭，長翹濃密的睫毛撲閃了幾下，直直撓進肖重燁的心裡。

肖重燁的嘴角起勾起優美的弧度，簡單的說了句：「不錯。」

因為做了不習慣的事，所以李雲深幾乎不敢直視肖重燁，只僵硬的跟在他身旁。

肖重燁帶她來東側門附近的一家早餐店，店裡的工讀生似乎認識他，一見到他來，立刻屁顛屁顛的跑過來。而在看到他身邊的李雲深時，微愣了下，隨即露出曖昧的笑容，又熱情的將他們引到裡面較安靜的座位，遞上菜單。

「肖少爺，今天怎麼有空來？我家小老闆一早就出去了，要不要叫他回來？」工讀生殷勤的哈腰。

肖重燁沒應他的話，讓李雲深勾選了要吃的東西後，自己也隨意點了兩三樣，就把工讀生打發走了。而且不待李雲深開口，他就說道：「這裡是歐陽開的店，以後來妳來買早餐就報他的名字，可以省點錢。」

劍走偏鋒？公會會長原來是早餐店的老闆！

李雲深有些驚訝。

看出她的疑惑，肖重燁又解釋道：「歐陽也是資工系的，跟我同班，這家店是他三年前頂下來做的。這傢伙家裡很有錢，他的零用錢不少，以後妳儘管來這裡用餐，不用幫他省錢。」三言兩語就把歐陽鋒賣了。

李雲深眨了眨眼睛，「他跟學長比起來，誰比較有錢？」

肖重燁握著水杯的手微頓，然後笑了笑，「妳說呢？」

餐點送上來，肖重燁吃了幾口三明治，淺啜了下咖啡，突然又說道：「歐陽是獨生子，是正統的繼承人，我不是。我跟大哥、二哥是同父異母的兄弟，肖家的產業多半由大哥打理，按律，我自然也有份。」

「也有錢？」李雲深愣愣的問道。

肖重燁忍不住笑了出來，「也有錢。」

「哦。」李雲深捧著果汁低頭喝著，沒再追問。家家有本難唸的經。她有，別人也有。他們的關係還沒有好到她可以探人隱私的地步，如果學長認為她該知道，自然會告訴她。

輕快的鈴聲響起，肖重燁掏出手機。

「你幹嘛把爛攤子都丟給我？快點來啦，我被這幾個笨蛋學弟妹搞死了，竟然要我這個學長跑腿，簡直是太不尊師重道了！」

一點小場面就混亂到開始語無倫次。

肖重燁淡淡的回道：「我在忙。」

「有什麼好忙的？這本來是你的工作耶！」

「約會。」

李雲深狠狠的嗆到了。肖重燁抬眼瞄了一下因劇烈咳嗽而臉頰漲紅的李雲深，不搭理還在電話彼端嚷嚷的人，俐落的闔上手機。

約會……約會……約會……約會……約會……約會……約會……

李雲深的腦子裡只剩下這兩個字在糾結，她把頭埋得很低，完全不敢直視肖重燁。大神的氣場在遊戲裡已經很強大了，沒想到若無其事說出這種令人害羞的話的功力更強大。

李雲深咳了兩聲，「剛才是？」

「歐陽打來的。」

「他是不是有急事？」

「伺服器有問題。」

「伺服器？」

「為了比賽而臨時架設的 Web 伺服器故障了。」

「難道是……」

「嗯，就是現在正在體育館進行的《天泣 online》雙十 PK 大賽。」

「咦——」

五分鐘後，李雲深拉著肖重燁的手，氣喘吁吁的出現在體育館的門口。最近因為期中考和大神師父的事，她壓根忘了《天泣 online》的 PK 賽就是今天，而且還是在 T 大舉行。後來她聽說肖學長是資工系指派的技術總監，也沒在意。

肖重燁的目光掠過李雲深拉著自己的手，落在她因一路狂奔而紅彤彤的臉上，似笑非笑的說道：「我們的早餐還沒吃完呢！」

李雲深囧了。

吃飯比 PK 賽重要？大神就是大神，思維異於常人！可現在不是吃飯的時候呀！肖學長是技術總監，想到這裡，就算是吃魚翅也會像吃麵粉。

「修好伺服器之後，我們想吃多久就多久，還可以吃到天荒地老。」李雲深下意識的端起面容，正經的回答，完全沒發現自己的語病。

她沒發現，某人倒是放在心上了。

肖重燁微笑道：「娘子有命，為夫自當遵從。」

同樣的梗，由他親口說出來，比隔著螢幕的字句殺傷力更大，所以李雲深很沒用的又被華麗麗的秒殺了，還殺得胸口裡到處亂撞的一班小麻雀潰不成軍，節節敗退。

羞窘的跟在肖重燁後面走進體育館，可才剛踏進去，他就被人以迅雷不及掩耳的速度簇擁了去，而她當場被晾在一邊。

「學長，你終於來了！」

「學長，伺服器暴走了，用你的威能收服它吧！」

「學長，救命啊！」

「學長，快來收妖呀！」

「學長，嗚嗚嗚……」

在兵荒馬亂之中，肖重燁很淡定的開口：「你們讓歐陽碰主機了嗎？」

……

一片沉默說明了答案。

眼鏡仔囁嚅的解釋：「本來我們只讓歐陽學長跑腿，可是歐陽學長說一定要看看主機，所以……所以……」

肖重燁點了下頭。歐陽鋒雖是資工系的，但莫名的就是與電腦的一應設備不合，倒是經商方面有些頭腦，所以他的早餐店經營得紅火，甚至還準備在畢業後開分店。

「讓開！讓開！」

說曹操，曹操到。一個戴著金邊細框眼鏡，長得頗為俊朗的高大男生撥開圍著肖重燁的學弟妹們，興沖沖的走來，「人呢？在哪裡？剛才我聽我店裡的工讀生說了，人在哪裡？」

「我不是站在你面前嗎？」肖重燁當然知道歐陽鋒問的是什麼，可還是答得不慍不火。

「誰想看你！我問的是跟你約會的人在哪裡！」歐陽鋒皺眉。

早就縮到角落去的李雲深，看到歐陽鋒探頭探腦的模樣，忍不住覺得好笑。

肖重燁完全不理會歐陽鋒，逕自跟著其他人朝充作臨時機房的辦公室走去。

雖然還不到中午，但整個體育館內已經十分吵鬧，有人把會場當成聯誼場地，認親寒暄起來，甚至有不少人COS遊戲裡的角色，四處走動拍照。李雲深看得新奇，興致來了，開始四處閒逛。

體育館一樓中央搭建了巨大的旋轉舞臺，臺上大型液晶螢幕占據了絕大部分空間。舞臺左前方有十二臺參賽者專用的電腦，右前方則是小型活動區域。一樓的座位和二樓的座位幾乎滿座。

經過半天的廝殺，五個伺服器共有三十六名參賽者出線，準備進入第二輪 PK 賽。場外已經有玩家開起賭盤，目前呼聲最高的是——一服的天下無雙和今朝醉、二服的醉飲狂龍和御非凡、三服的黑色秩序和極惡非道、四服的獨孤求敗、五服的千秋懸日月。

在官網公布參賽者名單之前，大部分的玩家認為最有機會問鼎雙十的人還包括一夕重華，然而，當名單揭曉的剎那，各服的世界頻道譁然——一夕重華竟然榜上無名！頓時臆測聲四起，論壇裡還出現了陰謀論的說法。向來少言的一夕重華對於各方的猜疑依然無視，直到有人主動在論壇裡為官方「主持公道」，道是一夕重華在二服的排名裡連前二十名都不到，才暫時平息炸開了鍋的議論。

不過，一夕重華沒參賽，有個人很安慰，那就是二服排名第二十一名的霍天揚。他埋頭苦幹的結果，竟然還是擠不進二十名，更讓他扼腕的是居然只差了一名。他只好拿第三十名的肖大神安慰自己。

此外，雖然官方禁止玩家藉 PK 之名私設賭局，但穿梭在會場中的李雲深還是拿到了不少下注單，其中有一張單子設計得很精美，每個候選者的名字下方都有各自在遊戲中的立繪，還附了戰鬥力分析，更特別的是，竟然將榜上無名的一夕重華也列入賭注之中。

李雲深偏著頭，看著大神的 ID 思索了一會兒，眼底漾起輕輕淺淺的笑意，長翹的睫毛撲閃了幾下，接著拿起筆在他的名字前面畫了一個大大的勾。

「雲深？」

沒有心理準備的李雲深身體僵了下，慢慢的轉身，抬起手，「嗨，胖妹，真巧啊！」

「妳怎麼在這裡？」胖妹驚訝，隨即了然的曖昧一笑，用手肘頂了頂她，「我知道了，妳也是追著肖學長來的吧！哈哈，我懂我懂！」

李雲深眨了眨眼，尷尬的乾笑兩聲。

「走吧，我帶妳過去！剛才我收到最新消息，肖學長來了，現在應該在辦公室。裡面人很多，妳偷偷混進去，不會被發現的！」

「不，我……」

不由分說被拉進去的李雲深，果然在重重人牆之中看到鶴立雞群的肖重燁。彷彿有心電感應似的，他忽然從一堆數據資料中抬起頭，視線移了過來。她連忙別開眼，假裝好奇的東張西望。

肖重燁挑眉，隨即淡然的笑了笑，並不在意。

「喂喂喂，肖學長好像在看我耶！」胖妹興奮的低語。

李雲深低下頭，默默的撥弄衣襬的一角。

胖妹就如同她說的，是來做工讀生的，具體而言，就是打雜小妹。軟硬體方面的問題，有上頭的學長姊擔著，她和其他的小大一便成了現成的跑腿，所以一進門，屁股沒坐熱，就被人使喚走。

李雲深選了一處不易引人注意的角落坐定，看著胖妹東奔西跑，看著胖妹東摸西找，最後跑了出去。接著，她的焦點很自然的轉移到肖重燁身上。

即使淹沒在人群之中，他那俊挺的外表和清冷的氣質依然搶眼。她看著他專注的審視卷宗，聆聽學弟妹的報告；看著他時而輕蹙，時而淺笑；看著他上一秒沉思，下一刻豁然……與從前懷著崇敬與探索的心情不同，現在更多了分難以言喻的微甜。

所以當胖妹提著一袋滿滿的便當盒回來時，就看到李雲深抿脣微笑，盈盈雙眸像掐得出水似的，分外迷離。胖妹看得兩眼發直，好一會兒才伸手在她面前揮了揮，好奇的問道：「妳──思春喔？」

李雲深噎了一下，沒好氣的說道：「這麼冷的天，思什麼春！」

胖妹想了想，順著她的視線看去，恍然大悟的竊笑，「我了我了，肖學長嘛，誰不思春！」說著，得意的拎著便當，朝人群的中心點肖重燁的方向走去。

「學長，中午的便當來了！」胖妹恭敬的雙手奉上，說話的時候臉頰紅通通的，完全不敢抬頭直視。

肖重燁正埋首於一堆數據中，沒注意到胖妹，倒是有人風風火火的跑過來，扯著嗓門大呼：「累死我了！啊，便當！正好，我快餓斃了！」一把搶過胖妹手上的便當，大口大口的吃了起來。

「歐陽學長，那個便當是……」

「啊，便當怎麼了？」

「不，沒、沒事，這家自助餐店的雞腿便當很好吃，還有附贈蛤蜊味噌湯，請學長慢慢享用。」胖妹說完，哭喪著臉走回去。

歐陽鋒莫名其妙的看了失魂落魄的小大一一眼，然後轉頭凶神惡煞的瞪向肖重燁，「老三，你太可惡了，竟然把你的女人藏起來，害我在會場裡到處亂竄，跑了大半天，連個屁股都沒找到！」說著，拿起雞腿，憤憤的啃了一大口。

「你看過她嗎？」

「工讀生有描述了她的樣子！」

「這樣你還想找她？」

「不行嗎？」

「有時候你真令人不得不佩服。」肖重燁無奈的應道。

「哈哈哈，你終於承認我比你強了吧！」

無知確實是很幸福的事！肖重燁搖頭淡笑，接著在最後一份文件上簽名，交給旁邊的學弟，同時低聲囑咐了幾句。

「學、學長……」蓄著西瓜皮、戴著黑框眼鏡的小男生怯生生的走近，看著肖重燁的目光閃爍不定，支支吾吾的說：「因為你之前說中午不在會場吃，所以我們訂便當沒預訂你的份，所以……所以……」

「無妨，我只是過來看看。」肖重燁的目光意有所指的瞟向彼方，那個視線停在自己身上良久的佳人，說：「時間也差不多了，再等下去恐怕我會被某人看得著了火！」

陡然對上肖學長似笑非笑的眼神，李雲深的心臟猛地跳錯了一拍，她訕訕的別開臉——不過，肖學長的那一眼讓她心底的警鐘大作，不祥的預感油然而生。

「胖妹，我我我我想起來有事得先走了，妳……」

她的話才說了一半，剛拿起包包想站起來，就敏感的察覺到一片陰影由上方緩緩籠罩下來。肖學長居高臨下，兩手分別撐在她的左右臂膀側，形成圈住她的極其親暱的姿勢。

肖重燁低下頭，在她耳畔低語：「我那邊再交代一下，然後我們就一起去吃飯。」頓了一下，他又淡笑道：「勞夫人久候了。」

李雲深整個人僵住了，腦袋空白，只能機械般的點頭。

事實上，她的表現已經很鎮定了，因為如果她有勇氣抬頭看，就會發現其他人的嘴巴張得一個比一個還大，眼睛瞪得一個比一個還圓，而且不只是胖妹捧著便當盒慢慢遠離她，歐陽鋒更乾脆，嘴巴大張、眼睛圓瞪，啃了一半的雞腿直接啪的掉在地上。

肖重燁的音量放得很低，溫熱的鼻息拂得李雲深面酣耳熱，感官知覺全部當機，唯一感受到的是，眾人不約而同投射過來的「熱情」視線，像要在她身上烙出個窟窿似的，緊黏著她不放。

望著肖重燁準備離去的背影，李雲深瞬間清醒。她下意識的拉住他的衣角，楚楚可憐的瞅著他：嗚嗚，學長，不要把我丟在虎穴裡啊！

肖重燁回頭，對上他探詢的目光，李雲深立刻正襟危坐，目光閃爍，「這裡冷冷冷氣很強，我跟跟跟你去……」

唉，李雲深，妳完全沒救了！她再次打從心底鄙視自己。

肖重燁端詳了她好一會兒，又看了看她脫下來掛在旁邊椅背上的外套，忽地勾起嘴角，脫下墨藍色的呢子外套披在她身上。與此同時，周遭響起一片抽氣聲，這下子她可真的又是「囧囧有神」了。

僅有的恥力在低頭跟著肖重燁走出去的時候消失得蕩然無存。她好希望這時候能被小怪秒殺，然後化作一縷幽魂飄向閻羅殿，因為現在就連淹沒人群也救不了她了。

跨出辦公室，肖重燁帶李雲深來到《天泣 online》幕後工作人員所在的區域，原來他說的交代，指的是遊戲公司的人。對方西裝革履，正在現場指揮調度，似乎是管理級的人物。看見肖重燁，對方立即堆上笑容，熱絡的迎上前，「肖先生，辛苦你了，未來兩天還要請你們多多幫忙！」

肖重燁禮貌的點頭示意，「陳副理，伺服器的問題已經解決了，希望沒有影響到比賽。現在狀況如何？」

她側身抬眼凝視著肖重燁與對方寒暄，跟剛才的戲謔不同，認真專注的他自有一股凜然的銳氣，比在場的其他學生成熟穩重得多，無怪乎對方不把他當一般的學生看待。

攏了攏身上的外套，上面還殘留他的氣息和餘溫，她不自覺的紅了臉。

而臉紅的她，平添幾分嬌豔。

一開始就注意到李雲深的陳副理，在與肖重燁談話的過程中，偷偷看了她很多眼，見她臉頰突然泛紅，宛如綻放的玫瑰，忍不住驚豔了下，於是禮貌性的問道：「這位也是T大的學生嗎？」

發現對方的焦點轉移到自己身上，李雲深迅速收起乍現的綺思，露出大方而不失禮節的笑容。她本想開口答腔，肖重燁卻主動搶白。

「她是——」感受到挨著自己的佳人驀地屏息，他故意停頓了片刻，接著悠悠應道：「內人。」

佳人原本上揚的嘴角陡然間抽搐了一下，肖重燁滿意的笑了笑，然後托著她的腰，在陳副理錯愕的目光中相偕走出體育館。

「早餐沒吃飽，我們去吃小火鍋好嗎？」肖重燁意有所指的瞄了眼李雲深身上的外套，「順便讓妳暖暖身體。」

李雲深的臉蛋紅得像小番茄，她低著頭跟著肖重燁來到學校附近一間日式料理餐廳，兩人選了間小包廂入坐。包廂裡很安靜，靜得她開始擔心肖學長會不會聽到她那拚命擂鼓的心跳聲。她的頭垂得很低，完全不敢直視坐在對面的肖重燁，只好緊緊盯著滾沸的湯鍋。

這種時候她應該說些話，但要說什麼？聊天氣？老套！聊學業？班門弄斧！聊朋友？他們根本沒交集！聊家人？這……在遊戲裡，她是他的「內人」，可現在她是「外人」。不對，學長剛才明明在外人面前介紹她是內人，而且還是第二次了！

「今天的湯頭還不錯，食材也很新鮮。」肖重燁突然說道。

「啊？」李雲深茫然的抬起頭。

「我的意思是，妳可以安心的吃。」

李雲深囧了。她的表情看起來有這麼糾結嗎？

她悲憤的舀了一匙熱湯嚥下去。她應該要微笑的跟肖學長談論風花雪月，而不是對著這麼一鍋俗氣的日式海鮮湯大演內心戲呀！

用完中餐，肖重燁去車上拿了筆電還給李雲深，他說是電源線有問題，已經換了條新的。接著，他就回活動會場去監工了。李雲深則是抱著筆電，暈乎乎的飄回寢室。可一打開寢室的門就瞬間回神，被面前三個雙手扠腰的女人強大的怨念驚得整個人背貼在門板上。

「嗨，大家都在啊……」她勉強抬起手打招呼，「呵呵……呵呵……」

「雲小深，妳不知道一笑置之的時代已經過了嗎？」千秋瞇著眼睛，眼底射出一道精光，襯得她益發銳氣騰騰，「坦白從寬，否則別怪我們『滿清十大酷刑』伺候！」

顯然效率極高的胖妹已經把稍早看到的畫面轉述給千秋和琦琦，就不知她是如何的添油加醋了！

李雲深無聲嘆氣，開始娓娓道來：「妳們都知道我平常在玩的線上遊戲叫做《天泣 online》。我的職業是祭司……哦，對了，祭司就是補師，專門幫隊友補血的。我還練了生活技能『採藥』，練了採藥就可以煉製丹藥。雖然我補血不太行，但是採藥煉丹還是很厲害的。啊，回到正題，這個遊戲也有時下流行的設計，就是『結婚系統』。只要結婚，就可以解特殊的夫妻任務……妳們知道什麼是夫妻任務嗎？就是……」

「說重點！」三人齊聲。

嗚嗚，女主角明明也是重點啊！

於是，三分鐘後，三個人滿臉狐疑的瞅著李雲深。胖妹摸著下巴，回想起肖學長和李雲深的曖昧動作，忍不住率先發難，「所以，妳在餐廳那天才發現一夕重華就是肖學長？」

李雲深趕緊點頭如搗蒜。

「可是你們的互動、你們的樣子，看起來就像交往很久的情侶啊！」胖妹斜睞，眼中明明白白寫著「我不相信」。

李雲深連忙搖頭如波浪鼓。

「所以，妳喜歡肖學長囉？」琦琦想起不久前李雲深對著電腦螢幕傻笑的模樣，好奇的問。

「琦琦，妳這不是廢話嗎？她早就被搞定了，根本不用等到今天！」千秋毫不客氣的一針見血，戳得李雲深淚流滿面，羞愧難當，「重要的不是咱們家雲小深喜不喜歡肖學長，而是肖學長對她有什麼想法！」言下之意，雲小深同學這個路人甲的意見完全不是重點。

「妳跟肖學長告白了嗎？」胖妹兩眼放光，搶著又問。

李雲深囧囧的說不出話來，告白什麼的，才不適合用在她和大神身上，太煽情了。她扁了扁嘴，從包裡拿出筆電，按下電源，說道：「我要去採藥了。」就不再搭理背後熱火朝天的菜市場。

然而，她才一登入遊戲，就立刻收到早餐小妹傳來的訊息：「雲妹妹，大新聞大新聞呀，聽說妳老公的女朋友是個超級大美人耶！」

「啊？」

「今天不是雙十PK的活動嗎？有人在現場拍了一些正妹的照片貼到論壇上，不只是蝶舞翩翩，還有不少美女。妳知道嗎？其中有個超級大美人是一夕重華的女朋友耶！蝶舞翩翩這下吃癟了，原來人家大神已經有個這麼正的女朋友，難怪對她連眼皮子也不眨一下！」

李雲深皺眉，她記得之前不知道誰有說過大神師父沒有女朋友啊！

「在論壇上嗎？我去看一下。」

「不用看啦，妳晚了一步，那個帖子和照片都被刪掉了！」

「應該有人存檔吧，公會裡問看看。」

「就算有，也沒人敢發啦！」

李雲深奇了，追問道：「沒有照片，妳怎麼肯定她是大神的女朋友？說不定是有人造謠呢！」想了想，她又問：「到底是怎麼回事，為什麼沒人敢發？」

「下午有人在論壇上發了一些PK活動現場偷拍的照片，其中有個帖子專門放正妹的照片，裡面也有咱們二服的蝶舞翩翩、雲且留住，和別服的美女，不過，最火紅的就屬那個神秘的超級大美女了。有人說她可能是別的伺服器的玩家，也有人說她是玩家的家眷，反正猜了半天，就是沒人知道她的來歷。唉，好可惜，我竟然忘記拍照存證！」

李雲深翻白眼，實在也很想叫她說重點。

早餐小妹又絮絮叨叨的說道：「本來嘛，掛久了總會有人出來認領，鄉民的力量是很強大的，沒想到這個帖子才掛了不到三小時就刪掉了。一堆人上論壇抗議，大罵發帖的人沒良心，沒事貼出來吊人胃口。可能是惱羞成怒吧，發帖的人終於被罵出來了，結果，他供出了一個讓大家意想不到的人。」

「誰？」

「嘿，這個人不是別人，正是妳老公，一夕重華。」

「咦？」李雲深微微驚訝。

「發帖的人說了，想要照片就去找一夕重華。這會兒可沒人說話了，誰傻了，敢在妳老公頭上動土？又不是吃飽撐著！」

李雲深駁道：「大神才不可能做偷拍這種事，肯定是那個人誣賴他！」

「那個人沒誣賴他啦，偷拍跟妳老公無關，據說是一夕重華威脅他刪帖的。」

「啊？大神說了什麼？」

「不知道。不過，這事還有後續。有圖有真相，後來有截圖的人又把照片貼了出來，但這次只貼不到十分鐘就又刪帖了。大家覺得奇怪，有人剛好認識他，理所當然的要逼問。結果，這人也說了同樣的話，要照片就去找一夕重華。」

「就算是這樣，也不能斷定那個超級美女是大神的女朋友啊！」

「當然不能，可是聽說這人偷偷告訴其他人，一夕重華說了，想動他的人就要有心理準備。妳說，這個美女不是他的女朋友還會是誰？唉，雲妹妹，妳老公不愧是神人，連女朋友都比別人強，妳沒希望了，趁早放棄吧！」

她表現得有這麼明顯嗎？李雲深無言了。

系統提示：玩家【痞子霍】邀您加入隊伍，您是否同意？

她點擊了「是」。

吃飯睡覺打東東：「嫂子……心事那沒講出來有誰人會知有時陣想要訴出滿腹的悲哀踏入七逃界是阮不應該如今想反悔誰人肯諒解……嫂子，妳節哀！」

心花朵朵開：「嫂子，我們都知道了，我們會站在妳這邊的！」

戰無不克：「……」

寒心淚雨：「雲……嫂子，妳……唉……」

痞子霍：「表妹，妳妳妳妳妳……」

雲深不知處：「我我我我我……怎麼了？」李雲深覺得好笑。

痞子霍：「就是……那件事……那件事……妳聽說了嗎？」

雲深不知處：「哪件事？」

痞子霍：「肖大神劈腿的事。」

雲深不知處：「劈腿的事我不知道，倒是知道美女照片的傳聞。」

她是相信大神師父的，今天她幾乎整天和他在一起，根本沒見過什麼神秘美女。

痞子霍：「男人都不是好東西……啊，不對不對，妳表哥我還是稀世好男人，那個肖大神……我呸，竟敢玩弄我家表妹，哼哼，等他上線，我就幫妳揍得他裡外像豬頭，幫妳出氣！」

吃飯睡覺打東東：「嫂子，妳不要太難過！三哥也瞞了我們很久，誰知道他會偷偷交女朋友，如果我知道他死會了，我就會勸妳趁早離開他……其實，現在還來得及，趕快跟他『離婚』，去尋找妳的春天吧！雖然妳只是一隻小青蛙，但一定有人會看到妳心地善良的一面……」

心花朵朵開：「白痴！」

吃飯睡覺打東東：「老婆，妳怎麼又罵人！」

雲深不知處：「你們都看過照片嗎？」

寒心淚雨：「嗯。」

痞子霍：「咦，你們哪來的照片？我怎麼沒有？傳過來給我！」

雲深不知處：「……是個美人嗎？」

心花朵朵開：「嗯，跟蝶舞翩翩是不同類型的，不像她那麼俗豔，長得很漂亮很脫俗，跟大神站在一起很登對……啊啊，我是說妳也不錯啦！」

這是在安慰她嗎？李雲深無言。

雲深不知處：「聽說大神威脅對方刪帖？」

心花朵朵開：「是不是威脅就見仁見智了！大神既沒口出惡言，也沒撂什麼狠話，只是把對方的個人資料寄給他們而已。」

雲深不知處：「個人資料？」

心花朵朵開：「就是對方從小到大唸什麼學校、參加過什麼社團活動、做過什麼工作，還有跟什麼人交往過、家裡有什麼人……包括興趣嗜好、戶籍地址、金融卡密碼什麼的……只怕這份資料上面還有他們自己不知道不記得的事。」

只憑對方在網上的ID，就在短短的時間內把人家的祖宗十八代查得一清二楚，這不是傳說中的駭客是什麼？難怪發帖的人會噤若寒蟬，說不定現在已經在收拾包袱準備搬家了！

李雲深再次體認到大神師父的強大。

晚上，和大神師父組隊解任時，李雲深終於還是禁不住問了。

「師父。」

「嗯？」

「那個……我聽說了照片的事……」

彼端的肖重燁笑了起來，小丫頭真能忍，他以為在他一上線時，她就會問起這件事了，便故作淡然的應道：「照片怎麼了？」

「為什麼要讓對方刪帖？」

「拍得不好。」

「啊？」

「光圈不足，構圖太差。」

李雲深愣了一下，呆呆的又問：「是美女嗎？」

肖重燁微微一笑，手中的紙張隨手翻轉，赫然是有心人士為了《天泣online》的雙十PK私設賭局所做的下注單。下注的人在一夕重華的名字前畫了個清清楚楚的勾，而落款的ID上有著娟秀的字跡——雲深不知處。

這是開設賭局的戰無不克讓歐陽轉交給他的。

「這個嘛……娘子不妨自己確認。」

系統提示：玩家【一夕重華】欲傳檔案給您，您是否接受？

她連忙按下「是」。待下載完檔案，打開一看，忍不住汗了。對著螢幕上這張看了十多年的臉，她能說不美嗎？說不美，豈不是貶低自己，也貶低了大神師父的眼光？想到早餐小妹轉述的「想動他的人就要有心理準備」，再對照大神師父八個字的點評「光圈不足，構圖太差」，她又淚了。

什麼神秘美女？所謂謠言，就是這麼來的。

◇※◇　◇※◇　◇※◇

《天泣online》的雙十PK活動第二天，第二輪複賽結果出爐，共有十一個人出線，除了原先場外預測的一服的天下無雙、二服的醉飲狂龍和御非凡、三服的極惡非道、四服的獨孤求敗、五服的千秋懸日月等六名玩家之外，另外五人分別是五服的碧水汐落和無敵悍將、四服的小橋流水、三服的月野兔，以及一服的幻影七殺。其中，只有幻影七殺和碧水汐落是女的。

早上的複賽結束後，進入複賽的玩家被帶到館內的臨時會議室裡，等候主辦單位告知後續的比賽流程。所有人或閉目養神，或低頭沉思，人雖多，卻沒半個人有聊天的欲望，偌大的空間裡瀰漫著異樣的氛圍。

於是，當遊戲公司的活動負責人陳副理走進來時，就敏感的察覺到比空調還冷的氣氛。本來為了接下來的即興活動而讓玩家聚在一起培養感情的目的，似乎適得其反，他們變得更敵視彼此了。陳副理無言的嘆了一口氣，接下來只好碰運氣了。

「在明天的PK決賽之前，我們公司邀請諸位參加一場臨時決定的小活動。《天泣online》即將在明年初開放新的副本『四凶五瑞』，今天下午兩點預定先展出四凶裡的窮奇和檮杌。不過，光是祭出宣傳片太無趣了，所以我們決定讓進入PK複賽的各位分成兩組，即席挑戰新副本。」

偌大的會議室裡鴉雀無聲，眾人似乎興致缺缺，陳副理趕緊補充說道：「大家別急著拒絕，這個臨時加賽是有獎金的。只要推倒其中的任何一個副本就可以獲得獎金二十五萬元，兩個副本全過就有五十萬元，另外，還會免費贈送打贏的隊伍每個人一隻三個月後才會釋出的限量金色品階神獸坐騎。」

一聽到有錢又有稀有坐騎可以拿，小橋流水的興趣來了，他眼睛閃閃發光的問：「只要過關，不管中途有沒有死掉，都有錢拿嗎？」

「是的。」陳副理笑咪咪的說道：「比賽沒有限制，無論隊伍死多少人，只要能夠推倒窮奇或檮杌，都算過關。」

「怎麼分組？」一個看起來約莫三十多歲的單眼皮男子一語道破關鍵問題。

陳副理微笑說道：「為了公平起見，當然是抽籤分組。」

事實證明，抽籤果然是不公平的。

幻影七殺無奈的掃視過自己的隊友——288級的劍士獨孤求敗、290級的戰將御非凡、289級的弓手碧水汐落、284級的刺客小橋流水。整個隊伍中，只有獨孤求敗、御非凡搬得上檯面，還有同樣風靡全服的大美人「絕色金釵」碧水汐落……她可能只比自己厲害一些。

再看看另一支隊伍，不僅輸出火力強大，連唯一的祭司都名列其中——289級的戰將天下無雙、292級的劍士醉飲狂龍、288級的劍士極惡非道、291級的劍士千秋懸日月、288級的戰將無敵悍將，還有唯一的祭司288級的月野兔。

兩隊成員比較之下，莫說幻影七殺悶，獨孤求敗比她更悶，甚至率先發難，猛地拍桌而起：「幹，這算哪門子的公平！我要求重新抽籤！」

「獨孤求敗先生，規定就是規定，不能更改。」陳副理笑道：「不過，若是你們不滿意現在的分組，可以私下協議換組，我們不會干涉。」

會議室裡陡然靜默下來。彼此對立的十一個人，利害相關。也許幻影七殺這隊的人都想跳組，但對方卻未必有人想異動。既然要打，自是要選擇對自己有利的一方。

幻影七殺嘆了一口氣，無奈的提出最後的異議：「不管抽籤公不公平，就人數上來看就有問題吧！我們只有五個人，他們卻有六個人，相較之下，他們的勝算比我們高多了！」

「這個不用擔心。」陳副理笑嘻嘻的說：「我們請了一個高手來幫忙。六對六，很公平！」說著，朝站在旁邊的工作人員點個頭，那人立刻一溜煙跑了出去。

「什麼高手？」幻影七殺好奇。

「我看了一下，你們十一個人裡面好像少了樂師，所以……」

「樂師？哼，找廢材樂師來頂個屁用！」獨孤求敗不屑的嗤之以鼻。

「他可不是一般的樂師，我們好說歹說才把他請來的。」

「該不會是……」幻影七殺睜大眼睛。或許《天泣online》目前的樂師都很廢，可有個人例外，那就是二服的神話，甚至是全服的神話，至今仍是樂師第一人。

就在眾人臆測之際，剛才跑走的工作人員領著一人走進來。來人俊美卓絕，顧盼清冷，隱隱約約散發著凌人的氣勢，即便是悠悠站立著，也能給人一種無形的壓力。他穩靜的瞥了眼在座的人，簡單的點頭示意。

幻影七殺吞了一下口水，訥訥的問道：「你是……」

對方沉吟了幾秒，冷淡的應道：「一夕重華。」

即使分屬不同的伺服器，天下無雙、極惡非道、千秋懸日月等同樣是大神級別的高手也知道「一夕重華」的ID代表什麼。能夠將樂師這個五廢職玩得如此出神入化，玩得與輸出強大的劍士、戰將等並駕其驅的，他是第一個，恐怕也是至今唯一的一個。

樂師絕對不是用新臺幣就可以堆砌得起來的職業，否則一夕重華也不會成為眾多玩家心目中的神話了。

無視於來自旁人或仇恨或欣賞、或錯愕或驚豔的目光，肖重燁逕自走到約莫二十來歲蓄著半長髮、頸項後紮著小馬尾，面容俊秀、活脫脫像個視覺系藝人的男子身邊坐下。

那男子微微笑著，笑起來時那雙桃花眼特別勾人，「你真會保密，連公會會長也不知道吧？虧我還為你感到惋惜，看來我淚都白流了哪！」

肖重燁挑眉反虧，「如果上官楚楚聽到你這番話，定會琵琶別抱。據說，黑崎月盯她盯得很緊。」

「喂，做兄弟的別這麼小心眼，不就調侃兩句，你還當真往臉上貼金了！」御非凡捶了肖重燁的肩膀一下，接著突然往他那邊靠去，低聲問道：「照片上那個女人真是你的……」說著，曖昧的眨了下眼睛。

肖重燁沒搭理他，而是循著自他一踏進來，目光就始終定在他身上的坐離他幾個座位的男人瞥去。那男人高頭大馬，頗為健碩，氣質分外冷硬，而且看著他的眼神有著莫名的敵意。

御非凡也跟著看過去，然後撇撇嘴，「那人是醉飲狂龍，對你特別狂熱！」當然，此狂熱非彼狂熱，而是那種狂熱到不幹掉你誓不甘休的執著，「你的名頭還真是怪，一拿出來，敵人和朋友就自動分兩邊！」

「我怎麼聽說你也是衝著我轉服的？」肖重燁似笑非笑的睨著御非凡。

「別，千萬別！我這個人性向絕對正常，況且我對我家楚楚忠貞不二海枯石爛地老天荒指天誓心……」

「好了，這些話你留著回去對她說吧！」

肖重燁和御非凡旁若無人的敘情，完全沒發現會議室裡已經分成了兩邊，兩派人馬各據一方。以醉飲狂龍、千秋懸日月等人為首的一派，正聚攏在一起商議四凶獸窮奇和檮杌的攻克法，反觀他們這邊，各自為政，誰也不理睬誰；獨孤求敗陰鬱不語，看不出心思；碧水汐落也冷著一張美顏，垂下眼瞼，不知道在思索什麼。

按照抽籤的順序，首先提槍上陣的是以醉飲狂龍為首的隊伍，他們選擇先挑戰物理怪窮奇——很明智的決定。除了祭司月野兔，其他人都是擅長物攻的職業。

自覺踩到狗屎運的小橋流水，為自己抽到後攻而洋洋得意。後攻占了先天優勢，在不明敵方虛實的情況下，後攻可以藉由觀察先發隊伍的攻防態勢尋找怪物的弱點。於是，自以為立下大功的小橋流水，意氣風發的抬起鼻尖看向隊友。可惜，他的隊友全都盯著轉播的大螢幕，沒人理他。

小橋流水的肩膀瞬間垮下，垂頭喪氣的想蹲到角落去種香菇療傷，可是才走了兩步，就被幻影七殺叫住：「喂你發什麼呆，輪到我們上場了啦！」

「咦——」小橋流水吃了一驚，連忙撥開隊友，跑到場邊瞪大眼睛，果然看到先發隊伍全滅，忍不住爆出粗話：「靠！兩分鐘，才過了兩分鐘耶！兩分鐘就全滅，這副本太賤了吧！」

「正確的說，應該是一分三十八秒，他們撐不到兩分鐘。」

「媽呀，這要打個屁啊？」小橋流水抱頭。

莫說站在場邊的參賽者表情凝重，臺下觀戰的玩家也全都目瞪口呆，剛準備開賭局的人更是僵住，連賠率都來不及訂。原本喧鬧震天的體育館，頓時鴉雀無聲。

比賽所使用的電腦位於舞台左前方，由於有隔板隔開，所以除非貿然闖入，否則觀眾並不能直接看到參賽者的廬山真面目。當然，參賽者離開活動區則不在此列。

此時，從全伺服器脫穎而出的諸位高手全變了臉色。原本的優越感在挑戰新副本全滅之後，蕩然無存。

幻影七殺轉頭掃視自己的隊友，除了一夕重華仍然如現身時的風輕雲淡、不改顏色之外，其他人的臉上不約而同多了幾分沉重，於是她忍不住問道：「大神，你認為我們打贏的機率有多少？」

「非勝即負。」肖重燁答得輕描淡寫，彷彿事不關己。

放眼望去，論實力，他們隊上能夠主事的，除了一夕重華之外，便是御非凡和獨孤求敗了，但御非凡和一夕重燁看起來是一路的，於是，她又轉向獨孤求敗，「敢問獨孤大俠，我們要不要緊急快速簡單扼要商量一下要怎麼打？」

「白痴，連打架都不會！」獨孤求敗啐道：「用力打會不會？需要老子手把手教嗎？」

幻影七殺默默的又轉回看起來比較「和善」的一夕重華，「大神，這個……」

「獨孤兄台不是說了？用力打就對了。」肖重燁淡笑。

幻影七殺奇了，一向用拳頭問事的獨孤求敗這麼說就罷了，聽聞能謀善略、機變如神的一夕重華實在不像這麼衝動的人，更不可能在做順水人情，該不會是……想到這裡，她又囧了。該不會因為是必敗之戰，所以連二服的大神也放棄了吧？

「你這是……」御非凡疑惑的確認。

「無妨，用力打，但是……」肖重燁在御非凡耳邊低聲說了幾句話。

雖然不解，但御非凡還是點頭，不過……他看向同是弓手的碧水汐落和幻影七殺，問道：「妳們的『誅心追魂箭』和『鷹眼』學到奧義了嗎？」

「我的『誅心追魂箭』差一級才奧義。」幻影七殺搖頭。

碧水汐落則是沉默的點頭。

「那麼進入副本之後，等獨孤求敗拉住怪，幻影持續放『鷹眼』，碧水交錯放『誅心追魂箭』和『鷹眼』。」御非凡分派著幾人的任務。

「就這樣？」幻影七殺狐疑的問道。

「就這樣。」

眾人坐定後，系統響起提示音。舞臺的大螢幕同時間 SHOW 出副本畫面。

系統提示：玩家【獨孤求敗】、玩家【御非凡】、玩家【碧水汐落】、玩家【幻影七殺】、玩家【小橋流水】、玩家【一夕重華】進入異世仙境，遠古凶獸窮奇覺醒。

當臺下的觀眾陡然看到螢幕上出現白衣翩然的樂師時，原本鴉雀無聲的會場頓時一片譁然，臆測聲四起。活動主持人立馬跳出來解釋一夕重華只是以補位的方式加入挑戰新副本，並未參與 PK 賽。

舞臺下的騷動完全沒有影響到進入副本的一行人，他們的注意力都被名曰「異世仙境」，卻宛如幽冥般死寂的副本吸引住。舉目荒草蔓徑，四顧淒涼冷清。順著畫面指示點走近，很快就看到占滿半個螢幕，面貌猙獰、通體火紅的凶獸窮奇。

眾人心思各異，但就定位後，五雙眼睛不約而同望向螢幕裡渾身金光閃閃，堪比黃金聖鬥士的獨孤求敗，隊上唯一皮厚血多的坦克劍士就是他了。

獨孤求敗雖然狂妄，卻也不是四肢發達頭腦簡單的人，他自認物防與另支隊伍的醉飲狂龍等人在伯仲之間，既然連他們都會被瞬秒，更別說是自己了。

他看了一夕重華一眼，一夕重華會意，放出增益技「魔氣浸體」，提升全隊的物理防禦力，同時間窮奇呈現變異狀態。獨孤求敗使出一招「迴旋重斬」拉住牠，其他人見狀紛紛使出自己的奧義技，霎時整個畫面被各種特效渲染得五彩繽紛，臺下觀眾恍如霧裡看花。

說是霧裡看花，實則不過是數十秒間的事。窮奇一記「怒爪撼地」，整支隊伍瞬間滅了一半，存活下來的獨孤求敗、御非凡和一夕重華也沒討到便宜，HP 全部剩不到 3%。

獨孤求敗和御非凡迅速吃下回血藥，正要後退重整，卻見一夕重華吃完回血藥，就收回玉壺冰琴，喚出泛著森冷紫氣的大聖遺音琴。御非凡見狀，隨即跟上前，對窮奇使出「破空一式」，長槍畫圓，直刺向前。獨孤求敗正在遲疑的當口，就見古琴彩光連閃，一夕重華絕技盡出。不知他使了什麼魔法，剛才 MISS 連連的攻擊，現在竟然摸得到窮奇了。

獨孤求敗精神大振，迎頭又衝向前。

窮奇又是一記「怒爪撼地」，獨孤求敗和御非凡的 HP 再次被打得不到 3%，倒是一夕重華，HP 奇蹟似的竟然剩下三成，而且他似乎沒有後退的打算，不管損血，攻勢連綿不斷。御非凡見他如此行事，便也不理會見底的HP。獨孤求敗皺眉，索性也豁出去，拚命猛攻。

然而，形勢並未因此而改變，窮奇來個回馬槍，一記「狂暴之心」的重擊，將獨孤求敗和御非凡打趴在地。少了坦克，下一秒，一夕重華也魂歸離恨天。

「時間？」肖重燁轉頭問目瞪口呆的幻影七殺。

「啊？」幻影七殺愣了下，好一會兒才會意過來，連忙答道：「啊，一分三十三秒！」

肖重燁點點頭，起身走向後臺，獨孤求敗卻一個箭步擋住他的去路。

論攻擊、論防禦，劍士絕對是比樂師有過之而無不及，可今天他卻在眾目睽睽之下比屈屈一個樂師還早吃土，這面子他怎麼掛得住。

「你的防禦值多少？」獨孤求敗鐵青著一張臉問道。

「正常情況下，十八萬左右。」肖重燁答得直白，沒有一絲保留。

獨孤求敗沉默不語，表情陰鬱的走回後臺。

三分鐘後，另一支挑戰檮杌的隊伍再度敗北，只是這次他們多撐了一分半鐘。

「看出來了嗎？」獨孤求敗說道。

「嗯。」肖重燁輕應了聲。

「他們學得很快，剛才一夕重華的打法多少讓他們開了竅。」御非凡附和。

幻影七殺和小橋流水困惑的對望，不約而同問道：「什麼什麼？看什麼？」

「蠢才。」碧水汐落冷斥。

「喂，妳這灘綠色的水是怎樣，仗著自己漂亮就可以罵人嗎？」幻影七殺雙手扠腰，杏眼圓瞪，「難怪人家都說越漂亮的女人心地越壞！」

碧水汐落冷哼，輕蔑的別開頭，視線卻不偏不倚的對上肖重燁，不禁愣了下，原本冷冽的雪顏頓時泛起薄暈。肖重燁禮貌的頷首，她不領情，倔強的抬起下巴，高傲的轉開臉。

肖重燁淡笑，毫不在意。

下一場戰鬥開始，眾人再次進入副本後，御非凡低聲問道：「一樣嗎？」

獨孤求敗一反之前的銳氣騰騰，看向一夕重華。一行人見一夕重華點頭，立刻採取如同上一場的攻守位置。就在這時，碧水汐落卻直接站到了一夕重華身後。肖重燁彷若未見，只是瞅著龐大的身軀同樣占滿大半畫面的檮杌。檮杌是法系怪，同樣是法系的他，應付起來比物理怪省點力。

喚出玉壺冰琴，不疾不徐的放出增益技「仙氣灌頂」，強化隊友800%的法抗，隨即踏入檮杌的攻擊範圍，檮杌頓時反紅異變。一夕重華旋身，躍至空中，七彩光芒連閃，破防、降速、暈眩、衰弱，定身、封技、石化、破防，輔助奧義技盡出。

其他人見狀，一湧而上，不約而同使出自己的絕技。與物理怪窮奇不同，檮杌的血薄了三成，防禦力也較低，但卻會不定時出現「鏡返」狀態，將玩家的攻擊反彈回去。小橋流水、幻影七殺和碧水汐落等法防不夠高的三人，在兩次鏡返之後，再次吃土。爾後，獨孤求敗和御非凡也在三輪攻防後敗陣下來。

畫面中，只剩白衣飄飄的樂師獨自奮戰。

見隊友全滅，一夕重華又換上大聖遺音琴，化守為攻，使出「黃泉之聲」的奧義。琴上七弦頓時化作七箭，七箭甫出，於半途又各自分出七箭，四十九道金燦鋒芒，直接射向檮杌，檮杌頭上瞬時浮現一連串極高的傷害值，HP去了三成。

此時，右上角顯示副本的時間已經過了三分三十秒。

檮杌再次出現鏡返狀態。一夕重華無視，連連放出大絕，反彈六次後，白衣樂師也蒙主寵召。

眾人錯愕，對於最後樂師那自殺式的攻擊行為感到驚訝莫名。

外行人不懂，內行人倒是看明白了。回到後臺，獨孤求敗直接挑明，「算出來了？」

肖重燁點頭，隨手拿了張紙，寫下幾個數字，一邊寫一邊解釋：「檮杌的HP降到這些範圍時會出現鏡返，或者是在這幾個時間內，也會出現鏡返。我的封技只有六成的成功率，定身五成，石化三成，有效時間分別是七秒、六秒和四秒，若是成功，檮杌出現鏡返的時間也會往後延。換句話說，檮杌兩次鏡返之間的時間，加上封技、定身或石化的時間，約有十二秒到十八秒左右可以沒有顧忌的進攻。當然，前提是要能撐過檮杌每五招就會出現一次的必殺技『混沌轉生』。檮杌的五個招式順序是固定的，只要算準，就可以及時退出必殺技的有效範圍。」

肖重燁說得不急不躁、清清淡淡，在場的人卻是眼睛圓瞪，聽得一愣一愣，心頭不約而同浮現相同的疑問：誰能在生死交關的當口還冷靜的算計？尤其在幾個人沒有默契、沒有章法的攻擊之下，竟然可以清楚釐清攻防時機！再者，每個人都認定鏡返是隨機的，卻沒想到原來仍是有其規律存在！

聽了肖重燁的說明，幻影七殺還是和臺下的觀眾有著同樣的疑惑，「最後你明知道檮杌在鏡返的狀態會反彈任何攻擊，為什麼還是要進攻呢？」

肖重燁淡笑，簡單應道：「我無法獨自打敗檮杌，最後那幾下，只是玩玩罷了。」

同樣是大神級別的獨孤求敗和御非凡，自是知道他這話只說了五分。既然檮杌的鏡返能夠完全反彈玩家的攻擊，那麼放出大絕的樂師，就算HP再多、防禦力再強，理應三次反彈之後就吃土，可是他卻撐了六回，所以很明顯的，他不是在讓檮杌玩，而是在玩檮杌，而且關鍵在於，這六回是否就是他全部的實力。

面子和裡子早就掛不住的獨孤求敗，當然不會去深入探究這個問題，而來自同公會的御非凡，更是沒有必要去詳問，他早知一夕重華的莫測高深。

「那窮奇的打法跟檮杌也一樣嗎？」幻影七殺好奇問道。

「當然不是。」御非凡皺眉，開始懷疑幻影七殺是不是走狗屎運打進PK賽，但還是耐著性子解釋兩者的差異。「檮杌玩的是時間差加上傷害抵免，窮奇卻是傷害抵免加上時間差。」

「啊？聽起來都一樣呀！」幻影七殺越聽越迷糊，「還有，傷害抵免又是什麼東東啊？」

看著一臉茫然呆滯的幻影七殺，御非凡放棄似的默默轉向肖重燁和獨孤求敗，「我們吃檮杌嗎？」主辦單位給了全軍覆沒的隊伍第二次機會，可以選擇其中一個副本再挑戰。而從剛才的狀況評斷，顯然是選擇檮杌的勝算較大，畢竟隊上的物理輸出不夠強大，只是顧及物理劍士獨孤求敗的自尊，禮貌上還是提出來協議。

肖重燁不語，看向獨孤求敗，表面上是尊重，實則是在徵求他的同意。技不如樂師的獨孤求敗，為了不在觀眾面前丟臉，只能選擇勝算大的副本。

而物理攻擊輸出厚實的另一支隊伍，理所當然是選擇窮奇。

同樣依照原先抽籤的順序，醉飲狂龍的隊伍先上陣，其他人在旁邊候著。

「御非凡大哥。」至此，幻影七殺這聲大哥已經叫得很自然很親暱了，「你覺得他們會贏嗎？」

御非凡想了想，轉而問肖重燁：「你認為呢？」

「非勝即負。」肖重燁答得簡潔扼要。

這句話怎麼那麼耳熟？幻影七殺囧了。

事實上，有同樣位列大神級別的天下無雙、醉飲狂龍、千秋懸日月等人在，有如此堅強的輸出，再加上已經掌握到窮奇的攻略法，如果會輸，也只會輸給一種變數。

肖重燁的眼底閃過一絲輕淺的笑意。

果不其然，幾輪折磨下來，只差臨門一腳，窮奇就會轟然倒地。

這時，醉飲狂龍、千秋懸日月忽然欺身上前，極惡非道和天下無雙見狀也跟了上去。月野兔陡然看到四名隊友脫離補血的有效範圍，愣了一下，猶豫著該不該尾隨，可是這一往前，就會進入窮奇的攻擊範圍。他的這一遲疑，極惡非道的HP忽然見底。他大驚，連忙上前施展回血技，可惜還是晚了一步。

隨後，窮奇一招範圍技，天生命薄的祭司瞬間吃土。沒了祭司，原本穩紮穩打的無敵悍將也豁出去了，同其他隊友一樣開始不要命的發動攻勢。他們都在賭，賭能否搶到給予窮奇致命的最後一擊。

三分鐘後，窮奇倒下了，場上只剩HP尚有三成的醉飲狂龍，以及HP剩不到一成，血條閃閃發光的天下無雙。

這支隊伍如果會輸，只會輸給一種變數。這種變數稱之為「默契」——團隊合作的默契。

接著，以獨孤求敗和御非凡、一夕重華為首的隊伍，用了比對手多四分之一的時間才推倒檮杌，可卻是全員過關。

下臺時，獨孤求敗截住肖重燁，問道：「你一個人可以過關的吧？」想起最後十秒，一夕重燁使用有價無市的「九轉死返丹」復活吃土的他們，獨孤求敗的心裡就不舒坦。

「不知道。」肖重燁微笑，仍舊一派風輕雲淡。

而繼獨孤求敗之後，有個意想不到的人也擋到他面前。幻影七殺和小橋流水好奇心大起，湊到一旁隔岸觀火。

望著碧水汐落那雙微冷卻眼波含嬌的美眸，肖重燁禮貌的頷首淺笑，「有事？」

「有。」她倨傲的抬起美麗的臉蛋，目光直勾勾的纏住肖重燁的視線，「我們結婚吧！」

幻影七殺和小橋流水同時撲通一聲，狠狠的摔到地上。

在場的其他人不是驚就是愣，倒是「始作俑者」絕色金釵本人自然得好像是在寒暄，而不像是在求婚。

而咱們的男主角風浪見多了，主動投懷送抱的美色當前，依然無動於衷，只是勾了一下嘴角，「真巧，不久前，才有另一個女孩對我說過同樣的話，而我已經答應她了。」

他說得清淡，剛站穩的幻影七殺和小橋流水卻不約而同又一個趔趄，晃了兩下。這少言的大神不鳴則已，一鳴還真是驚天動地！

「你說的是那個小白祭司？」雖然他們分屬不同的伺服器，但各服動態她還是瞭若指掌。絕色金釵秀眉微蹙，嗤之以鼻，「她有什麼好？打了那麼久還是很廢，那個自稱什麼第一美人的蝶舞翩翩都比她強多了！」

輕蔑的貶抑可見一斑，更別說連蝶舞翩翩都拉進來了，顯然小白祭司只是跳板，對自己有著絕對自信的絕色金釵，真正想踩的人是蝶舞翩翩。要比，她當然要跟水準以上的人比，否則豈不是自貶身價。

「喂，妳這灘長青苔的汙水！」大神的火星不見半顆，幻影七殺的火苗倒是先竄了上來。

「咳咳！」坐在一旁默默喝著熱茶的御非凡嗆了兩下。長青苔的汙水？碧水？他的臉上頓時落下無數條黑線。

幻影七殺跳了出來，一手扠腰，一手指著碧水汐落的鼻子，罵罵咧咧的叨唸起來：「別以為大家叫妳什麼『絕色金釵』，妳就以為全天下的女人都不如妳，妳那叫井底之蛙，不知天高地厚。《天泣 online》的美女多的是，蝶舞翩翩不算什麼，本小姐就可以壓死妳了。」

幻影七殺又轉而對依然不慍不躁的肖重燁說說：「大神，輸人不輸陣，你也來說說……呃，你老婆叫什麼名字？」

「雲深不知處。」御非凡看熱鬧似的插嘴。

幻影七殺拍了一下大腿，「對，就是雲深不知處！大神，你來說我們家雲深不知處的好，別讓這灘臭掉的綠水瞧扁了！」

她什麼時候變妳家的了？肖重燁挑眉，可看到幻影七殺的鼻子抬得老高，氣勢正盛，想了想，決定不掃她的興頭，於是難得的摻和其中，淺笑道：「粉淡香清自一家，未容桃李占年華。」

啊？幻影七殺呆愣。這是哪裡來的火星文？她有些茫然。

幻影七殺嚥了一下口水，氣勢蔫了點，悄聲問道：「有沒有簡單一點的？」

「……雪作肌膚玉作容，不將妖豔嫁東風。」

「呃……還有更簡單的嗎？」

「粉白香痕春帶雨，輕紅酒暈曉含風。」

「……」

「占斷天下白，壓盡人間花。」

聽到這兩句，幻影七殺倏地氣勢大盛，轉向碧水汐落，驕傲的昂起頭，「聽到沒有？我們家雲深不知處就是全天下最白的，比妳這灘綠水還白！」

御非凡一口茶嗆在喉嚨裡，眼角餘光瞥到自家公會的副會長一夕重華眉角不著痕跡的抖動了一下。

這琴果然是要看對象彈的！肖重燁轉向碧水汐落，禮貌的微微點頭，「承蒙錯愛，失陪了。」說著，逕自走出會議室，拋下困惑的等待下文的幻影七殺。

幻影七殺的自尊心被小小打擊了下，忍不住委屈的挨到御非凡身邊，沮喪的耷拉著腦袋，「御非凡大哥，人家說錯話了嗎？」

「這……」看著幻影七殺表情黯然，御非凡有些為難，「一夕重華的思維本來就在一般人之上，妳不必太在意。」

「這樣啊……」幻影七殺歪頭想了一會兒，用力的點了點頭，「難怪他會看上比花還白的人！長得可以壓死所有的花，那大概要白得像鬼了！」

御非凡翻白眼。

另一邊，剛走出會議室的肖重燁，遠遠的就看見那雪作肌膚玉作容，那粉白香痕春帶雨，那一株壓盡人間花、占斷天下白的如梨花般的人兒。不自覺的，深邃的目光中流露出幾許溫情。

如果歐陽在這裡，大概要取笑他了。

心有靈犀似的，李雲深一抬頭，就對上彼方凝視著自己的深邃目光。

她立刻小跑過來，白皙的臉蛋因跑步喘氣而顯得紅潤，來到肖重燁面前，有些心虛的低下頭，囁嚅的說道：「剛才出來時，被室友纏住，現在才到……那個……比賽如何了?剛才胖妹 call 我，說學長也有參加比賽，叫我趕快來，可琦琦太多話了……」

肖重燁伸手拂開落在李雲深頰畔的一綹髮絲，微微笑道：「不是什麼重要的比賽，臨時插進來的小活動而已，不看也罷。中午了，走吧，帶妳去吃好東西！」

這頓飯，李雲深一直吃得不是很省心，隱隱約約好像有個什麼事掛在心裡，卻始終抓不到線頭，即使是大神師父在側，她還是頻頻分心。肖重燁注意到了，沒說什麼。吃完飯，他送她回宿舍，離去前，他淺笑的像摸小狗似的撫了撫她的頭就走了。

◇※◇　　◇※◇　　◇※◇

雙十連假眨眼就過去了，這天，李雲深一如往常坐在電腦前，登入遊戲。公會頻道閃個不停，七嘴八舌，異常的熱鬧。

無名氏：「安靜安靜，老大我有一件重大的事情宣布，誰再嘰嘰歪歪就別怪我對你的小雞雞不客氣！」

無敵俏寶貝：「老大，人家是女生，沒有小雞雞耶！」

yoyo9527：「老大，不要啊！我的幸福就是你的快樂，可是如果你真的想要，我我我我沒關係啦！」

小歪G：「我靠！yoyo兄台，你真是太偉大了，竟然願意犧牲小我貢獻菊花，請受小弟一拜。」

無名氏：「幹！統統給老子閉嘴！」突然想起什麼似的，無名氏連忙壓下怒氣，強作斯文，「咳咳！諸位我親愛的子民們，等一下有遠道而來的貴客要加入咱們公會，請大家用整齊乾淨的心，熱烈歡迎新人！」

對於向來粗俗，不，是向來平易近人的會長一反常態的矯情，眾人不約而同起了一陣雞皮疙瘩。

小歪G：「老大是不是走路撞到電線桿，腦子被撞壞了？」

玉米濃湯好好喝：「不對，以過去的經驗來看，老大一定又煞到某個美女了！」

yoyo9527：「嗚嗚嗚，老大，你想始亂終棄嗎？」

愛情小清新：「浸豬籠！浸豬籠！」

早餐小妹：「老大，我們公會才兩級，只能收四十五個人，現在不是滿團了？還有位置嗎？」

無名氏：「沒有嗎？我看看……」

系統公告：玩家【帥到天理難容】被逐出帥翻天公會。

無敵俏寶貝：「老大，你怎麼可以把帥哥哥踢出公會，他昨天有幫人家打怪耶！」

無名氏：「啊啊，踢錯人了，拍寫拍寫！算他倒楣，老大我一時手滑，不小心按到！哈哈！哈哈！」
眾人心知肚明，會長擺明就是看 ID 踢人，忍不住不約而同在心裡 OS：老大，你好賤！
系統公告：玩家【碧水汐落】加入帥翻天公會。
十三么：「媽媽呀，這不是五服的絕色金釵嗎？」
白色 honey：「哇咧，二服和五服啥時合併了？我才兩天沒上線就落伍了喔！」
無名氏：「歡迎歡迎！大家熱烈鼓掌！啪啪啪啪啪啪啪！」
小歪 G：「哇賽，大美人耶！」
十三么：「啪啪啪啪啪啪啪！」
愛拷愛對路：「啪啪啪啪啪啪啪啪 X10」
小歪 G：「啪啪啪啪啪啪啪 X20」
無敵俏寶貝：「碧水姊姊安安！」
玉米濃湯好好喝：「安唷！」
早餐小妹：「安安！」
yoyo9527：「哼！」
無名氏：「碧水姑娘從五服轉到二服來，還紆尊降貴加入咱們帥翻天公會，各位要好好對待她！碧水姑娘，我這隊的固定練功團還缺一個人，從今天開始，妳就跟著我吧！」
十三么：「老大，你這是中飽私囊吧！」
白色 honey：「不對，這叫近水樓臺啦！」
yoyo9527：「禽獸！」

微風輕輕吹：「老大，我們這隊明明就七個人，哪裡有缺？」

無名氏：「有啊！昨天沒人比我大說他準備國考，不能上線，所以我們就缺一個人了啊！」

系統公告：玩家【沒人比我大】被逐出帥翻天公會。

無名氏：「啊啊，我又手滑了！哈哈！哈哈！」

眾人又是一陣沉默：「老大，你不是好賤，而是真的很賤！」

碧水汐落：「雲深不知處在嗎？」

微風輕輕吹：「……」

白色honey：「……」

絕色金釵對二服的大神一夕重華求愛不成的事，早就在論壇裡被大肆渲染開來。今天一大早，系統發出碧水汐落轉到二服的公告時，更是群情湧動。其中，看好戲、說風涼話的人居多。

這時她一開口就單挑大神的老婆，帥翻天公會的成員倏地個個恍然。

本來嘛，以他們家老大那副德行，怎麼可能釣到絕世大美女？

有人烏雲罩頂，當然，也有人撥雲見日了。

yoyo9527：「呵呵，歡迎歡迎，歡迎美麗的碧水姊姊大駕光臨！」

愛情小清新：「老大，真是太好了，你的名節保住，可以不用浸豬籠了！」

無名氏：「……」

李雲深正專注的蹲在翠華塢旁的山坳裡採引魂丹的藥材軀忘草，沒有留意公會頻道的「暗潮洶湧」。引魂丹是幾天前系統新增的能使氣絕之人復活的丹藥，雖不像九轉死返丹那樣具有回血功效，但採藥時至少不用九死一生。

而驅忘草和三生石是煉製引魂丹中極難得到的藥材。蒐集一百棵絳珠草才有1%的機率得到驅忘草。而三生石則藏在重火煉獄的百足龍身上，擊斃赤煉妖有5%的機率得到三生石。二十株驅忘草加兩顆三生石，僅能煉製一顆引魂丹。昨晚她熬了很久，才勉強採到六株驅忘草。

「雲妹妹，回神啦！」

「啊？」

「開公會頻道！」

早餐小妹會這樣密她，多半是公會裡有人要找人頭，而現在最常組她當人頭的是會長那支隊伍，於是連忙切回公會頻道，飛快的敲打鍵盤。

雲深不知處：「老大，找我嗎？」

碧水汐落：「找妳的是我。」

李雲深瞅著這個ID好一會兒，大夥兒心有靈犀似的，不約而同屏氣凝神，公會頻道頓時一片安靜。早餐小妹嚥了下口水，上次公會頻道這麼「乾淨」，好像是帥翻天剛成立，只有小貓兩三隻的時候。

碧水汐落：「我不喜歡拐彎抹角，所以就直接說了！請妳跟一夕重華離婚，妳跟他一點都不配！」

強！太強了！

到目前為止，第一次有人敢登堂入室來踢館，還直接踩在人家老婆頭上，踩得如此理直氣壯，踩得讓人連一句反駁的話都吐不出來。228級的小白祭司跟289級的弓手比，尤其還是個風靡全服的絕代佳人，那簡直是雞蛋碰石頭，自不量力。

絕色金釵果然如傳聞中的，冷得讓人沁寒啊！

每個人都眼睛圓瞪，大氣不敢喘，視線牢牢的釘在螢幕上，深怕一眨眼就錯過什麼精采好戲。甚者，沒人基於同公會的情誼跳出來解危，或者應該說是每個人都怕變成炮灰。據說絕色金釵在現實生活裡是豪門千金，後臺是那個硬呀！

……一分鐘……兩分鐘……三分鐘……五分鐘過去了，公會頻道的畫面始終定格在「妳跟他一點都不配」那句話，久久無人回應。久到大家都以為自己的電腦當機，開始拍打鍵盤和滑鼠。

小歪G：「哈囉！」

愛拷愛對路：「哈囉哈囉！」

十三么：「哈囉哈囉哈哈囉！」

小歪G：「唷呼！」

愛拷愛對路：「唷呼唷呼！」

十三么：「唷呼唷呼唷唷呼！」

微風輕輕吹：「你們可以再無聊一點！」

小歪G：「微風姊姊生氣了！」

就在公會頻道又像往常一樣熱鬧起來時，某大神的無良老婆終於在「千呼萬喚」中、在上門嗆聲的絕色金釵理智即將崩潰的前一秒中，沒頭沒尾的冒出來了。

雲深不知處：「呵呵，抱歉抱歉，剛才肚子有點餓，跑去沖了杯可可。茶水間好多人，排隊等了一下。對了，有人找我是嗎？」

李雲深一出聲，公會頻道瞬間再度淨空。即使隔著電腦，眾人彷彿還是能夠感受到絕色金釵的 ID 散發出嬝美極地的冷氣，腦海中同時浮現一張黑到發青的美顏。想到這裡，大夥不禁同時渾身一顫，噤若寒蟬。

碧水汐落：「我、找、妳！」

雲深不知處：「妳好，請問，妳是誰？」

妳是誰妳是誰妳是誰妳是誰妳是誰妳是誰妳是誰……

李雲深的話就像重磅炸彈，炸得每個人驀地石化，張口結舌，愣在電腦前。

碧水汐落：「靠！」

小歪G：「……」

無名氏：「……」

玉米濃湯好好喝：「……」

……

雲深不知處：「那個……我說錯什麼了嗎？」

系統公告：玩家【碧水汐落】與【帥翻天公會】志不同道不合，即日起退出【帥翻天公會】。

yoyo9527：「雲姊姊，妳妳妳妳妳妳太強大了！」

雲深不知處：「啊？」

從這時開始，李雲深在公會裡的地位莫名其妙提升了，從「妹妹」變成「姊姊」，連公會會長對她說話都會不自覺的加個「請」字。就在她一頭霧水之際，系統跳出來的提示訊息讓她整個囧了。

系統提示：「驅忘草」已售出，收益9999銀幣。

她終於知道為什麼從昨天開始就心神不寧了。把市場當倉庫，暫時將驅忘草以天價掛在上面，卻錯將銀幣當金幣。比9999銀幣價值高出數十倍的藥材，就這樣被某人賤賣出去了。

想到自己熬了整晚才採到的藥草，死了數以萬計的肝細胞才採到的藥草，什麼叫做欲哭無淚，她現在這張比黃蓮還黃、比苦瓜還苦的臉就是了。

最終章

千秋和琦琦、胖妹走進寢室時，就看到李雲深委靡不振的趴在電腦前，水靈靈的大眼睛無神的瞪著螢幕，彷彿這樣看能看出個窟窿來。

「妳該不會是被肖學長拋棄了吧？」琦琦拍了拍李雲深的腦袋，感慨的說道：「學長就像李白，是那飄逸不羈的天上謫仙，終究會回天上的……」

「呸呸呸！妳才天上謫仙啦，肖學長活得好好的，妳幹嘛詛咒人家？」胖妹嚷嚷道。

「哎呀，我不就是個比喻嗎？你們資工系的就是不像我們中文系一樣那麼浪漫優雅，生活枯燥乏味，說話沒有修飾……」

「肖學長也是我們資工系的啊！」胖妹不滿的嘟嘴。

琦琦噎了一下，「肖學長不一樣，他是……他是……就說他是天上謫仙了嘛，什麼系都不是問題！」

李雲深沉浸在掛錯價的打擊裡，沒心情打口水戰，直到手機鈴聲響起，她才回過神來。定睛一看，天上謫仙打來的。她頓時像打了氣的蝦子，又開始活跳跳起來。

「週末有空嗎？」彼端傳來好聽的嗓音。

「有。」李雲深剛說完，突然覺得自己好像回答得太快了，這樣師父會不會以為她很隨便？不行，要想個三秒再答！

「早上八點半，東側門，我去接妳。」

「好。」咦，三秒咧？李雲深，妳的三秒矜持咧？

「……丫頭，不怕我拐了妳去賣？」

「不怕。」李雲深，妳沒救了……

「嗯。」彼端隱隱傳來富有磁性的笑聲。

接下來直到週末，肖重燁都沒上線，直到週六早上，李雲深看見他，懸了幾天的心才踏實下來。她自動自發的打開車門坐上副駕駛座，肖重燁面露笑意的望著她。

「師……學長。」李雲深臉頰微紅，不敢直視肖重燁。

肖重燁習慣性的拍拍她的頭，把車駛上了省道。待他開上往南下的高速公路時，李雲深困惑的看向肖重燁，欲言又止，直到過了新竹，她終於忍不住問道：「學長，我們要去哪裡？」

「私奔。」

李雲深的心臟猛地抖了一下，側眼瞥見肖重燁似笑非笑的神情，不禁無奈的說道：「學長……」

「怕了？」

「不怕。」李雲深挺直上身，一副「慷慨赴義」的模樣。

肖重燁故作失望的搖頭，「原來娘子視為夫如洪水猛獸。」

李雲深囧了，她有表現得這麼悲壯嗎？

「我們不私奔，我們光明正大的去登記。」

肖重燁這話一出口，李雲深驚恐了。

「怎麼?不願意?」肖重燁挑眉。

「學長的大哥……他真的不會派人把我分屍嗎?」李雲深遲疑的問道。

肖重燁愣了下，隨即笑了出來。

車子一路南駛，當過了新竹，進入臺中地界時，李雲深就笑不出來了。自她暑假離家到臺北唸書，已經三個多月沒回家了，雙十連假前，三姨還暗示她不要賭氣，好歹是自己的爸爸，至少回家讓他看一下，安個心。當時她什麼也沒說，只默默的聽著。

她沒賭氣，但她說不出口。她從未跟學長說過自己的家在彰化。李雲深側頭目不轉睛的凝視著肖重燁，肖重燁卻只看著前方路面，對於她深究的目光只作不見。

於是，李雲深就這麼「看」著肖重燁，從臺中一路「看」到了彰化，「看」到他終於開口:「愛上我了?」

李雲深噎了一下，「學長，有沒有人說過你很壞心?」

「承蒙娘子不棄，為夫甚喜。」肖重燁微微一笑，將車子駛下交流道。

不過，車子並未如預期的往她家的方向行去，而是轉到了彰化市東郊的八卦山下。她狐疑的又看向肖重燁，難道她猜錯了?學長真的只是單純帶她來這裡「觀光」?呃……這怎麼可能!

車子駛進了路邊的停車格，下車前，肖重燁狀似不經意的說道:「聽御非凡說，附近有一家小吃店的滷肉飯很好吃，他以前唸書時每天會去報到。」

「御……他也是彰化人?」李雲深驚訝。

「彰中畢業的高材生。」肖重燁笑道。

肖重燁帶著李雲深走了兩條街，拐了兩個彎，來到一條小巷弄裡，果然有家不起眼的小吃攤，攤位前果然大排長龍。李雲深皺了皺眉頭，她不想頂著正中午的大太陽「罰站」。

「在這裡等我。」

肖重燁捏了捏李雲深的髮辮，就大步往小吃攤走去。不過，他沒有站在長長的隊伍後面，而是逕自走向店裡。李雲深遠遠的看著，就見肖重燁跟老闆娘說了幾句話，老闆娘轉身進去，不一會兒，就滿臉笑容的提了兩袋裝好的吃食出來。

李雲深有些驚奇的看著走回來的肖重燁，「學長，你認識這裡的老闆娘？」

「不認識。」

「學長事先打電話來訂餐了？」可若能事先預訂，怎麼還會有一群人傻傻的在排隊？

「沒有，他們不提供電話點餐的服務，只接受現點現賣。」

難道肖氏家大業大，黑手都伸到濁水溪來了？

彷佛看穿李雲深的胡思亂想，肖重燁笑著說道：「老闆娘是御非凡的母親。」

李雲深想起遊戲中那個渾身金光閃閃媲美黃金聖鬥士的戰將，不禁感嘆，遊戲裡果然什麼都有，那樣一個華麗的戰士，竟然是超人氣小吃店的少東！

肖重燁拉著李雲深往八卦山上走去，兩人揀了一處清幽的大樹下，就著濃蔭嗑完了滷肉飯和幾樣小菜。期間，李雲深一直古怪的不時偷覷肖重燁。待用完了餐，兩人漫步朝矗立山頭的大佛走去。

天空很藍，僅有零星幾片白雲悠然的懸在天邊，偶爾飄過靜靜的坐在山上大佛的頭頂，讓她看得有些恍惚。土生土長的彰化人，她看著大佛不知多少個年頭了，而祂依然如此穩靜，只是凝望著，就能讓人心神安定下來。不知不覺間，令她莫名生出了「白雲千載空悠悠」的戚戚之感。

李雲深抬頭望著肖重燁輪廓優美的側臉，眼珠子骨碌碌轉了幾圈，突然問道：「學長，你知道八卦山有個關於情侶的傳說嗎？」

「什麼傳說？」肖重燁看著李雲深水盈盈的大眼裡閃爍著惡作劇的光芒，心底隱隱流淌過幾分甜絲絲的暖意。

「聽說只要是來八卦山上遊玩的情侶，最後都會分手。」李雲深眨了眨眼睛。

肖重燁有些驚訝的看著李雲深，跟著也眨了眨眼睛，笑了起來，「幸好我們不是情侶，而是夫妻。」

李雲深目瞪口呆。人的臉皮原來也是可以無限上綱的！

李雲深望著肖重燁那笑得有些蠱惑人心的微笑，歪著頭問道：「學長，我們今天是專程來吃滷肉飯的？」

「娘子還想吃什麼？」

「……」她是吃貨嗎？

「學長，想不想去我家喝下午茶？」

「妳家？」肖重燁挑起一邊的眉毛，似是有些訝異。

李雲深默默在心裡嘆了口氣，「學長，再裝就太難看了。」

肖重燁無辜的問道：「妳家在哪裡？」

「……這裡。」

「這裡？」

「彰化。」

「嗯，地靈人傑，鍾靈毓秀。」

十分鐘之後，一輛銀色轎車馳騁在這個地靈人傑、鍾靈毓秀的彰化地界上，往肖某人的岳家飛奔而去。

李雲深掏出手機，撥了電話回去。隔了許久，彼端才有人接聽。

「喂？」

「我是雲深。」

對方似乎有些愣然，停頓了好幾秒才傻傻的回道：「哎，我剛才在午睡……妳今天休假？哦，對了，今天週末，妳當然放假，瞧我，年紀大了，腦子不好使了……啊，妳還有錢嗎？我想著後天去銀行給妳匯一點……」

「爸。」李雲深出口打斷父親的話，「我正在回家的路上，半小時就到了。」

李父又呆了，半晌反應過來，才慌忙說道：「啊，有人去車站載妳嗎？不要坐計程車，計程車危險，我現在就騎車過去，妳等爸爸。」

「爸，不用了，有人開車送我。」

李父沉默了下，接著小小翼翼的問道：「朋友載妳？是同學嗎？」

李雲深瞄了肖重燁一眼，有些心虛的答道：「是學校的學長。」

切斷通話，李雲深就瞧見肖重燁遞過來的似笑非笑的眼神。

肖重燁拖著意味深長的尾音說道：「學長啊——」

李雲深的心咯登了一下，心中莫名生出不祥的預感。

而當李父看到女兒身邊跟著一個高大俊俏的男人時，那眼睛都快在那男人身上瞪出個窟窿了，尤其又見到男人的一隻手不著痕跡的搭在女兒的腰際，他的眼睛都快噴出火來了，眉頭皺得緊緊的，但礙於女兒在，又不敢表現出來，只好猛盯著那男人看。

李雲深沒發現父親的異樣，她的目光掃過站在父親旁邊，笑得溫婉，腹部微凸的女人身上。

趙英華一手扶著明顯懷孕的肚子，一手抓著丈夫的衣角，雖然面上帶笑，實際上心裡緊張得不得了，嘴角都笑僵了。

肖重燁對幾個人異樣的神色和略微僵滯的氛圍視而不見，落落大方的隨著李雲深進家門，自然得好像在自己家裡一樣，完全無視李父明顯帶著敵意又緊跟著他打轉的視線。

李父忍了又忍，終於在眾人坐定，妻子上了熱茶後，忍不住問道：「雲深，這位是……」

「他是──」李雲深頓了一下，還是答道：「學校的學長。」

肖重燁瞥向拚命把頭往胸口埋的小丫頭，然後看著李父，笑著喚了聲：「爸。」

李父一口茶噴了出來，趙英華和李雲深也猛地瞪大眼睛，望向笑得俊美非凡，笑得彷彿只是說了句「今天天氣真好」的廢話一樣的肖某人。

李雲深覺得這是報復，這是黑心師父的報復。

趙英華看著丈夫瞬間黑沉如墨的臉色，嘴角不覺抽動了幾下，勉強擠出笑來說道：「中午我煮了鍋紅豆湯，現在還在爐上熱著，我去端幾碗來。」說完，捧著肚子，迅速退出了客廳。

肖重燁慢條斯理的啜飲熱茶，動作緩慢而優雅。李父的眼角繼續抽搐，連青筋都隱隱浮動著。李雲深在心裡無聲嘆氣，她現在可裡外不是人，幫誰都不是，只好也低頭默默喝茶。反正多喝茶沒事，沒事多喝茶。

然而，她沉得住氣，有人比她更沉得住氣。肖重燁始終安靜的喝茶，不時還含笑睇了李雲深幾眼，那眼中的寵溺之意，刺得李父簡直如坐針氈，好像自己的女兒正被人宰豬似的待價而沽。

李雲深偷偷朝肖重燁使眼色，偏偏對方像是智商瞬間歸零般，只報以困惑的目光。無可奈何之下，她只好放大絕——別人無恥，你就比他更無恥——於是，她溫吞的站起身，溫吞的說道：「小姨有身孕，行動不方便，我去幫她端紅豆湯過來。」然後，以光速遁了出去。

她一進廚房，就看到小姨站在爐子前發呆。她刻意加重腳步，走了過去。

趙英華回神，連忙換上溫和的笑臉，「妳爸不喜歡甜湯，所以我沒裝他的份。」

「小姨，恭喜妳！」李雲深突然說道。

趙英華錯愕的看著李雲深，喉嚨像被什麼東西梗住似的，半天都說不出話來。當初發現自己懷孕時，她是驚多過於喜，她當然想要有自己的孩子，但考慮到李雲深的心情，她實在高興不起來。

李雲深雖對她恭敬有加，卻始終保持著無形的距離。

她知道李雲深不可能把自己當親生母親那樣親近，所以也不勉強，一直以來只戰戰兢兢的做好為人母親該有的本分，所幸幾年下來，即使不像真正的母女，表面上倒也和樂，直到她發現自己懷孕。

當她告訴丈夫時，能夠明顯感受到丈夫的喜悅，但同時也能察覺到他的不安。他們倆同樣都擔心李雲深的反應，後來她從丈夫口中知道李雲深沒什麼反應時，她就明白事情壞了。

此時李雲深平靜的一句「恭喜」，讓趙英華越發忐忑起來。

趙英華遲疑的說道：「我……我原本不是想……」

「小姨。」李雲深插口道：「我沒什麼意思，爸爸年紀大了，我不能常陪在他身邊，所以有妳在很好，有……有弟弟或妹妹在也很好，我就一時不習慣而已，你們別擔心。」

聽到李雲深的話，趙英華忽然覺得鼻酸，她忙側身拭去眼角的淚，笑著說道：「哎，妳爸很好，自……自從我懷孕之後，他菸就少抽了，現在也不太咳了，挺好……挺好……」聲音裡帶著幾許哽咽。

李雲深別開眼，好一會兒才說道：「小姨，爸爸就拜託妳了。」

「妳……其實妳爸很愛妳，也很愛妳……妳媽，只是他這人不會說話，我曾經看過他拿著妳媽的照片發呆……妳放心，對他來說，妳們永遠是他最愛的人……」趙英華說著說著，心底不覺有些苦澀。

「小姨，現在陪在爸爸身邊的人是妳，以後陪他走到最後的人也會是妳。」李雲深垂下眼簾。

「哎，是我是我！」趙英華抹著淚，笑著應道。

李雲深吸了一口氣，微笑的問道：「有檢查出來是弟弟還妹妹了嗎？」

趙英華的臉微紅，有些羞赧的答道：「醫生說應該是男的，下個月產檢應該會更確定。」

「男生好，這樣才有人能照顧爸爸，照顧小姨。」

「哎，兒子也好，女兒也好，像妳這樣乖乖的就好。」趙英華不好意思的抹了抹臉。

李雲深笑了笑，沒答話。

趙英華偷偷打量了李雲深的表情，欲言又止，想了想，鼓起勇氣問道：「妳……那個男孩子是……」

「他是……」李雲深頓了下，臉頰慢慢浮起若隱若現的紅暈，難得的在趙英華面前露出小女兒的嬌羞。扭捏了一會兒，她才又囁嚅的接話道：「以後會一直在一起的人……」

趙英華理解般的含笑點頭，「妳爸爸只是一時間沒辦法接受突然出現別的男人把妳搶走，在他心中，妳一直是他最愛的孩子，他就是吃醋了。」掩嘴竊笑了下，她又說道：「那個男孩子看起來很好，怎麼看怎麼好。只要對妳好就好，你們還年輕，慢慢來就是了。不用擔心妳爸那邊，他就是鬧彆扭罷了。」說完，吃吃笑了起來。

李雲深有些不自在，捏了捏衣角，說道：「我端紅豆湯出去，爸爸和學長現在說不定已經吵起來了。」

趙英華也有些擔心，扶著腰，跟在李雲深後頭出了廚房。

可兩人一踏進客廳，就像踏進異次元世界似的驚恐——她們沒看到預期中針鋒相對的僵滯，也沒有想像中脣槍舌劍的熱戰，相反的，李父和肖重燁竟然有說有笑，宛如岳父和女婿般的和樂。

趙英華愣愣的看向李雲深，李雲深也錯愕莫名。

只聽過丈母娘看女婿，越看越滿意，沒見過泰山大人看女婿，越看越討喜的。尤其這尊泰山在幾分鐘前還想著要壓死這個半路殺出來的野男人。

李雲深突然覺得，師父非人哉，真大神也，竟然連這樣的「危機」都能在彈指之間將其灰飛煙滅！

李雲深和趙英華面面相覷，泰山和野男人顯然沒打算理她們，自顧自的從國家大事聊到吃飯睡覺的雞毛小事，其樂融融，氣氛和樂到兩個女人在旁邊當了兩小時的背景。最後，還是泰山大人體恤女兒要趕著回臺北，不想讓她太累，才趕著小倆口回去。臨送走他們倆前，還叮囑著下個月要再回來。

直到上車，李雲深還懵裡懵懂，這到底是她回家？還是肖學長回家？

李雲深側頭打量著肖重燁，見他一上車又恢復了平日的清冷，前後態度落差之大，令人驚嘆，她忍不住打趣道：「學長，辛苦你了！」

肖重燁挑眉，「好說。」

「學長，你是怎麼征服我爸的？」李雲深好奇的問道。

「以理曉之，以情動之。」

才見面不到幾分鐘的人，哪裡來的理可曉？哪裡來的情可動？

「學長，你該不會是賄賂我爸吧？」李雲深滿臉狐疑。

肖重燁故作驚訝的說道：「妳怎麼知道？」

「做了師父那麼久的徒弟，師父的性子沒摸透，那徒兒豈不是白做了……」李雲深自言自語的咕噥著。

「那娘子不妨說說為夫是什麼性子？」肖重燁來了興趣。

李雲深下意識的張嘴，猛地又頓住。黑心、小氣，錙銖必較、有仇必報，這能說嗎？說出來，她也會立刻在彈指之間就被灰飛煙滅了吧？為了小命著想，李雲深煞有其事的讚道：「師父就像是天邊月、水中花，可望而不可及，可遠觀而不可褻玩，可緬懷而不可意淫！」

「為夫怎麼記得娘子之前讚美某位先人也是說這些話？」

李雲深噎了一下，忙轉移話題：「學長是怎麼對我爸曉之以理，動之以情的？一定費了不少口舌吧？」

「岳父大人很開明，為夫只是小表真心，就獲得他的認同了。」

「真心？」李雲深困惑。

肖重燁瞄了眼李雲深滿臉的不信任，笑著說道：「為夫就和岳父聊了聊肖家的產業，談了談為夫繼承的動產與不動產，又說了說為夫遠大的抱負，唯此而已。」

李雲深囧了。

那動產與不動產才是「真心」、才是「抱負」，連泰山大人也甘拜下風了！

「我以為學長打算白手起家。」照劇本走，男主角通常不都應該不屑龐大的家產，然後以開外掛的能力，打造自己的王國，最後再來一記回馬槍嗎？

「論律論情，本就該有我的一份，我怎麼用是一回事，用不用又是一回事……」肖重燁像看呆子似的斜覷著李雲深，「只有傻瓜才會跟錢過不去。」

李雲深含淚。好吧，她就是那個電視劇看太多的傻瓜！

回到臺北已經晚上七點半，肖重燁沒送李雲深回宿舍，而是提議道：「去我那兒吃飯，吃完再送妳回去。」雖是提議，卻沒等李雲深同意，直接往T大的反方向駛去。

「學長要下廚？」李雲深驚訝。

「娘子說呢？」肖重燁似笑非笑。

她能說什麼？這「娘子」都喚得如此自然了，她還好意思讓他一個男人進廚房嗎？

當肖重燁把車子駛入矗立某住宅大樓的地下停車場時，李雲深有些驚奇，她以為有錢人家的小少爺住的地方會是電視上常見的獨棟豪宅什麼的，沒想到肖學長那麼「平民」。三十來坪三房兩廳的格局，除了必要的家具，沒什麼雜物，收拾得極為整齊乾淨，就單身男人的居所而言，相當難得了。

李雲深自覺的往廚房走去，肖重燁則直接去開了放在客廳的電腦。

李雲深在廚房忙乎了好一陣子，見客廳沒了聲響，收拾好手邊最後一道菜，便朝客廳走去，卻見電腦螢幕亮著，肖重燁躺在沙發上閉著眼睛，似是睡著了。她悄悄走過去，在旁邊坐了下來，靜靜的凝視著他俊俏的容顏。

她記不得當時怎麼會鬼迷心竅跑去殉爐，還欲蓋彌彰道是惦著往日之恩。還君明珠，還的不是明珠，而是她懵懂的心思。如果早知道兩人會發展到今天如此親近的關係，那當初她寫的會不會就不是還君明珠，而是相思欲寄無從寄的情愫？

「好看嗎？」

陡然聽到飽含笑意的聲音，李雲深嚇了一跳，連忙起身想走，卻被一股大力拖去。她一時站立不穩，跌到沙發上，落入一副溫熱的胸膛裡。

躺在沙發上的肖重燁，一手枕著頭，一手把李雲深壓向自己。李雲深只小小掙扎了一下，見是徒勞，就認命的伏在肖重燁身上，感受著他身上隱隱傳來的熱力，聆聽著他平穩有力的心跳聲。肖重燁也不說話，閉著眼睛，手輕拍著李雲深的背。

偌大的客廳寧謐無聲，兩人都享受著難得的愜意。

許久，埋在肖重燁胸口上的李雲深突然開口：「學長。」

「嗯？」

「師父。」

「嗯？」

「師父，如果你敢丟下我，我會咬人。」

肖重燁拍著李雲深的手頓了一下，笑著說道：「好。」

……

「娘子。」

「嗯？」

「娘子。」

「嗯？」

「我愛妳。」

李雲深僵住，下一秒猛然往肖重燁的懷裡扎去，從頭到腳趾瞬間滾燙，心臟更是如擂鼓般狂跳。久久，心跳速度慢慢恢復正常，她才悶頭說道：「師父。」

「嗯？」

「你好壞！」

「娘子喜歡就好。」

「……」

◇※◇　　◇※◇　　◇※◇

從「愛徒」升格為「愛妻」之後，李雲深在遊戲裡的廢材程度並沒有因此而降低，甚至被某人慣得越來越廢，而且有廢材把大神打趴的「史詩」在前，隊友們對這根廢材也不敢寄予多深厚的期待。

李雲深自己也納悶，明明讀書考試難不倒她，死黨口中的T大中文系高材生，怎麼到了遊戲裡偏偏就不可雕也？

新婚夫君兼新任男友兼前任師父，意味深長的說了句：「尺有所短，寸有所長。」

她深以為然，心有戚戚焉的答道：「師父的考試成績必定是慘不忍睹。」

彼端陡然沉默了數秒，李雲深瞬間腦補了刺骨的森森寒氣之後，立即補了幾句：「師父非人哉，不能以尋常人視之。」

痞子霍：「表妹，妳怎麼還叫肖大神師父？妳都被逐出師門了！」

雲深不知處：「叫習慣了，改不過來。」

痞子霍：「嘿嘿，不過，表妹，妳把肖大神打趴後，膽子變肥了，都敢罵他了！人妻就是大膽啊！罵得真好，肖大神根本就不是人！」

寒心淚雨：「白痴！」

痞子霍：「臭妖人，妳又哪條神經接錯了！」

戰無不克：「……」

吃飯睡覺打東東：「嫂子，妳這樣就不對了，女人當以夫為天，妳看這個夫字，不就是天字往上凸一點嗎？這就說明了夫比天高……」

心花朵朵開：「死東東，昨天叫你背的女誡背了沒？」

吃飯睡覺打東東：「哎唷，親親老婆，我都背了三從四德，打個商量，那個女誡太長了，能不背嗎？要不，換個短一點的……」

心花朵朵開：「皮癢了你！信不信我休了你？」

吃飯睡覺打東東：「好啦好啦，我背，明天背給妳聽！親親老婆，別氣了，妳一氣，老公我就心痛！」

雲深不知處：「……」

一個成功的男人，能夠令男人誠服、女人悅服，而一個成功的女人，就是能夠找到這樣一個男人。

李雲深看著畫面中白衣出塵的一夕重華，默默的往他旁邊靠去。

清風河畔此刻萬頭攢動，全都在等官方提早釋出的新行事曆王——四凶獸之一的饕餮。與雙十 PK 時諸位大神挑戰的副本模式不同，攻克人數不限，撿尾刀才是王道。小老百姓不能跟大神相比，幾乎都是攜家帶口，準備來夾縫中求生存，運氣好撿到尾刀，說不定還能得到饕餮身上的極品神武。

一夕重華等人站在外圍觀望，新行事曆王饕餮每週五晚上七點半現身，八點消失，今天是首度出現。沒人知道饕餮的底細，不過每個人都心存僥倖，想著反正不管饕餮多厲害，用人海戰術準沒錯。老天再怎麼落雷，一定也是先劈到我旁邊的高個兒。

屬於高個兒一族的霍天揚，看著在李雲深旁邊跳來跳去的小肥雞，滿頭黑線的說道：「表妹，妳家的小咕嘰整天只會吃吃吃死死死，不是吃就是死，不是死就是吃，乾脆放生算了啦！」

寒心淚雨冷嘲道：「你也是只會吃吃吃，怎麼不把你那顆沒用的腦袋也放生算了！」

心花朵朵開也嗔道：「厚，小咕嘰很可愛耶，你們這些臭男生只知道打打殺殺，真是不懂得女孩子的心！」

李雲深已經習慣小咕嘰在旁邊閒晃了，所以對表哥的話視而不見。

距離饕餮出現還有十分鐘，她開始東看西看，無意間瞄到閒雲公子也在其中，有個粉衣女祭司偎著他站著，上頭頂著「雲且留住」響噹噹的名號。

她後來從早餐小妹那裡聽來八卦，雲且留住本來是默默無聞的小玩家，據說後來有個四服的女玩家高價買了這個 ID，接著雲且留住就在短時間內竄上祭司榜前三名，還超越了蝶舞翩翩和上官楚楚。又據說，現在的這個雲且留住，當時在四服就對閒雲公子展開猛烈的追求攻勢了。這是四服眾人皆知的事，在閒雲公子轉來二服時，四服還鬧得滿城風雨，說是閒雲公子為了躲避「桃花劫」，才匆匆轉服的。

李雲深對別人的閒事其實不是那麼好奇，只是這個閒雲公子之前對她頗熱心親切，她自然就對他稍稍留意了些。

「師父，你知道閒雲公子結婚了嗎？」

「妳介意？」

「不是，只是好奇而已。」

「嗯。」

見師父不再說話，李雲深突然莫名的不安，她忐忑的又問道：「師父，你……吃醋了嗎？」

「娘子希望為夫吃醋，還是不吃醋呢？」

李雲深想了想，臉上不自覺的泛起了層薄薄的紅暈，然後很無恥的說了句：「聽說偶爾吃點醋有益身體健康。」

肖重燁挑眉，嘴角微揚，回了一個字：「好。」

好？好是什麼意思？李雲深滿頭霧水。

就在這時，饕餮現身了，清風河畔頓時亂成一團，沒等饕餮按劇本把恐嚇的話說完，滿坑滿谷的小蘿蔔頭就使出渾身解數，開始朝占滿了四分之一個螢幕的牠招呼了過去。

饕餮身壯如牛，頭上有外曲尖銳的獸角。利齒如鋸，雙目炯炯，面目猙獰。四肢末端有如虎獅的爪子，身軀兩側則有一對肉翅，狀似人耳。

痞子霍和戰無不克等人遠遠觀望了一下，發現饕餮的攻擊似乎沒有想像中的凶殘，就算是群攻技，也不至於秒殺眾人，而且開打了五分鐘，有帶補師的多半安然無事，便領頭也跑了過去。李雲深連忙咚咚咚尾隨在後。

饕餮的血很肥厚，如果只有寥寥數人，那在牠消失前，怎麼撓也撓不掉牠半條血，好在有密密麻麻的小蘿蔔們一起撓，十分鐘後，饕餮的血條就只剩下四分之一不到了。

為了搶尾刀，所有人都卯足了勁，放大絕的放大絕，丟暗器的丟暗器，各色聲光效果滿天飛，小小的螢幕頓時五彩紛揚，讓人眼花繚亂。

痞子霍、戰無不克、吃飯睡覺打東東等人也都賣力的頻頻使出絕技，寒心淚雨連毒藥都掏出來丟了。李雲深除了幫隊友補血，本來也間或幫著打，後來見師父似乎只打了幾下就彈他的琴去了，乾脆也停下攻勢，只偶爾放個群補技。

當饕餮的血條幾乎見底，開始閃爍不定時，眾人簡直是殺到眼睛也發紅了，又是新一輪的大絕齊飛。

可僅僅眨眼的瞬間，饕餮驀地前腳一蹬，雙翅一振，放出必殺技「振翅迴光」，反彈小蘿蔔們的攻擊，同時隨著肉翅的舞動，襲來一陣名為腐蝕之香的陰風。陰風掃過，原本七彩繽紛的畫面轉眼間灰濛濛一片。

在場所有人全都石化，而且每個人的血條比饕餮得還悲劇，半滴不剩。

原本蒙主寵召應該化成一縷幽魂飄去閻王殿報到的，可是饕餮的攻擊還夾雜著石化的輔助效果，所以這時全場真的是一個蘿蔔一個坑了，盡皆動彈不得。

眾人不約而同冒出個念頭——這是bug吧？系統不可能放任這樣的狀況直到行事曆王的時間結束吧？

然而，當所有的人看到一個蔔蔔一個坑的石叢裡，竟然有一隻小肥雞活跳跳的晃來晃去時，更加堅定的認為，這絕對是一個超級大bug！

李雲深也驚悚了。而在她又看到系統跳出兩行提示訊息時，她更是囧了。

系統提示：您的寵物【小咕嘰】死亡次數達999次，習得技能「九死一生」。

系統提示：九死一生，有1%的機率在死亡時自動復活。

李雲深看了看被石化的自己和眾人，又看了看悠哉的走過來又晃過去的小咕嘰，忍不住無言的望向天空：蘋果最光輝的一刻是砸在牛頓的頭上，她家的小咕嘰最風光的一刻，就是現在，再沒以後了！

當前頻道上同樣刷滿了無言的刪節號，連自家的隊伍頻道也是。

霍天揚問道：「表妹，妳家的小咕嘰……」

李雲深囧囧的回道：「牠死了999次，學到技能了，所以……」

「什麼技能？」

「九死一生，有1%的機會不會死掉。」

隊友們瞬間浮現相同的想法：好個自私自利的技能，簡直跟牠的主人一樣沒心沒肺啊！

「表妹，饕餮沒攻擊小咕嘰耶！」

「大概是小咕嘰太弱了……」李雲深敲完這句話，突然覺得很空虛。

「那……表妹，妳讓小咕嘰去踹饕餮兩腳看看，說不定我們就不用在這裡吹風了！」

李雲深望著一堆石化的蘿蔔，望著滿場兜轉的小咕嘰，默默的打開寵物戰鬥介面，選了牠的一千零一招——「普通攻擊」。

就見小咕嘰氣勢一振，雄赳赳的朝饕餮奔了過去，接著飛身一跳，踢向饕餮垂著的腦袋。

饕餮的頭上瞬間浮現了淒涼的傷害數值：-0。

眾人：「……」

士可殺，不可辱！饕餮雖然沒被撓掉半滴血，但被你個小肥雞踹頭，讓我顏面擱哪兒？饕餮心頭火起，伸起前掌隨便一拍，小咕嘰頓時被拍到了太平洋。

於是乎，李雲深與眾人果然都化成了幽魂，一起飄到了閻王殿……

重生回主城之後，李雲深蹲在角落，召喚出小咕嘰，看著牠又歡快的蹦來蹦去，不禁想著：不如你把我放生了吧！

這時，忽然有人敲了寢室的房門，讓她從神遊中回過神來。

小週末的晚上，琦琦她們都出去狂歡了，只有她為了打行事曆王而留下來。她連忙站起身去開門，看到門外站著的高瘦女生時，愣了一下，「舍長？」

「李雲深同學，有人送宵夜來給妳，他正在一樓的交誼廳等妳。」女子宿舍長表情有些古怪，忍不住又補了一句話：「是資工系四年級的肖學長。」

李雲深呆住，眼角餘光忽然瞥到走廊上不知何時聚集了一群人，全都眼睛放光地看向她。她低著頭，訥訥的說道：「謝謝，我立刻就下去。」說著，回房拿起鑰匙，匆匆跑出寢室，也不管背後刺在背上的許多熱源，悶頭跑下樓。

然而，她實在太低估女人敏銳的八卦天線和旺盛的好奇心了，當她跑到交誼廳時，交誼廳已經是盛況空前了。她垂著頭，撥開重重人群，終於擠進大廳裡。進去後，一眼就看到端坐在略靠中央桌邊的肖重燁。他正旁若無人的含笑凝視著她，幽深的黑眸裡寫滿了脈脈溫情。

在眾目睽睽之下，她漲紅著臉，微垂下眼簾，慢慢走了過去。

「學長……」聲若蚊蚋。

肖重燁拉她坐在自己身邊，又打開桌上一盅熱氣蒸騰的湯品，微笑的說道：「上次妳說過這家的麻油雞很好吃，我特地買來給妳。」

我說過嗎？這家是哪家啊？

李雲深如坐針氈，僵硬的接過湯匙，喝了兩口，只覺得自己彷彿要被四面八方投射過來的紅外線燒透，不禁不安的又喚了聲：「學長……」

肖重燁伸手拂掉一縷落在她頰畔的髮絲，傾過身，額頭抵著她的額頭，深情的說道：「娘子說的對，偶爾吃點醋，確實有益身體健康。」

李雲深聽到四周響起的抽氣聲，頓時欲哭無淚。

《師父說了算！》全文完

番外篇

一、測字

肖重燁開車從T大離開時，嘴角還是上揚的。想起李雲深在眾目睽睽下那手足無措的憨態，他的心情就很愉悅。他的小娘子雖然唸起書來成績一把罩，但對於情事，就跟遊戲裡一樣小白。

剛到住所，手機鈴聲就響起，他拋下鑰匙，看了眼來電顯示，順手接起。

「老三，你跑哪兒去了，打電話給你也不接！」

「送宵夜。」

「咳——」彼端傳來嗆到的咳嗽聲，「哇靠，肖三少轉性了，什麼時候也幹起這麼可愛的事了？我想想，那個上輩子燒高香的人絕不是你爸，你大哥那個冷面也不可能，你二哥那個遜咖更不可能……」

歐陽鋒故意打了幾個擦邊球，肖重燁好整以暇的仰躺倒在沙發上，也不答話。

「喂，你這傢伙很沒意思，好歹吭個聲啊，這樣我很沒成就感耶！」

肖重燁懶得搭理他，也不管他打電話來做什麼，把手機切換成喇叭模式，就隨手丟在一旁。

「老三，說實話，你該不會是認真了吧？說起來，她長得的確是很漂亮啦，不過，你家老頭和大哥會答應嗎？他們不是希望你跟江家的大小姐……」

肖重燁一手枕在後腦勺，閉上眼睛。

他認真了嗎？

沒錯，他是認真了！

「你真的喜歡她？」歐陽鋒再次確認。

「看起來像嗎？」

「很像。」

「你說像，那就是了。」

「不會吧？什麼時候開始的……」

什麼時候開始的？

他忘了。

但是，他一直記得收到「還君明珠」那封信，卻發現寄信人平空消失時的懋悶。

他不喜歡不能掌握的事情，更不喜歡事情脫離他的掌握。也許對方無心，他卻不喜歡這種彷彿被擺了一道的感覺，罪魁禍首甚至拍拍屁股就跑得不見蹤影，讓他就像挨了一巴掌，這氣卻找不到人出一樣。

本來他可以置之不理的，反正他早就打算不玩了，所以才會被歐陽鋒磨蹭到答應在遊戲裡跟那個蝶什麼的結婚。玩慣了戰略型、動作型的遊戲，對他而言，《天泣 online》這種遊戲簡單得多，而且他已封頂，遊戲裡的任務激不起他半點的火花。

在隊上的小補師殉爐的前幾天，連一向遲鈍的隊友吃飯睡覺打東東也察覺出了他的異樣。

吃飯睡覺打東東：「三哥，你怎麼啦，剛才差點被三頭犬打死，一點都不像平常的你！」
心花朵朵開：「大神是不是累了啊？」
雲深不知處：「我也差點被三頭犬打死……」
吃飯睡覺打東東：「雲妹妹，這就是平常的妳！」
雲深不知處：「……」
戰無不克：「我幫大家測個字。」
吃飯睡覺打東東：「哇，戰大哥你連自家人都不放過喔！聽說你這幾天到處幫人測字，賺了不少錢哪！」
戰無不克：「你們免費。」
心花朵朵開：「免費？我要我要，幫我算一下什麼時候會有桃花！」
吃飯睡覺打東東：「朵朵大姊發情了！」
心花朵朵開：「死東東，老娘今天好像還沒扁過你，你皮癢了是吧？」
吃飯睡覺打東東：「開玩笑，開玩笑的啦！我們朵朵大姊人見人愛花見花開，跟小弟一樣，車子見了都爆胎……哇，別爆我的頭啊！」
戰無不克：「心花朵朵開。」
心花朵朵開：「什麼事？」
戰無不克：「……我不是叫妳，我是說，從『心花朵朵開』這五個字裡選一個。」
吃飯睡覺打東東：「怎麼不從『吃飯睡覺打東東』裡選一個字？我的名字也很威武呀！」
戰無不克：「太囉嗦了！」

吃飯睡覺打東東：「啊？」

心花朵朵開：「哈哈哈哈，戰大哥說得太讚了！」

戰無不克：「選一個字，密我。」

吃飯睡覺打東東：「幹麼要用密的？又不是見不得人的事！」

戰無不克：「你太囉嗦了！」

心花朵朵開：「噗！」

就在吃飯睡覺打東東和心花朵朵開又開始舌戰時，戰無不克同時收到了兩行密語，發訊的人有默契到讓他有些驚訝。

雲深不知處：「朵。」

一夕重華：「朵。」

愣了一會兒，他回了同樣的訊息給兩人：「木上幾何，各表一枝；心開兩頭，左右生華。你（妳）的緣分不遠在前，稍微留心就可以看到了。」

雲深不知處：「我不是問緣分。」

一夕重華：「我不是問緣分。」

看著再次不約而同發過來的一模一樣的訊息，戰無不克意味深長的笑了，又分別回了同樣的訊息：「我這個字只測桃花。」

雲深不知處：「我選的不是第二個朵字喔！」

一夕重華：「第二個朵字又是什麼？」

第一次是巧合，第二次是緣分，那第三次叫做什麼？

戰無不克再次複製、貼上同樣的回覆：「如果只有一個人選這個字，那兩個朵字的意義就不同；如果兩個人同時選了這個字，那這兩個朵字的意義就沒有什麼不同了。」

另一邊，打完嘴炮的兩人終於進入正題。

吃飯睡覺打東東：「戰大哥，我選花字。」

心花朵朵開：「這個不用戰大哥，我幫你解就好！花嘛……拈花惹草、攀花折柳、眠花宿柳、辣手摧花、戀酒貪花、花天酒地、花心蘿蔔……」

吃飯睡覺打東東：「喂喂喂，我哪有那麼不堪！」

戰無不克：「……不中亦不遠矣！」

心花朵朵開：「噗噗！」

肖重燁沒把這件事放在心上，過了幾天，歐陽鋒在世界頻道公告奔浪皇朝的一夕重華將與胭脂閣的蝶舞翩翩結婚時，吃飯睡覺打東東還來調侃他。

吃飯睡覺打東東：「三哥，看不出來唷，惦惦吃三碗公哪！原來你早就勾搭上宅男女神了，怪不得最近心不在焉，原來是思春……靠，朵朵大姊，妳幹麼又踹我？」

心花朵朵開：「誰叫你狗嘴裡吐不出象牙！」

吃飯睡覺打東東：「嫉妒的女人真難看！」

心花朵朵開：「哼！」

戰無不克：「……改版後，我們是不是要再找兩個人？盜賊能偷東西，是必要的，至於樂師……」

吃飯睡覺打東東：「樂師不用啦，那麼廢！」

雲深不知處：「樂師挺好的，看起來很飄逸很仙風道骨，能玩樂師的，一定都是非常人。」

吃飯睡覺打東東：「雲妹妹，外表不能當飯吃，妳不要被騙了啊！」
心花朵朵開：「不知道是誰把蝶舞翩翩的照片印下來帶在身上！」
吃飯睡覺打東東：「食色性也！我這是遵從偉大的老祖宗的話！」
心花朵朵開：「哼，膚淺！」
吃飯睡覺打東東：「反正我們有戰大哥和三哥在，少一個人沒差啦！不如多找一個祭司進來，這樣雲妹妹就不用老是吃土了！」
雲深不知處：「……」
肖重燁正在流覽官網，剛好看到新增職業樂師的頁面，他看著樂師的技能說明，慢慢思索了起來。
接下來的日子，他雖然一如往常和其他人一起做任務，但偶爾會脫隊不知道做什麼去。本來也沒人在意，可在他大婚這天，他又不見蹤影，連歐陽鋒都急得跳腳了。
肖重燁根本沒把跟蝶舞翩翩結婚的事放在心上，婚禮當天，他查到「幽冥之隙」的 BOSS 身上有金色品階的法系職業臂甲，便單槍匹馬闖了進去。幽冥之隙的 BOSS 是物理怪，皮厚血多，攻擊力高，他費了一番工夫才收拾掉牠。
離開幽冥之隙，他正準備回城，畫面突然跳出收到郵件的提示訊息。
他隨手點開郵件，就見信件主旨寫著「還君明珠」四個字。以為是惡作劇郵件，他正想刪除，卻見附件是「聖潔之心」……聖潔之心？那個許多玩家求之而不可得的極品？若說是惡作劇，那這惡作劇的人也太傻了吧！
視線移向寄件人……雲深不知處！
雲深不知處？他瞇起了眼睛，想了好半天才從恍惚的印象中拎出一個不甚清晰的影像。平時解任的隊伍裡，確實有個常吃土的補師叫做雲深不知處。

他打開公會頻道，無視裡面的紛紛擾擾，搜尋著會員名單，發現已經沒了雲深不知處這個ID。想了想，試著發了條密語過去，系統卻跳出查無此人的提示。

忍不住皺起眉頭，他不喜歡這種像是被人算計的感覺。

後來幾天，他們的固定班底少了一個小祭司，多了一個大祭司。

吃飯睡覺打東東：「小蝶兒，有人發現雍州城南門那裡有隱藏任務，如果妳還不累，咱們去探看看好嗎？」

心花朵朵開：「我累了！」

吃飯睡覺打東東：「朵朵大姊，我是問小蝶兒，妳累了就去旁邊站著休息，湊什麼熱鬧啊！」

心花朵朵開：「哼！」

蝶舞翩翩：「我聽一夕重華的！」

戰無不克：「……」

心花朵朵開：「每次都說聽肖大神的，肖大神讓妳吃屎妳去不去！」

吃飯睡覺打東東：「朵朵大姊，妳到底在鬧什麼彆扭？」

心花朵朵開：「哼！」

肖重燁根本沒在管其他人說什麼，他只盯著包裡的聖潔之心，不知道在想什麼。

吃飯睡覺打東東：「三哥，我們去不去？」

一夕重華：「隨你。」

吃飯睡覺打東東：「好耶，三哥說要去，小蝶兒，咱們出發！」

戰無不克：「……」

主城南門是新手地圖，基本上不太會有什麼人來，所以當他們看到有個小新手被15級的劉大踩在腳下時，都有些驚訝。

肖重燁一向不在意別人，對新手更是沒什麼興趣，可當他不經意瞥到那個在劉大腳下掙扎的玩家頭頂的ID時，不由得瞇起了眼睛。

半晌，他突然笑了。連日來的懲悶一掃而空，眼底浮現了濃濃的笑意。

二、情愫

平時除了與隊友解每日任或下副本之外，肖重燁習慣獨來獨往，也不喜歡加野團，所以當歐陽鋒知道他收了徒弟時，驚訝得以為他被盜號，立刻發訊息過去：「說！你把我兄弟怎麼了？你是怎麼幹掉他的號？」

「……」

「別以為你跟他一樣耍帥裝酷我就認不出來，想裝得像他那麼欠揍那麼假清高，你還差得遠！」

「……」

「咱們談個交易，你把他身上裝備的那把承影劍給我，我就暫時不告發你，如何？」

「……十萬金幣。」

「靠！老三，真的是你！比吸血鬼還嗜血的，你稱第二，沒人敢稱第一！」

「……」

「老三，你怎麼突然想收徒弟了？我們公會那班人求你那麼久，也沒見你朝他們點個頭，難道你新收的徒弟是個大美人？」

肖重燁記得當時好像是用了心花朵朵開常罵吃飯睡覺打東東的話，只冷淡答了句：「膚淺！」

當初他下意識想著為胸口的悶氣找到發洩的出口，雲深不知處美不美與他何干？他不過是記著她一廂情願給了他「聖潔之心」後就跑得無影無蹤，讓他覺得像是莫名其妙被打了一巴掌還找不到凶手一樣的堵著一口悶氣，所以意外逮到她後，他便直覺的就收她為徒了。

何為徒弟？任師父搓圓揉扁之謂也！

所以他很「心安理得」的享受新徒兒的呼之即至，揮之即去。

在他因此而收到小白徒兒一句「師父，你真幼稚」的既蒼白又虛弱的小小抗議時，他突然覺得很新鮮。就像被馴養的貓，被主人壓迫著做不情願的事，卻又不敢反抗，便咪兩聲，然後眨著無辜的眼睛，耷拉著腦袋，默默的去做了。

很可愛！

這種感覺撓得他通體舒暢，心情愉悅。

當然，除了某些和徒兒組隊一起打怪的時候。比如，解師門任務，打78級的蝶妖朱蛾時。朱蛾的皮很薄，未受攻擊前行動緩慢，一旦被攻擊、受到驚嚇，就會以驚人的速度兜轉，玩家很難跟得上牠的速度，所以只要一招擊斃，朱蛾就不是什麼難對付的怪物。

可惜他太「低估」小白徒兒的「實力」了，她總是在挑戰「下限」。

明明她已經87級，打朱蛾應該是不費吹灰之力，但他卻看到她滿場追著朱蛾跑，忍不住問道：「為什麼妳老是打不死牠們？」

隔了許久許久，他的小白徒兒才回了氣短的一句：「徒兒是想試試能不能活捉牠們。」

他記得，前幾天她被低她10級的彩蛛打趴前，也是說這句話。

「然後？」

「然後徒兒深刻的感受到牠們頑強的求生意志，我們不能為了一己私欲就欺負弱小，這是不道德的。」

「所以？」

「所以這個艱鉅的任務就交給師父，師父出馬，所向披靡！」

「妳不是說，欺負弱小是不道德的？」

「是啊，徒兒比牠們弱小，牠們欺負徒兒就是不道德的！」

87級的她，比78級的朱蛾弱小？

肖重燁眨眨眼，提劍一揮，原本活跳跳的朱蛾們瞬間被秒殺，落下滿地亮閃閃的蛾粉。他的小白徒兒立刻屁顛屁顛的跑上前去撿拾，還不忘沒心沒肺的感慨：「欺負弱小，真是不道德啊！」

「……」

這個有些呆萌的徒兒，雖然有時讓人覺得好氣又好笑，但卻再次挑起了他對《天泣online》的興趣。遊戲有很多玩法，有像他這樣玩遊戲的，也有像他的徒兒那樣被遊戲玩的。當事人後來得知他有這種想法時，還大力的反駁，說她那叫樂在其中。

當然，他沒告訴她，他逗她時，也很樂在其中，比玩遊戲還樂在其中。

本來他只在遊戲裡逗她，直到某一天從另一個玩家口中聽到她的名字，他突然對她來了興致。

痞子霍：「喂，你打贏了就想跑，沒那麼簡單！想走可以，除非你從我身上踩過去！」

肖重燁只想了一秒，就毫不猶豫的連著三招再次打趴他，然後從他頭上踩過去。也不理會他的叫陣，捏碎地圖卷飛走了。

這種情況反覆發生了至少十次以上，他才記住了這個玩家的 ID。

痞子霍：「你這人真不可愛，像我這麼英俊瀟灑玉樹臨風風流倜……喂喂別走啊，至少聽我說完吧！」

痞子霍：「喂喂，給你一個機會，讓你當我師父！像我這種天賦異稟……」

肖重燁果斷的又捏碎地圖卷飛走了。

接下來每隔幾分鐘，肖重燁就會收到來自痞子霍的密語。

痞子霍：「收我啦收我啦收我啦收我啦收我啦！」

痞子霍：「收我啦收我啦收我啦收我啦收我啦！」

……

痞子霍：「喂，你到底要怎樣才肯收我為徒？」

痞子霍：「要錢？」

一夕重華：「……二十萬金幣。」

痞子霍：「哇靠！去搶銀行啦！」

……

痞子霍：「喂，介紹個美女給你，你收我為徒！」

一夕重華：「……沒興趣！」

痞子霍：「別這樣嘛！清水出芙蓉，天然去雕飾的極品唷！怎麼樣，有沒有心動？」

一夕重華：「……沒有。」

痞子霍：「你這個人很難伺候耶！現在要找到像我家表妹這樣純潔又純情的不多了，給你還嫌浪費……
喂喂喂，你去哪裡，等等我啊……」
……
痞子霍：「你到底要怎樣才肯收我為徒？我都紆尊降貴了！唉，這年頭好人真難做，連表妹都賠上了，
還要被無視！啊啊啊啊啊，我可憐的婉君表妹……啊，不對，我可憐的雲深表妹，表哥難為啊……」
肖重燁本來想關掉密語頻道，陡然看到熟悉的兩個字。
一夕重華：「……表妹。」
痞子霍：「啊？」
一夕重華：「雲深表妹。」
痞子霍：「我家表妹怎麼了？啊，你答應了？我家表妹叫李雲深，她也是在二服，ID是雲深不知處，
天然去雕飾的極品哩！」
一夕重華：「……收你為徒可以，打贏我。」
痞子霍：「……那我表妹……」
一夕重華：「……打贏就還你。」
痞子霍：「啊？」
肖重燁關掉密語頻道，默默的去逗「清水出芙蓉，天然去雕飾」的表妹了。
沒過多久，世界頻道就出現了兩行醒目的公告。
系統公告：月圓之夜，天外飛仙。勝者為王，敗者為寇。綠林草莽，摩拳霍霍。邀君一戰，紫禁之巔。
系統公告：玩家【痞子霍】邀玩家【一夕重華】決戰紫禁之巔。

肖重燁挑眉，接著，又收到來自他的小白徒兒發來的訊息：「師父，你會接受戰帖嗎？」

肖重燁勾起嘴角，悠然的回覆：「妳說呢？」

結果當然是沒有懸念，而從紫禁之巔副本出來時，看著背包裡贏來的黃澄澄的八十八萬金幣，他心情很好的發了訊息給痞子霍：「我已經有了唯一的愛徒，不打算再收別的徒弟，不過，你可以來頂我的位置。」

肖重燁沒想到，因為他的一句話，痞子霍就把他家表妹賣了。

看到痞子霍傳來的他用手機偷拍的表妹生活照時，他頓時哭笑不得。

照片裡的女孩，小小的臉蛋被鼻梁上大大的黑框眼鏡遮去了大半，兩條長長的麻花辮側垂在胸前，有些土氣，有些天真，還有些……淡淡的清新。

肖重燁凝視著螢幕上的女孩好一會兒，眼底突然劃過幾分笑意，他發了訊息給痞子霍，然後拿起手機，打開通訊錄，點了某個人的號碼，「……是我，三天後的官方茶會我去，中途我可能會離席，另外一個人會代替我……到時候你就知道了。」

他對官方舉辦的什麼茶會沒興趣，但對他的徒兒來了興趣。

痞子霍發來的照片有些模糊，不過，他還是一眼就認出她來了。

遠遠的，他看見掉了眼鏡的她茫然四顧的小臉，也看見了她隱藏在眼鏡下那雙與秋水爭輝的明眸，像蓄了滿池的星光，靈氣底蘊。莫名的，他心底的某根弦似乎被什麼撩撥動了，隱隱生出一種說不清、道不明的情愫。

在他釐清這種陌生的思緒時，他的身體已經不由自主的朝她走去，伸手搭上了她的肩，冷冷的對著獻殷勤的男生說道：「你——找她有事？」聲音裡，有著連他自己都不懂的不悅。

接著，他的小白徒兒睜著水靈靈的大眼，驚訝而無辜的望著他。她那有些無措的表情取悅了他，清水出芙蓉？他忍不住微微一笑，戲謔的說道：「愛徒，連為師都不認得嗎？」

三、初吻

後來再回想，其實肖重燁對殉爐前的小白徒兒不是完全沒有印象，至少他還記得她的一句話：「如果大神是樂師，一定會是最強的樂師！」

她只是隨口說說，他卻不是隨便聽聽。作為輸出主力，劍士有先天的優勢，對於封頂的他而言，已經沒有吸引力，也激盪不起一星半點的火花，所以在看到官網釋出的新職業時，他琢磨了一下便決定轉職。

因勢據時，利用後天的技術，超越先天的劣勢，這才是遊戲的樂趣所在！

尤其是在被戲稱為「五廢職」的樂師身上更能體現。

當然，他沒傻得以為光憑自己的技術就能補足樂師的所有缺陷，所以他把紫禁之巔一戰「贏」來的八十八萬金幣全數投入樂師的武器、防具及道具上，又從商城購進頂級經驗丹，盡量追回因轉職而折半的等級。他的底氣當然不止於此，最關鍵的，還是武器鑲嵌了聖潔之心後所帶來的加乘效果，彌補了樂師攻擊力不足的缺點。

樂師是輔助型職業——這是官方給予樂師的定位。

不過，大神的固定班底們可沒人敢使喚他。以前大神是劍士時，帶頭打怪是他的天職，可當他轉職成樂師之後，「吃軟飯」是他的本業，「彈琴」是他的副業，甚至還領著他的小白徒兒這個不折不扣的拖油瓶一起蹭飯。

是可忍，孰不可忍！

這天，霍天揚打BOSS打到血條和腦血管一樣幾乎爆裂，閃光不止，卻見那位「人神共憤」的樂師還在飄飄然若仙的彈琴自娛時，他忍耐著準備衝破火山口的熔岩，勇敢的說出隊友們的心聲：「肖大神，反正你很閒，不如也幫大夥兒打BOSS兩拳怎樣？」

肖重燁正埋首審覈大哥肖重旭不顧他的意願，藉大嫂之手、假問候幼弟之名，前兩天強行送來的肖氏集團旗下數家電子公司的季度預算、財報和會計師的審計資料。好一會兒他才抬起頭，看到霍天揚在隊伍頻道的「正義之聲」，當然也看到了左上角諸位隊友頭像旁的壯烈血條，這才想起他們好像正在打新副本的BOSS——龍頭人身，能呼喚暴雨狂風的299級的計蒙。

他勾起嘴角，修長的手指慢條斯理的落在鍵盤上，「你覺得我打得過牠嗎？」

這種問法是有陷阱的，偏偏神經堪比神木粗的霍天揚沒聽出話外之音，下意識的就回答：「不可能！」282級的法系樂師，逆天都不可能單挑299級的物理怪，尤其還是皮厚肉硬的大BOSS！

肖重燁微微一笑，低頭繼續迅速檢校被那個「吃喝玩樂一把罩，看見數字絕對倒」的紈褲二哥肖重暉整理得同樣「人神共憤」的數據。

霍天揚瞪著螢幕，幾分鐘後才遲鈍的察覺自己掉到一夕重華設的套裡，立刻氣憤的改口：「打得過，你一定打得過！」

久久，隊伍頻道才跳出肖某人風輕雲淡的一句話：「承蒙抬愛！」說著，又回頭忙去了。

霍天揚瞪圓了眼，倒是其他隊友紛紛搖頭——一夕重華誰呀？連德古拉都難以望其項背的「純種吸血鬼」啊，被吸了那麼多次血，你怎麼還傻得指望他呀？指望他的，不是在天上，就是在地下了！讓他吐一口血給你，你可得噴三升還他哪！

痞子霍：「表妹呢？怎麼還沒上線？讓她來管管她老公！」

寒心淚雨：「雲妹妹不是說她有事要出門？」

痞子霍：「真是的，那怎麼辦？乾脆我們拋棄肖大神離開副本？」

吃飯睡覺打東東：「不知道三哥什麼時候忙完，先出去，他大概不會怪我們！」

寒心淚雨：「他站那麼遠，BOSS 應該打不到他。」

戰無不克：「……」

心花朵朵開：「這個副本死掉不會扣經驗值也不會掉錢，應該沒事才對。」

……

三分鐘過後，痞子霍終於忍不住了：「你們怎麼不動？」

寒心淚雨：「你自己怎麼也不動？」

眾人：「……」

啊，我們真是慫啊！

肖重燁半點也沒搭理那些「慫咖」，照他盤算的時間，人差不多該來了。才想著，門鈴就響起。他起身去開門，就見一個短髮薄削、鵝蛋臉、丹鳳眼，頗具中國古典美的女人正站在門外，笑吟吟的看著他。

肖重燁嘴角微揚，點頭喚了聲：「大嫂。」

他對這個平時對他諸多迴護的大嫂還是很有好感的，大哥便是掐準了這點，才會要大嫂送公司的文件來，否則以大哥那一板一眼又大男人的性子，是絕對不允妻子沾手公事的。

「你二嫂娘家的果園剛採收，送了幾箱水果來家裡，我剛好到附近辦事，就送一些來給你。」萬妮說得煞有介事，還揚了揚手中那袋葡萄和梨子。

肖重燁迎了大嫂進門，體貼得沒有戳破她。

萬妮好奇的打量打掃得乾乾淨淨、收拾得整整齊齊，一點也不像男人居所的客廳。前幾天她匆匆拋下一疊文件袋，就唯恐被拒絕的落荒而逃，完全沒注意到屋內的狀況，這會兒，眼珠子忍不住骨裡骨碌的兜轉了幾圈，笑道：「小叔一個大男人的，沒想到家裡整理得這麼乾淨……」

她從老公那裡得知，小叔竟然說自己已經「結婚」時，驚訝不已，恨不得馬上就飛奔過來求證，索性老公需要她當快遞，她便義不容辭答應了，正好有個名目來探探真假。

肖重燁微微一笑，笑得意味深長。

女主角適時登場。

當李雲深忙乎完從廚房走出來看到萬妮時，愣了一下，顯然是不知道會有訪客。萬妮也是愣然，隨即了然。她大方的朝李雲深燦笑頷首，然後視線曖昧的在肖重燁和李雲深之間來回。

肖重燁視而不見，很自然的把手伸向李雲深，輕輕喚了聲：「深深。」

李雲深的腳步踉蹌了下。

深……深？

她看向肖重燁，發現他正目不轉睛的凝視著她，眼裡漾著濃得化不開的溫情，好像他已經這樣看了她很久很久。不過，她沒被感動到，反而覺得頭皮發麻。就前幾次的經驗來看，當學長刻意在別人面前對她表示出異常親密的時候，她最好乖乖的配合。

於是，她故作自然的把手搭上學長伸過來的手，順勢在他身邊坐下，朝萬妮禮貌的點頭，「大嫂。」

萬妮看著小叔與李雲深十指緊扣的手，眨了眨眼，笑著應道：「弟妹。」

李雲深的嘴角抽動了下。

弟……妹？

李雲深正想說什麼，被握住的手忽然被用力的捏了一把，讓她只好把話又吞了回去。

一個深深，一個弟妹，她怎麼有種被人賣了的感覺？

「我去泡杯茶給大嫂。」李雲深說著想起身，卻被拉了回去。

「不必了，大嫂要回去了。」肖重燁淡笑的說道。

初見時，小叔叫她學妹，現在卻叫深深……萬妮的目光閃了閃，立刻拿起皮包，識趣的說道：「家裡還有事，我先走了。」

肖重燁跟著起身，「公司的預算和財報我核完了，大嫂順便帶回去給大哥。」說著，瞄了萬妮一眼，緩緩道：「錢——就匯入我的帳戶。」

萬妮笑得眼睛彎成了兩道新月，「好好好，大嫂一定幫你狠狠敲他一筆！」

錢永遠不嫌多！肖重燁沒說話，還是酷著一張臉。

萬妮早習慣小叔的冰塊臉，半點也沒放在心上，還故意做出一副「我知道，你什麼都不用說」的表情，拋下一句：「小叔，你手腳真快！」說完，笑得像隻偷了腥的貓。

臨關上門之際，肖重燁隱隱約約聽到站在電梯前的大嫂低低的說話聲：「……老公，快，快請爸爸推了跟秦家的相親，小叔都跟人同居了，只怕孩子都在肚子裡了……對，我親眼看到的，你沒看到他們親密的樣子，準是結婚了沒錯……對了，老公，你說我們要不要先跟親家公打聲招呼……」

肖重燁嘴角上揚，關上門，回身就見李雲深坐在沙發上，一臉無辜的看著他。

「學長……」你又在打什麼壞主意？

肖重燁俯身在她頰畔印上一吻，她立時紅了臉。

「碗洗好了？」

「嗯。」

「累嗎？」

「不會。」

「我累了。」肖重燁笑著把李雲深拉到沙發上，讓她趴在自己胸前，「晚一點再送妳回宿舍。」

李雲深趴在肖重燁身上好一會兒，終於忍不住用手肘撐起上身，問道：「學長，大嫂怎麼忽然來了？」

「大嫂說二嫂家的果園採收了，來送水果。」

李雲深看了看桌上的葡萄和梨子，狐疑的又問：「只是這樣？」

肖重燁睜開眼睛，似笑非笑的望著李雲深，「妳以為呢？」

李雲深的眼珠子骨碌轉了個圈，歪著頭，定定的看著肖重燁，「學長今天只是叫我來吃飯？」

「嗯，吃飯。」肖重燁笑道。

李雲深瞇起眼睛，自第一次來過學長家後，她又陸續來了幾次，都是週末放假才來，可今天是星期四，傍晚一下課就接到學長電話，然後她就來了。她照例做了幾個家常菜，兩人吃了飯，當她洗好碗從廚房出來時，就看到大嫂在座。她思索了半天，總覺得哪裡有問題，卻又說不上來。

「深深。」肖重燁突然喚道。

李雲深的心咯登了一下，她還是不太習慣這種親暱的叫法，不由得結結巴巴的答道：「什什什麼？」

「今天是為夫的生日。」

「啊？」李雲深嘴巴微張，傻愣愣的。

肖重燁微笑的看著她，「娘子打算怎麼表示？」

李雲深總算回過神來了，不禁嘟起嘴抱怨：「學長不早說，人家什麼都沒帶……」話裡含了幾分撒嬌的語氣。

肖重燁挑眉，這還倒打一耙了？

就見懷裡的小女人翕張著小嘴，嘰嘰喳喳自顧自的說道：「……沒辦法了，就當剛才做的那頓晚餐是幫學長慶祝好了，今天比平常多了一顆煎蛋呢……」

肖重燁勾起嘴角，突然俐落的翻了個身，把李雲深壓在身下。

李雲深嚇了一跳，就見眼前一暗，有個高大的身影罩了下來，在她反應過來之時，柔軟的溫熱已經印上了自己的唇瓣。她下意識的眨了眨眼，又眨了眨眼，腦子一片空白。

肖重燁一手攬著李雲深的腰，把她更按向自己，舌尖乘勢探入她的嘴裡，逗弄著她的丁香小舌，汲取她身上清新的氣息。

她的氣息纏繞著他，他的氣息也纏繞著她。

當李雲深意識過來學長正在吻她時，她渾身像燒了起來似的，臉頰紅彤彤的，心臟怦怦狂跳，思緒就像打了千千結，有些暈眩。

他很強勢，很霸道，身體結實的熱度緊緊貼著她。她忍不住閉上眼睛，伸手摟住他的脖子。

她喜歡他的擁抱，很舒服；她喜歡他的親密，很安心；她喜歡他的味道，很甜蜜。她喜歡他的吻，雖然有些不容推拒的強硬，卻讓她有更多的怦然。

原來，她已經這麼喜歡他了。

她覺得胸口有種被什麼東西填得滿滿漲漲的滿足感。

不知過了多久，當兩人終於分開時，李雲深紅著臉，微微喘著氣。

肖重燁的呼吸也有些微的紊亂，他傾過身，嘴唇劃過李雲深的頰畔，停在她的耳際，聲音略微沙啞的說道：「謝謝娘子的生日禮物，為夫——很滿意。」

當李雲深暈乎乎的回到宿舍時，全身還軟綿綿的，臉上的紅暈整晚沒褪，那滿面春情的模樣，看得琦琦等人都忍不住在心裡感嘆：「肖學長威武啊！」

而在就寢前，李雲深才恍惚想起：這是她的初吻哪！

【番外篇】全文完

■師父VS表哥　賭金PK戰

師父!!
聽說你押注表哥八萬八？
難道表哥是匹大黑馬!?
痞子霍雖然是自家表哥……
但、他就是個廢柴啊>Q<
放心~
我在他身上押了八萬八千，
在自己身上押了八十八萬，
秒殺
還有比這更值當的生意嗎？
雲深不知處再度體會到…
師父，沒有最黑心，
只有「更」黑心！
教訓都是從血與淚當中換來的(ry
唔……該押注誰比較好？

四格畫者：Ivans

■美女都打不動的師父

為師只是冷豔高貴（？）
才不是妳想的那樣子呢！

師父長得帥氣多金又會打架，
但人也不是十全十美的，就好比……
跟我結婚!!
不要！
遊戲第一大美人蝶舞翩翩
甚至現實世界裡他都是個……
跟我先交往後結婚!!
不要！
美麗又多金的校花
啊！我知道了！
原來師父你是……
GAY!?
師父～徒兒很開明，
我會祝福你的！
我支持多元成家❤

四格畫者：Ivans

飛小說系列085

師父說了算！

出版者■典藏閣

作　者■雲端　繪　者■重花　繪　者■Ivans

總編輯■歐綾纖

製作團隊■不思議工作室

郵撥帳號■50017206 采舍國際有限公司（郵撥購買，請另付一成郵資）

台灣出版中心■新北市中和區中山路2段366巷10號10樓

電　話■(02)2248-7896　傳　真■(02)2248-7758

物流中心■新北市中和區中山路2段366巷10號3樓

電　話■(02)8245-8786　傳　真■(02)8245-8718

ISBN■978-986-271-451-5

出版日期■2019年1月八刷

全球華文國際市場總代理／采舍國際

地　址■新北市中和區中山路2段366巷10號3樓

電　話■(02)8245-8786　傳　真■(02)8245-8718

新絲路網路書店

地　址■新北市中和區中山路2段366巷10號10樓

網　址■www.silkbook.com

電　話■(02)8245-9896

傳　真■(02)8245-8819

☞您在什麼地方購買本書？☜

1. 便利商店（＿＿＿＿＿市／縣）：☐7-11　☐全家　☐萊爾富　☐其他＿＿＿＿＿＿＿＿

2. 網路書店：☐新絲路　☐博客來　☐金石堂　☐其他＿＿＿＿＿＿

3. 書店（＿＿＿＿＿市／縣）：☐金石堂　☐誠品　☐安利美特animate　☐其他＿＿＿＿

姓名：＿＿＿＿＿＿地址：＿＿＿＿＿＿＿＿＿＿＿＿＿＿＿＿＿＿＿＿＿＿＿＿

聯絡電話：＿＿＿＿＿＿＿＿　電子郵箱：＿＿＿＿＿＿＿＿＿＿＿＿＿＿＿＿＿＿

您的性別：☐男　☐女　　您的生日：西元＿＿＿＿＿年＿＿＿＿＿月＿＿＿＿＿日

（請務必填妥基本資料，以利贈品寄送）

您的職業：☐上班族　☐學生　☐服務業　☐軍警公教　☐資訊業　☐娛樂相關產業

☐自由業　☐其他＿＿＿＿＿＿

您的學歷：☐高中（含高中以下）　☐專科、大學　☐研究所以上

☞購買前☜

您從何處得知本書：☐逛書店　☐網路廣告（網站：＿＿＿＿＿＿＿）　☐親友介紹

（可複選）　☐出版書訊　☐銷售人員推薦　☐其他＿＿＿＿＿＿＿＿＿＿

本書吸引您的原因：☐書名很好　☐封面精美　☐書腰文字　☐封底文字　☐欣賞作家

（可複選）　☐喜歡畫家　☐價格合理　☐題材有趣　☐廣告印象深刻

☐其他＿＿＿＿＿＿＿＿＿＿

☞購買後☜

您滿意的部份：☐書名　☐封面　☐故事內容　☐版面編排　☐價格　☐贈品

（可複選）　☐其他

不滿意的部份：☐書名　☐封面　☐故事內容　☐版面編排　☐價格　☐贈品

（可複選）　☐其他

您對本書以及典藏閣的建議＿＿＿＿＿＿＿＿＿＿＿＿＿＿＿＿＿＿＿＿＿＿＿＿＿＿

＿＿＿＿＿＿＿＿＿＿＿＿＿＿＿＿＿＿＿＿＿＿＿＿＿＿＿＿＿＿＿＿＿＿＿＿＿＿

＿＿＿＿＿＿＿＿＿＿＿＿＿＿＿＿＿＿＿＿＿＿＿＿＿＿＿＿＿＿＿＿＿＿＿＿＿＿

✌未來您是否願意收到相關書訊？☐是　☐否

✍感謝您寶貴的意見✍

印刷品

$3.5

請貼
3.5元
郵票

不思議信箱
FUSIGI POST

235 新北市中和區中山路二段366巷10號10樓

華文網出版集團　收

（典藏閣－不思議工作室）